Tuer n'est pas jouer

Sylvie Granotier

Tuer n'est pas jouer

ROMAN

Albin Michel

COLLECTION « SPÉCIAL SUSPENSE »

À T. B. A.

Le 20 juin au matin, je suis allé au commissariat du XIVe arrondissement et j'ai demandé à parler au commandant de police.

La fille au comptoir a levé les yeux, elle m'a dit, soufflée :

– Ça alors, vous êtes... ?

Et puis elle a claqué des doigts parce que mon nom ne lui revenait pas, alors que mon visage, oui. C'est chaque fois pareil, je vois les noms défiler dans leur tête sans qu'ils réussissent à trancher. Je suis « l'acteur », à défaut d'être une personne.

Elle est donc restée sans voix et a continué de me dévisager avec aplomb. Nous sommes des objets familiers qui appartiennent à tous.

J'ai repris la parole, un peu nerveux :

– C'est urgent. Vous pouvez le prévenir ?

– Qui ?

Elle tombait des nues.

– Votre chef.

– Oui, oui, bien sûr, ne quittez pas.

Et elle a décroché son téléphone.

– Tu peux dire à Machuel que Michel Leman veut le voir ? Non, c'est pas une blague. T'as qu'à descendre si tu me crois pas !

Et elle a levé les yeux au ciel.

Le commandant Machuel est venu lui-même me chercher.

Son morne bureau ressemblait exactement au décor de mon premier tournage. C'était rassurant. Je veux dire, d'être dans un environnement familier.

J'ai choisi le ton le plus neutre de ma panoplie.

– Je viens de tuer ma femme.

Machuel a lentement lissé la surface de son bureau.

Il a fini par dire d'un ton d'incrédulité absolue :

– Vous voulez bien répéter ?

– Je viens de... enfin, il y a quelques heures, j'ai tué ma femme, l'actrice...

Il a complété d'un ton de reproche furieux :

– Juliette Leman ! Vous l'avez tuée ?

Les faits, rien que les faits.

– Vous trouverez son corps dans la cave d'un immeuble du XVIIIe : 12, rue Myrha.

Ses yeux ont fait le tour de la pièce sans trouver de solution, se sont posés à nouveau sur moi.

Il a attendu. Je ne savais pas ce qu'il attendait. J'ai attendu aussi. C'était à lui de m'interroger.

Il a fixé intensément la feuille de papier vierge devant lui.

Enfin il a composé un numéro, demandé qu'on lui envoie Lagarde. Après, il a observé le téléphone d'un œil vigilant.

J'ai toussoté :

– C'est mon deuxième meurtre. J'ai aussi tué un inconnu, Patrick Manchot, il y a cinq ans. Mais les deux vont ensemble. Je veux dire, il y a un lien.

Son corps s'est figé davantage. Il a laissé passer un petit souffle d'air entre ses dents. Il a dit :

– Chaque chose en son temps.

Il n'osait plus me regarder en face. Je n'y comprenais rien.

Lagarde est entré. Machuel m'a demandé si j'avais un avocat.

Non, mais mon agent saurait. Yves Rebond.

Il a noté le numéro. Il est sorti après avoir chuchoté des instructions au jeune gardien de la paix.

Le temps m'a paru long, ce qui était de mauvais augure pour quelqu'un qui s'attend à passer le restant de ses jours en prison.

J'ai été soulagé en entendant la porte s'ouvrir.

Machuel n'était pas seul. Mon psy, le docteur Follin, l'accompagnait.

D'un ton posé, Machuel m'a dit de ne pas m'inquiéter, ma femme allait très bien, je pouvais rentrer chez moi. Je crois que Follin m'a parlé aussi, tout en sortant une seringue.

Quand je me suis réveillé, j'étais dans mon lit.

Mon agent était à mon chevet, regard inquiet et tendre à la fois. Il m'a informé que Juliette n'était pas morte mais se trouvait sur son tournage en province comme j'étais bien placé pour le savoir. Je n'avais jamais tué personne. Ma confession était le symptôme d'une dépression latente qui venait de prendre une forme plus active. Le docteur Follin prônait une hospitalisation de courte durée. Yves se faisait fort d'éviter que les médias s'emparent de l'affaire.

Je fis mine d'accepter le diagnostic et négociai une forme d'hospitalisation à domicile.

Juliette, me dit-on, n'avait pas été informée de ma « crise ». Il ne fallait pas la perturber en cette fin de tournage. Et voilà pourquoi je ne pouvais pas lui parler.

Dès que la vigilance de mon entourage se fut calmée, j'appelai Machuel.

Il céda devant mon insistance et me retrouva dans un café de la rue Daguerre où, à sa grande surprise, personne ne me reconnut.

Je lui expliquai que les vedettes de cinéma sont des lampes qui s'allument et s'éteignent à volonté. Il sourit, incrédule. Cet homme était incapable de croire un mot sorti de ma bouche mais il était ma seule planche de salut. Deux heures durant, je lui imposai un récit circonstancié de mes deux meurtres.

À la fin, il soupira bruyamment pour que j'entende bien sa lassitude. Les amateurs ont toujours tendance à surjouer.

– Vous avez des preuves ?

Je restai bête. Je faillis mentionner la cassette mais je l'avais détruite, la cassette. Quant à la malle, elle ne prouvait rien, et en plus elle se trouvait chez Juliette, là où j'avais commis mon deuxième meurtre. Inutile d'embrouiller davantage une situation qui l'était bien assez.

Je restai bête mais pas au point d'insister. Je me tus. Défait par avance.

Puis il me dit ces paroles effrayantes :

– Elle est bien, cette histoire. En gros, vous m'avez résumé le scénario que vous êtes en train de tourner avec votre femme. Je vous admire beaucoup, j'ai vu tous vos films. Vous devriez lever le pied, je vous le dis en toute amitié.

Le scénario, bien sûr. On le lui avait donné à lire. Mon idée, ma brillante idée se retournait contre moi. Mais qu'avaient-ils fait de Juliette ?

Je me gardai bien de lui faire part de mes soupçons concernant le tour de passe-passe joliment exécuté pour escamoter le corps de Juliette en attendant des jours meilleurs.

Déjà que Machuel ne croyait pas un mot sorti de ma bouche, mon importance d'acteur récompensé à Cannes, démarrant une carrière prometteuse aux États-Unis, le niveau des intérêts financiers en jeu autour de ma personne qui justifiait pleinement qu'on veuille à tout prix m'exonérer de mes actes, tout cela n'aurait fait que renforcer ses préjugés. Paranoïaque délirant avec légère folie des grandeurs. Point trop n'en faut.

Avec patience, je repris mon récit du début, lui fournis des détails en abondance.

La sienne était à bout.

Il était au courant de ma passion pour les faits divers. Mes mots restèrent lettre morte.

J'étais face au paradoxe ultime, j'avais joué les flics, les voyous, les amants, les maris, les pédés ou les idiots savants sans qu'on mette en doute la vraisemblance de mes personnages. Au moment où je disais la vérité, simple et directe, sans effet, avec la seule sincérité comme accessoire, je n'étais plus du tout crédible.

Quand personne ne vous croit, votre insistance même devient suspecte.

Il y avait de quoi devenir cinglé. Il y avait de quoi devenir, pour de vrai, le délirant diagnostiqué.

Je n'ai pas l'ombre d'un doute sur la réalité de mes actes. Certains comédiens gomment progressivement la frontière entre jeu et vérité mais j'ai toujours mis un point d'honneur à faire la différence entre mon travail et ma vie et je n'ai jamais perdu de vue Michel Parfond, mon vrai nom, malgré tous les personnages qu'il a endossés.

Vous vous demanderez sans doute quel intérêt je trouvais à m'accuser de deux meurtres quand je pouvais jouir d'une parfaite impunité.

C'est toute la question. Mon métier consiste à devenir sans cesse quelqu'un d'autre, il est facile de s'y perdre. Mes deux meurtres, d'une certaine façon, fondent ma véritable identité.

Le cauchemar dont je tente de sortir a révélé ce qu'on appelle en peinture « le repentir du peintre » : la réapparition du tableau d'origine sous les couches successives dont l'a recouvert l'artiste insatisfait.

Il s'agit maintenant de révéler la peinture primitive.

Avant d'être acteur, j'étais Michel Parfond, voyou, bâtard, mal dégrossi, tendre peut-être.

Devenir Michel Leman n'a pas été une mince affaire.

Son baptême a eu lieu il y a cinq ans, le 2 novembre 2002, au Théâtre de l'Athénée.

Deux courtes pièces de Marivaux, *Le Legs* et *L'Épreuve*, se répondaient sur les thèmes de l'amour et l'argent. La mise en scène était brutale, comique, un écho violent au cynisme de notre époque.

C'était un pari pour tout le monde. Le metteur en scène était un débutant aux dents longues, les acteurs, jeunes professionnels, étaient à l'orée de leurs rêves. Je venais de boucler le tournage d'un film parodique où je tenais le premier rôle et sur lequel mon agent misait beaucoup. Il n'appréciait pas que j'aie refusé une deuxième comédie bien ficelée pour m'exposer dans un travail de troupe où je ne serais pas en vedette, alors que deux gros succès au cinéma m'auraient propulsé dans la catégorie des comédiens *bankable*, c'est-à-dire sur lesquels on peut monter une production.

Ni lui ni personne n'avait idée de mon ambition. Cette soirée devait leur en donner la mesure.

1

L'EXCITATION d'un soir de générale faisait vibrer l'air des coulisses. En contrepoint, la voix dans le haut-parleur s'éleva, neutre et indifférente : « Tout le monde en scène, début de la pièce dans cinq minutes, cinq minutes... »

Cinq minutes.

J'étais dans ma loge, en costume, basques, bas et dentelles, le visage poudré, les cils noircis au mascara. Même si mon échauffement avait tourné court, rien n'aurait dû m'empêcher de rejoindre le plateau, n'était l'obstacle infranchissable qui gisait à mes pieds.

Ce n'était hélas pas un trépassé de comédie mais un authentique cadavre, quoique encore tiède. Par réflexe, je lui avais touché le front comme on vérifie l'état de fièvre d'un malade. Son teint virait au gris. Aucun doute. Je l'avais tué. Pour de vrai.

Je le repoussai du bout carré de mon soulier XVIIIe. La clé de ma loge glissa hors de sa poche. Lui resta inerte. Il n'y a qu'au théâtre que les morts se relèvent. Pour les saluts.

Aussi monstrueux que cela paraisse, rater mon entrée en scène n'était pas une option envisageable.

Nous sommes d'accord qu'aucune personne moyennement équilibrée ne commettrait cette folie de faire semblant d'être quelqu'un d'autre face à une foule d'inconnus. Cet état second et amoral qui propulse l'acteur en scène a fait l'objet d'études scientifiques car il peut neutraliser la fièvre la plus violente, effacer provisoirement souffrance ou chagrin. Le temps d'une représentation, il annihile les avatars de la vie réelle. Appelons ça la concentration.

Cette fois, je le reconnais, l'avatar était considérable mais l'enjeu de la soirée l'était bien davantage.

Mon cerveau passa à la vitesse supérieure.

Mon seul changement de costume, entre les deux pièces, s'effectuait en coulisses. Ma loge fermait à clé, l'habilleuse n'avait pas de double. Il devait bien en exister un quelque part, chez le concierge probablement, mais Henriette n'en aurait pas besoin du moment que je n'oubliais aucun de mes accessoires, le billet du *Legs* et les bijoux de *L'Épreuve*.

Il me restait quatre minutes avant le lever du rideau. Je ramassai la clé, entrouvris la porte, me faufilai à l'extérieur, donnai un double tour et m'arrêtai devant le grand miroir près de l'escalier. Nous jouions en cheveux, sans perruque. Je me déhanchai pour vérifier que mes basques bougeaient harmonieusement. Je virevoltais beaucoup dans ce spectacle et, à un moment, devais balayer tout ce qui se trouvait sur le guéridon côté jardin. Ma pâleur serait attribuée au trac d'une générale très attendue.

Je descendis l'escalier raide, indifférent à l'odeur de bois comme au craquement des marches qui avaient connu les pas de Louis Jouvet, ancien patron du théâtre, détails auxquels je suis pourtant sensible d'habitude.

Dans la coulisse, j'embrassai mes partenaires en chuchotant des « Merde » énergiques.

Lucie était déjà sur le plateau. Les conversations, les rires, les toux, les sièges qui claquent m'enveloppèrent, la rumeur du public ouvrit son creux familier dans mon ventre.

Ma partenaire se précipita sur moi, me prit le visage entre les mains, me communiquant sa fébrilité, merci beaucoup. Elle chuchota dans mon oreille : « Merde, mon chou. »

On a beau ne pas être superstitieux, on se garde bien de mépriser les rituels collectifs qui affirment que nous sommes solidaires et unis, pour le meilleur et pour le pire. Oui, les membres d'une troupe de théâtre s'engagent chaque soir à se prêter assistance et réconfort pour un mariage à durée limitée, un engagement somme toute plus raisonnable que le mariage ordinaire. En l'occurrence, je m'apprêtais à les faire tous cocus.

J'allai me poster dos au public en fond de scène, ma partenaire s'installa de face, près du rideau. Je relâchai ma tête, mes muscles, tout mon corps inspira spontanément, irrigué des pieds à la tête. Michel Leman n'était plus qu'une coquille creuse occupée désormais par le Chevalier, mon personnage.

Le silence tomba au fur et à mesure que le rideau se levait.

La rage impuissante de l'amoureux qui a fait de l'argent la condition de sa reddition me propulsa au centre du plateau. Les premiers rires retentirent, Lucie redressa la tête et me provoqua de la poitrine. Je bombai le torse à mon tour. Nous étions entièrement l'un à l'autre, de plus en plus désespérés, de plus en plus maladroits, et les spectateurs jouissaient de comprendre avant nous le piège dans lequel nous allions tomber.

J'observai les deux scènes suivantes dissimulé derrière un paravent, à vue pour le public, commentant silencieusement ma terreur du stratagème monté par ma maîtresse pour récupérer les deux cent mille francs qui lui permettraient de m'épouser.

Du coin de l'œil, je vis Lionel, alias le Marquis, se préparer pour son entrée à cour. Je fis volte-face, tous les bijoux du guéridon valsèrent, une vague de rires ondula dans la salle, je sortis dans un envol de basques et de rubans, Henriette me tendit un verre d'eau que j'avalai d'un trait. Une oreille toujours à l'écoute de mes partenaires en scène, j'allai me rajuster face au miroir de contrôle dans la coulisse.

Le Chevalier, évanoui aussitôt la frontière du plateau franchie, Michel était de retour. Michel qui venait de tuer un parfait inconnu dans sa loge, un soir de générale.

C'était il y a moins d'une heure, juste après l'annonce, au haut-parleur, des quinze minutes qui nous séparaient de la représentation. Dans chaque loge, nous entendions en retour du plateau la rumeur des spectateurs s'installant dans la salle.

J'étais en train d'ajuster mes bas blancs, penché vers le sol, et ne redressai pas la tête quand la porte s'ouvrit. Ce devait être Henriette, mon habilleuse. Je lui demandai si mes coutures étaient droites et découvris deux chaussures masculines élimées entre mes jambes ouvertes.

À la place d'Henriette se tenait un homme vêtu d'un pardessus de bonne coupe mais miteux. Il avait un long visage osseux, souriait tranquillement.

– Comment êtes-vous entré ?

Il haussa les épaules en direction de la porte, ferma à double tour et empocha la clé.

– Pardon de vous déranger un tel soir mais, pour moi, c'était le meilleur moment. Je m'appelle Patrick Manchot. Oui, je sais, c'est un nom qui prête à rire mais c'est le mien. Vous ne me connaissez pas. Moi, je vous connais bien. Intimement bien. Ça remonte à quand vous n'étiez encore que Michel Parfond. Vous n'avez sûrement pas oublié cette époque. Une photo, une lettre.

Un cliché noir et blanc virevoltait dans sa main droite, une feuille froissée dans sa main gauche. Ses mots m'arrivaient d'une langue étrangère. Il m'était impossible d'intégrer son ton mielleux, la menace sous-jacente. Je m'apprêtai à le congédier. Alerter Henriette, demander du renfort. Il serait peut-être nécessaire d'utiliser la force pour virer l'intrus. C'est alors qu'il précisa sa demande insensée.

La pénultième réplique avant mon entrée en scène me ramena au présent, je me passai la main dans les cheveux, les ébouriffai en boucles folles et allai me poster pour mon entrée en avant-scène.

Quand on est sur les bons rails, tout est permis. Je me lâchai, finis la scène quasi à poil. Lucie, alias Hortense, transforma sa pitié en trouble sexuel inattendu et bienvenu. Une rafale d'applaudissements accompagna notre valse de sortie.

Je filai derrière mon paravent et achevai de me déshabiller pendant que la première pièce se terminait. Nous enchaînions avec *L'Épreuve* sans marquer de pause.

– La prochaine fois, t'auras qu'à faire ton changement à vue, rigola Henriette en me tendant ma chemise de valet déguisé en maître.

Mes mains étaient en train de boutonner mon col quand je les vis trembler irrésistiblement.

– Laisse-moi faire.

Impuissant, je m'abandonnai à la dextérité de mon habilleuse. J'avais tué un homme. Son erreur fatale avait été de surgir dans ma vie au pire moment. Cette générale réunissait l'ensemble de la critique parisienne mais aussi un grand nombre de cinéastes, de producteurs, et d'illustres collègues. En Frontin de *L'Épreuve*, j'allais jouer ma carrière sur un quitte ou double que personne n'anticipait.

Si l'enjeu avait été moindre, aurais-je temporisé ? Aurais-je raisonné ? Je ne le saurais jamais.

Manchot me bloquait le passage avec ses exigences absurdes, il vibrait d'une tension difficile à contenir, l'œil fiévreux. Je pouvais tout imaginer, qu'il sorte en hurlant, envahisse le plateau.

Si seulement il n'avait pas lu la lettre. Déclamé ma lettre à Steve. La rage m'avait déchiré de haut en bas. Il y a peu, Michel Parfond aurait massacré le sale fouineur à coups de poing mais l'acteur Michel Leman venait de tourner un film de kung-fu dont il avait appris les gestes de base.

Je fermai les yeux, tendu vers l'image surgie de ma mémoire. J'avais cessé d'écouter les menaces de l'inconnu, je me concentrais sur son cou. Je me préparais à le neutraliser comme on se prépare à entrer en scène. Il vacilla avant même que je le touche, retint un haut-le-cœur.

– Ça ne va pas ?

En écho, la voix d'Henriette, inquiète et surprise, me rappela que j'étais en coulisses :

– Ça ne va pas ?

J'ouvris les yeux.

– Qu'est-ce que je dis ? C'est quoi ma première réplique ?

Il y avait de quoi être stupéfait. Henriette m'a habillé sur quatre spectacles, elle m'a vu détendu et blagueur quand les autres sont pétrifiés par le trac.

Elle me proposa ironiquement ce que je ne me privais jamais de conseiller aux collègues :

– Saute, l'artillerie suivra.

Je fis mine de rire.

– On reprend dans combien de temps ?

– Trois minutes.

Il ne manquerait plus que mon crime empêche le triomphe au nom duquel il avait été commis.

J'allai près de l'escalier, m'isolai du reste du monde et me contentai de respirer, largement, tranquillement.

Je vis Lionel me jeter des regards inquiets et pointer la scène du menton.

Lucie sortit en agitant ses jupons retroussés pour se donner de l'air et je lui lançai d'une voix calme qu'elle aurait quand même pu enfiler une culotte, époque ou pas.

Elle rabattit sa jupe dans un grand cri avant de réaliser que c'était une blague.

Je me cambrai en parodie de maître.

Ma première réplique surgit :

« Je viens de mettre pied à terre à la première hôtellerie du village. »

Mon énergie, décuplée par ma situation exceptionnellement schizophrénique, me hissa à une intensité de jeu hors du commun. Mes camarades, submergés par ma double prestation, s'agitaient en vain. Mon Frontin, valet déguisé en maître, changeait de visage à mi-réplique, j'étais Docteur Jekyll et Mister Hyde se succédant à une vitesse inouïe. Le genre de prestation qui fait date. Une prestation que j'avais préparée seul, hors répétitions, à l'insu de tous. J'avais réussi mon coup. Je terminai sur un affaissement progressif, transformé en homme caoutchouc sans plus aucune identité à défendre. La comédie cédait la place à la tragédie, comme un soleil brutalement éclipsé.

Intérieurement, je jubilais déjà.

Les rappels enthousiastes se succédèrent. Nul ne pouvait ignorer qu'ils saluaient, avant tout, ma prestation hors du commun.

Tony, notre metteur en scène, nous avait rejoints sur le plateau. Il essayait de sourire mais ma performance avait oblitéré son travail : les applaudissements étaient autant de gifles qu'il s'efforçait de recevoir sans ciller.

Mes partenaires me haïssaient à qui mieux mieux. C'était le prix à payer. Notre métier est un champ de bataille jonché de cadavres. Le temps de la réussite est compté dans la vie d'un acteur. Il ne laisse pas le loisir d'épargner la concurrence.

Une fois le rideau retombé, un silence de plomb s'abattit sur la troupe. Tout le monde évitait mon regard.

J'y allai à l'instinct. Je jetai mon chapeau en l'air en poussant un hurlement. Poings fermés, je repliai les bras comme un joueur de foot après le but.

Des larmes irrésistibles se mirent à ruisseler sur mon visage et ma voix tomba dans les graves de l'émotion qui venait de s'emparer de moi :

– Mes amis, Tony, je ne sais pas comment vous remercier. Ce qui vient de se passer, je vous le dois à tous. Tony, tu te rappelles le dernier filage ? Je n'en ai pas dormi de la nuit. À la fin des notes, tu ne m'avais encore rien dit, je te sentais déçu et tu m'as juste proposé : Frontin, c'est l'acteur et son double.

En le citant, j'imitai son ton coupant et lui enfonçai le nez de l'index comme il faisait quand il voulait nous persuader que son indication était primordiale.

Quelques sourires détendirent les traits de mes camarades. Un de nos passe-temps favoris dans les loges était de singer notre metteur en scène. Là, de l'intonation métallique au geste saccadé, mon imitation était pile poil.

Je m'approchai de Lucie pour la prendre dans mes bras.

– Et puis l'Angélique de Lucie, sa fragilité de cristal, Lionel, la douleur perverse de ton Lucidor, Françoise, ta Lisette...

Je basculai sur mes talons et retour, comme elle l'avait joliment fait, restituant son phrasé rapide, puis ralenti par la timidité :

– Il m'a semblé que c'était toi... que c'était vous, dis-je.

C'est vous tous qui avez fait naître ce Frontin qui m'a embarqué, dépassé. Ce qui s'est passé ce soir et que je n'oublierai jamais, je vous le dois. Grâce à vous, je suis devenu le comédien que je rêvais d'être.

Les sanglots me submergèrent. J'étais bouleversé. Ma sincérité était totale.

Tony, gagné par l'émotion, me donna l'accolade.

– C'était magnifique. Michel, ton Frontin a donné l'élan qui nous manquait. Le spectacle a trouvé son tempo. Je vous remercie tous.

La situation bascula de proche en proche. Nous avions accompli ensemble quelque chose d'immense. Notre réussite nous dépassait.

Dans les jours à venir, quelques dents grinceraient en

découvrant la presse, mais la salle serait remplie et le succès profiterait à tous.

Tony nous donna rendez-vous au théâtre le lendemain à dix-neuf heures pour des notes de détail. L'essentiel était acquis, il était fier de nous.

Il allait nous attendre au restaurant d'en face.

J'essuyai mes larmes avec mon jabot, Henriette m'engueula, on voyait que ce n'était pas moi qui repassais les dentelles. Lionel lui annonça qu'il avait pété un bouton de sa braguette. Françoise remonta ses seins en les félicitant d'avoir miraculeusement charmé la bite de son partenaire.

C'est dans une ambiance fraternelle que nous nous bousculâmes dans l'étroit escalier qui montait aux loges.

J'arrivai devant la mienne, tournai le bouton de porte. Elle était fermée à clé. Alors seulement je me rappelai ce qui m'attendait de l'autre côté.

Je tâtonnai dans la poche de mon gilet, ouvris, me faufilai par l'entrebâillement. Une part de moi espérait trouver la loge vide. J'avais fait un mauvais rêve. Mon imagination en surchauffe m'avait joué un tour à sa façon.

Je refermai à clé derrière moi, restai un moment la tête appuyée contre la porte, me retournai lentement : Patrick Manchot gisait toujours sur le tapis élimé. Des traces de vomi maculaient ses joues.

Je contournai le corps, ouvris la fenêtre qui donnait sur un mur aveugle. Une odeur écœurante saturait l'air. Je me laissai tomber sur la chaise devant la table de maquillage et contemplai mon reflet comme si la solution se trouvait là, de l'autre côté du miroir.

Du temps passa, immobile comme moi, jusqu'à ce que la poignée de la porte s'agite bruyamment.

– Michel !

– Je vais me débrouiller tout seul, Henriette. Merci. Et

si possible, ne laisse monter personne. J'ai envie d'être tranquille un moment.

Un long silence précéda son « OK » et je l'entendis monter à l'étage au-dessus où se trouvaient les autres loges.

Des pas approchèrent et Yves, mon agent et ami, se mit à tambouriner.

– Allez, ouvre, Greta Garbo, je sais que tu es là !

Je pris un accent suédois et une voix de gorge :

– *I want to be alone.*

J'enchaînai d'une voix normale et en français pour lui intimer l'ordre de me foutre la paix et de m'attendre avec la foule de mes fans au Capriccio où l'on devait souper.

– Hé, blague dans le coin, tu m'as scotché !

– Parole d'agent ?

Il s'éloigna en riant.

– À tout de suite, misérable saltimbanque !

À tout de suite.

Le cadavre ne me ferait pas la grâce de s'escamoter tout seul. Ce fut la conclusion de ma longue réflexion. Mon intelligence va mollo quand je ne joue pas.

La photo et la lettre gisaient au sol. Je les ramassai en évitant toujours de considérer le cadavre.

Le cliché était sans surprise, du porno d'amateur bien crade, mais j'y étais parfaitement reconnaissable, à genoux devant un client coupé à la taille, donc parfaitement anonyme. C'était l'époque où l'avenir se bornait à trouver un endroit où dormir le soir et à fournir à Steve de quoi tenir jusqu'au lendemain.

La lettre, je la connaissais par cœur.

Je brûlai les deux dans un cendrier, allumai une bougie parfumée.

Je me résumai la situation pour contenir ma panique. Maintenant que j'avais un avenir, il n'était pas question de le bousiller.

Je me déshabillai, allai me coller sous la douche et tentai de réfléchir.

Aucune idée ne se profilait, juste quelques évidences aveuglantes : je ne pouvais pas sortir du théâtre avec un cadavre sous le bras, je ne pouvais pas non plus le laisser en vue et, si je tardais trop, quelqu'un finirait par forcer ma porte.

Plus d'état d'âme, une seule certitude : mon crime devait être parfait

J'arrivai bon dernier au restaurant, accueilli par une volée d'injures, de compliments et de railleries.

L'attachée de presse nous relaya promesses d'articles et éloges en tous genres. C'était bien parti, c'était très bien parti.

Je commandai du champagne à gogo, histoire d'amplifier l'euphorie collective.

En règle générale, les comédiens vous fournissent, à l'œil, la tablée la plus divertissante qui soit. Quand nous ne sommes pas en scène, le monde entier est notre public.

Ce soir encore, chacun joua son rôle.

Françoise, ronde, comique, mais pas si bonne fille qu'elle en avait l'air, annonça qu'elle avait bien l'intention de continuer à faire péter les braguettes et, profitant de ce qu'elle était en bout de table, elle croisa haut les jambes qu'elle avait fines.

Lionel, l'anxieux, se rejouait la pièce et interrogeait qui acceptait de l'entendre :

– Vous avez entendu le portable pendant ma scène ? Évidemment que j'ai raté mon effet. Ah bon, ça t'a fait rire quand même ? Tu me rassures. Et quand je me prends la porte dans la gueule ? Oui, c'est drôle, c'est vraiment drôle. C'est dans le timing. Un temps trop tôt, c'est plus drôle du tout.

Moi, je n'avais pas besoin d'être rassuré, je savais. J'avais franchi une étape. Une sacrée étape. La simultanéité d'une reconnaissance publique au théâtre et du succès annoncé de mon film kung-fu me garantissait le pouvoir auquel j'aspirais depuis mes débuts. Ce ne serait plus à moi de séduire l'employeur potentiel, producteur, réalisateur ou metteur en scène, mais à eux de me charmer, de me convaincre.

Je passais du statut de pute à celui de courtisane.

L'alcool, la chaleur et les hommages aidant, plus la soirée avançait, plus Manchot faisait figure de grain de sable facile à expulser. Quand je pensais à lui, c'était pour accumuler les éléments qui garantissaient ma sécurité.

Il m'avait dit avoir été discret, que personne ne l'avait vu entrer dans le théâtre, encore moins dans ma loge.

C'était, s'était-il rengorgé, un de ses talents les plus utiles pour récolter des informations profitables : son invisibilité. J'étais déterminé à le rendre plus invisible que dans ses rêves les plus fous. Quand je lui avais demandé à qui il avait parlé de mon affaire, il avait rétorqué, avec une certaine morgue, qu'un boulot de salaud se faisait en solo. Je l'avais cru.

Le risque demeurait qu'il ait conservé quelque part d'autres documents ou qu'il m'ait menti sur l'absence de complices. J'avais cru le neutraliser le temps de la représentation. Je me serais expliqué avec lui après le spectacle. Mais il était mort.

Les regrets ralentissent la vie. Moi, je trace. J'ai trop à accomplir et le temps m'est compté.

Ce qui était fait était fait. Il fallait avancer.

Tout au long de cette interminable soirée, je fus en représentation et le rôle que je tenais me demanda une concentration continue, m'épargnant la vaine réécriture d'un passé irréversible.

Je suis connu pour être un fêtard et fêter je dus.

J'exagérai mon ébriété en me gardant de trop boire tandis que nous terminions la nuit dans le rade du moment, un bar rustique près de l'Opéra, où se retrouvait la confrérie des acteurs sous toutes ses formes : les triomphants, les grimpeurs, les chômeurs, les vantards, les dévissés, les méprisés, les respectés, pochetrons, amuseurs, dragueurs, intellos, chieurs, tous venus s'assurer, se rassurer qu'ils font toujours partie du club, qu'ils possèdent toujours la carte. Certains s'écroulent d'alcool et d'inquiétude, qui sur le bar à la surface adoucie par tous les malheurs qui l'ont caressée, qui sur l'épaule des confrères renouvelés d'heure en heure pour cause de tournage en cours ou de rencontre amoureuse, qui appuyé sur un pilier central dans l'espoir qu'un directeur de casting égaré ou un metteur en scène à court de distribution les y voie et se souvienne d'un succès passé pour envisager un succès futur.

À défaut de raisonner, j'avais prêté une oreille attentive à tous les apartés qui ponctuent les débuts de spectacle. Et j'avais entendu Tony donner ses directives à son décorateur, une histoire de poignée de porte à patiner et de raccord de peinture à faire sur une boiserie en trompe-l'œil. Lequel décorateur avait chargé son assistant de quelques courses préalables à leur rendez-vous au théâtre à onze heures du matin.

Je devais me débarrasser du corps avant la représentation du soir. C'était mon unique impératif.

J'avais pris la précaution de laisser mon dernier costume de scène dans le local où Henriette lave, repasse et restaure. Mais elle déposait toujours les vêtements remis en état dans les loges des comédiens pendant l'après-midi. Je disposais d'un créneau horaire limité.

Avant de rejoindre mes camarades au restaurant, j'avais réussi à traîner Manchot jusqu'au placard où j'accrochais habituellement ma tenue de ville et l'y avais enfermé. Est-ce ce qu'on appelle la force d'inertie ? Le cadavre pesait beaucoup plus lourd que son gabarit ne le laissait présager.

Et demain matin, il faudrait le sortir. Avant l'arrivée d'Henriette. Et m'en débarrasser définitivement.

J'attendis que Lionel se lève et indique au barman de consigner les consommations du jour sur son ardoise. Je lui demandai alors s'il pouvait me déposer.

Lionel s'est payé un 4 × 4 d'une taille improbable,

un Cruiser américain absurde pour quelqu'un qui ne franchit le périphérique que lorsqu'il joue en banlieue.

Je proposai de conduire, vu son état pire que le mien et, comme une pensée soudaine, lui demandai la faveur de me prêter son engin pour transporter un canapé que me filait un pote.

Il était assez content qu'après tant de moqueries je reconnaisse l'utilité de son investissement et il est, par nature, bon garçon.

C'est moi qui le déposai chez lui en compagnie de sa fiancée gloussante et il me laissa le volant après m'avoir assommé des mêmes recommandations quatre fois de suite.

Mon réveil sonna à neuf heures. Ma capacité de sommeil est irrésistible.

À dix heures et demie, je pénétrai dans le théâtre par l'entrée des artistes, saluai le portier qui partait boire un café, expliquai que j'avais oublié mon portable dans ma loge.

Pendant les bavardages qui ponctuent les essayages de costumes, Henriette m'avait parlé de soucis de santé et d'un examen qu'elle devait faire ce matin, j'avais calculé qu'elle ne serait pas au théâtre avant treize heures.

Il n'y a rien de plus solitaire qu'un théâtre vide.

Aucun technicien n'était encore là. Je parvins sans encombre au sous-sol où sont entreposés les éléments de décor et repérai une panière assez longue.

Je la chargeai sur mes épaules, craignant le bruit du monte-charge.

J'arrivai dans ma loge, refermai derrière moi, posai la malle près du placard, relevai le couvercle, ouvris les deux battants de la penderie, Manchot tomba, raide, en travers de l'osier et je me demandai si je n'avais pas présumé de mes forces et de mon sang-froid.

Tout ce que j'avais occulté la veille, ses yeux ouverts sur un regard de verre, sa mâchoire pendante, son corps raidi dans la posture que l'exiguïté du placard avait déterminée, tout cela me serra la gorge. Ses cheveux clairsemés et grisonnants laissaient voir des bouts de crâne blanc. Ses pieds étaient rentrés vers l'intérieur et ses semelles trop minces, tachées de débris répugnants ramassés sur le trottoir, puaient la misère.

Je dus gâcher un certain temps à recouvrer mes esprits alors que je disposais d'un créneau horaire limité. Je m'aspergeai d'eau froide et décidai de considérer un problème après l'autre.

Le corps tenait en longueur dans la malle grâce à l'angle étrange que le placard avait imposé à sa taille mais les bras étaient dressés droit devant comme ceux du monstre de Frankenstein. Il fallut les briser avant de rabattre le couvercle.

J'entretiens régulièrement ma musculation, mes bras sont puissants. Le bruit sec d'une articulation qui casse ne s'effacera jamais.

Je ne pouvais pas prendre le risque que la panière s'ouvre inopinément. Assis sur le couvercle, je me rappelai, un peu tard, avoir vu un cadenas sur la toile qui tapissait le fond. Je commençai par chercher à tâtons pour m'éviter la vision du cadavre mais le contact des vêtements aux effluves moisis et de la peau glacée et rêche était pire pour l'imagination que la confrontation à la réalité, œil ouvert.

Quand j'eus enfin fermé le cadenas, je m'assis face au miroir, la tête dans les mains, avant d'oser me regarder. J'étais d'une pâleur qui n'avait rien à envier à celle du mort et mon regard en creux était insoutenable.

Le risque demeurait de croiser quelqu'un. J'ai toujours quelques produits de maquillage pour masquer une rougeur ou un bouton intempestif.

Je me maquillai. Ce qui me rassura.

Impossible de porter la panière lestée par le cadavre. Je la tirai jusqu'à la porte, m'immobilisai. Quelqu'un dévalait l'escalier venant de l'étage. Les pas se dirigèrent vers ma loge. La poignée descendit, on insista. Henriette ?

Les pas s'éloignaient lorsque mon portable retentit.

– Michel ? Tu es là ?

Je restai coi. Après tout, j'avais pu oublier mon portable. C'était même l'excuse que j'avais donnée.

N'empêche qu'Henriette était dans la place, ce qui n'arrangeait pas mes affaires.

Cette mauvaise surprise eut néanmoins un effet bénéfique : elle capta assez mon attention pour escamoter provisoirement le cadavre dans la malle.

J'entendis Henriette remonter. Une porte claqua. Plus de temps à perdre. J'ouvris précautionneusement, vérifiai que la voie était libre et me dirigeai vers le monte-charge. C'était un risque à courir. J'aurais été incapable de porter la malle jusqu'en bas.

J'appuyai sur le bouton d'appel.

– Michel ? Michel !

Henriette s'était arrêtée à quelques marches du palier et cherchait sans doute dans quel ordre poser ses questions : qu'est-ce que je faisais là ? pourquoi est-ce que je ne lui avais pas répondu ?

J'anticipai, ce qui me semble toujours la meilleure des techniques, sauf quand je joue, et choisis de marquer un certain agacement :

– Qui a mis une panière dans ma loge ?

Dans le doute, affirmer. Que ce soit une opinion, un geste, une humeur, aussi invraisemblables soient-ils, assénés avec conviction, ils ont toutes les chances de passer.

Je posai donc la question d'un ton rogue tout en tirant la malle jusqu'au monte-charge.

– Elle a l'air lourde, s'étonna Henriette.

J'exagérai l'effort par grimaces interposées et m'entendis clamer d'une voix métallique :

– Élémentaire, Watson, puisqu'il s'agit du cadavre d'un géant d'origine africaine arrivé des Carpates par le train de neuf heures vingt-cinq en gare de Waterloo. L'odeur est caractéristique. Du charbon.

Ça y est, la panière était en place, j'appuyai sur le bouton de renvoi.

En même temps qu'elle secouait une tête désabusée, des numéros d'acteur, elle en subissait depuis vingt ans, l'habilleuse professionnelle s'étonnait de cette panière surgie du sous-sol, de ma présence, de ma loge fermée à clé. C'était encore impressionniste mais elle n'allait pas tarder à préciser sa curiosité.

Puisque j'avais improvisé une parodie de Sherlock Holmes, autant poursuivre. Je commençai de tourner autour d'Henriette, une pipe imaginaire à la bouche.

– Le portable du grand comédien a été abandonné à vingt-trois heures cinquante-deux dans une loge fermée à clé de l'extérieur. Le lendemain, à onze heures quatorze, une mystérieuse panière avait réussi à se glisser à l'intérieur. Nonobstant, le portable sonna à onze heures vingt-deux. Sachant que le grand comédien mesure un mètre quatre-vingt-deux et qu'il a les yeux bleus, plus bleus que le bleu des cieux, j'affirme que Tony *did it.* Mais pourquoi ? Vous vous troublez, madame, et changez de visage...

– Michel ! Jamais tu te mets sur pause ? Bon, à part ça... Il y a quelque chose dedans ?

– Impossible d'ouvrir, il y a un cadenas. Aucune importance. Je la redescends en vitesse, ni vu ni connu. Mais toi ? Ton examen ?

Je fus sauvée car elle l'était. Ce n'était rien, pas de tumeur, juste une boule de graisse.

Je l'écoutai, la relançai de questions. Elle s'interrompit, l'œil inquisiteur :

– Dis donc, t'as une mine épouvantable, toi, ce matin.

– On a un peu forcé hier.

– C'était bien ?

– Arrosé !

Je serrai Henriette dans mes bras en l'embrassant bruyamment et en répétant comme j'étais content pour elle... j'avais un rencard, je devais filer, à ce soir.

Et je descendis d'une traite jusqu'au plateau. Le

monte-charge s'était immobilisé, je déchargeai. Le cadenas tomba au sol. De la camelote. Il aurait suffi qu'Henriette soulève le couvercle...

Allons, il fallait avancer avec confiance.

J'allai vérifier que mon intuition était juste. L'assistant déco avait laissé ouverte la grande porte par laquelle passent les décors.

Je l'entendais discuter avec le décorateur sur le plateau.

Je tirai la malle jusqu'au trottoir. C'est le genre de non-événement auquel les voisins d'un théâtre ne prêtent plus attention. Je chargeai le 4 × 4 et filai vers Saint-Germain-en-Laye.

Je débarquai le cadavre en pleine forêt et ne pris pas le temps de le dissimuler. Jusqu'à présent la chance m'accompagnait mais le Cruiser de Lionel est remarquable et je craignais d'être repéré si je traînais dans les parages.

Je rapportai la panière chez moi et la descendis dans la cave. C'était le seul lien qui permettrait de relier Manchot et le théâtre. Personne ne viendrait l'y chercher.

Les jours qui suivirent, je lus la presse, *Le Parisien* en particulier, avec vigilance.

Le corps de Manchot fut trouvé par des promeneurs, l'après-midi du 3 novembre. Tout évoquait le règlement de comptes, le cadavre déposé en pleine forêt, la mort brutale d'un homme au casier judiciaire chargé... Rien de très lourd pourtant, arnaques minables, cambriolages foireux, peut-être m'avait-il envisagé comme le gros coup de sa carrière.

Un paragraphe dans les faits divers, puis plus rien.

Un petit homme, une petite affaire. L'un et l'autre vite oubliés.

Les jours passèrent sans que je reçoive la visite du moindre enquêteur.

Les Marivaux marchaient du tonnerre. La presse

m'avait encensé. L'avant-première de mon film approchait.

J'étais hors de danger, même pas suspect, totalement sorti d'affaire...

C'est du moins ce que je croyais.

2

Elle n'avait rien de remarquable et pourtant je la remarquai. Était-ce parce qu'elle me regardait avec une intensité presque inquiétante ? Ou parce qu'elle affichait une souveraine indifférence au regard des autres ?

La voiture de la production venait de me déposer devant le cinéma des Champs-Élysées où *Le Baiser mortel de la hyène,* mon film de kung-fu à l'occidentale, allait être présenté.

Un tapis rouge, protégé par des barrières et quelques gorilles à oreillettes, s'étendait jusqu'à l'entrée où les photographes attendaient qu'un visage connu apparaisse.

Une poignée de badauds figurait la foule qui, autrefois, se pressait sur le passage des stars.

Quelques flashes de photographes et l'inévitable caméra munie de son projecteur avaient attiré leur attention. Ça ressemblait à la télé. Voir ses animateurs vedettes de près, risquer d'y passer soi-même, voilà qui pouvait justifier un arrêt dans la course contre la montre d'une journée de Parisien.

J'aidai à s'extirper de notre limousine une certaine Delphine, je crois, élève au Cours Florent. Elle avait réussi le concours de la classe libre dont j'étais juré et je l'avais repérée. Elle était mignonne et ambitieuse, parfaite pour m'accompagner dans mes sorties publiques.

Je souris au photographe qui m'avait reconnu et m'appelait par mon prénom : « Michel ! Michel ! », première marque d'une gloire montante.

Je fis mine de saluer la foule derrière les flashes des photographes et c'est alors que je la vis.

Elle dépassait ses voisins d'une tête, grande donc. Ses longs cheveux raides tombaient sur ses épaules. Son visage aux traits fins était joli sans emphase, elle était habillée de sombre et ne me quittait pas des yeux. Je ne sais quel animal n'a pas de paupières, la salamandre peut-être. Elle avait un regard sans paupières et sans expression, à la fois inexpressif et intense dans sa fixité.

Ensuite, ce fut si fugitif que je peux l'avoir inventé, sa bouche esquissa un sourire. Delphine me parla. Je me détournai. Quand je regardai à nouveau, la fille avait disparu et je la cherchai des yeux, aussi absurde que cela soit, presque dépité de sa disparition.

C'était extraordinaire. J'aurais été incapable de la décrire. C'était juste une présence. Une présence entêtante. Enfin, qui m'entêta le temps de franchir les quelques mètres qui me séparaient de l'entrée du cinéma.

Je répondis à des questions, saluai quelques personnes. Je rejoignis l'équipe du film au premier rang de la salle qui nous était réservé.

Je m'entendais bien avec le réalisateur, Christian Cavaillon.

Ce film représentait un enjeu comparable pour Christian et moi. Son premier gros budget, après un documentaire-fiction et un long-métrage tourné à l'arraché, mon premier film « commercial » après une série de films d'auteur, autrement dit de films fauchés.

L'intrigue était improbable, voire incompréhensible, mais le suspense tenait, les scènes d'action étaient efficaces, je formais un couple sexy avec Catherine Cale.

Entre suspense et dérision, c'était le genre de film susceptible d'attirer un public jeune. Mon comparse principal avait fait les beaux jours de Canal. Son talent comique tiré vers l'outrance était indéniable.

Quand la salle s'éteignit, mes camarades s'esquivèrent. Je restai. Je voulais évaluer le film dans son entier, en présence du public.

La salle ponctua son silence attentif d'exclamations de peur, de surprise et de rires tonitruants.

Si nous n'avions pas la presse, nous aurions le public et, à choisir entre les deux, l'hésitation n'a même pas le temps de reprendre son souffle.

Être acteur, c'est grimper à une série d'échelles. J'avais réussi à monter en haut de la première et là, d'un pas immense, j'allais me hisser sur celle du haut, plus étroite, où les places sont chères car on n'y tient pas nombreux et qu'il faut donc, mathématiquement, que certains dégringolent pour faire place aux nouveaux venus. Ce n'était pas le moment de lâcher prise.

Dans les semaines qui suivirent l'avant-première, j'accompagnai le film partout, en duo avec Christian, pour le fameux service après-vente.

Un jour viendrait où je m'économiserais, quand je serais assez désirable pour me faire désirer. En attendant, je me dépensais sans compter.

C'est pendant cette période que je revis la fille régulièrement.

Tel un fantôme, elle apparaissait, disparaissait au gré de mes déplacements. J'arrivais à un rendez-vous, elle était assise à une terrasse de café, elle surgissait à la sortie des salles où l'on venait de projeter mon film, elle était dans le public des émissions de télé où j'étais invité. À peine repérée, elle s'évanouissait. Son regard m'absorbait comme un lac sombre dont les fonds semblent d'autant plus profonds qu'ils sont invisibles.

Une seule fois je réussis à surprendre sa silhouette tandis qu'elle fuyait d'un pas rapide. Elle était longue et fine, toujours vêtue de sombre, et tenait à la main un cabas en plastique tressé de couleurs vives.

J'avais pris l'habitude de la chercher des yeux et je la repérais au premier coup d'œil.

Je n'y pensais pas plus que ça. J'avais suffisamment d'occupations. Mon Frontin m'avait valu l'estime de la profession et je voulais revenir au théâtre dans un rôle majeur. J'avais jeté mon dévolu sur Prudence Harrington, un metteur en scène anglais susceptible de faire de moi un Hamlet de référence. Il y avait du *Hamlet* dans l'air à la Comédie-Française et son nom avait été cité pour la mise en scène. J'allais régulièrement à Londres lui faire ma cour. J'avais vu trois fois son *Roi Lear* au National Theater.

Mon agent me poussait à accepter un rôle de composition, un second rôle, dans un film américain dont la distribution ne comptait pas moins de cinq stars de premier plan. J'avais intensifié mes cours d'anglais en vue des essais et je me préparais avec un coach américain.

On me prêtait des aventures nombreuses avec des comédiennes plus ou moins jeunes. Je jouais le jeu, faisais en sorte de figurer à la bonne place sur les photos, pour être certain de ne pas être coupé à la publication.

Dans le privé, ma vie était monacale.

Comme prévu, nous cartonnions avec *Le Baiser mortel*. Plus inattendu, les ventes à l'étranger avaient suivi.

Je partis pour Hong-Kong et fis des pieds et des mains pour rencontrer Weizhuang, un réalisateur chinois dont les deux longs métrages m'avaient fasciné. Je savais qu'il mettait la dernière main à un scénario ultra-secret qu'il allait tourner en anglais. Je n'arrivai même pas à croiser sa route. Il ne sortait pas.

De retour à Paris, je commençai le tournage d'un film intimiste dont le personnage tourmenté était aux antipodes de ce que je venais de faire. C'était la première fois qu'un film reposait sur moi seul.

Nous étions en plein tournage et je venais de quitter le plateau pour rejoindre à pied la cantine, une grande tente dressée sur le boulevard Rochechouart. J'avais chaussé mes fines Ray-Ban, façon *Men in Black*, je tenais mon scénario négligemment roulé sous le bras et je sentais les regards des passants, devinais les coups de coude : T'as vu qui c'est ?

Roi du cool, maître de mon destin, j'étais bien. Presque malgré moi, je tournai la tête vers un banc sur le terre-plein au milieu du boulevard. La fille était assise là, seule. Je marchai vers elle, ses yeux, deux fentes hypnotiques et troublantes, ne me quittaient pas.

Cette fois, je lui souris. Elle se leva, je m'arrêtai, elle dit comme on présente quelqu'un :

– Michel Leman.

Elle soupira.

Je lui fis mon sourire de biais. Elle y répondit timidement.

Le régisseur du film me héla depuis l'entrée de la tente. Avec le retard pris sur le plan de travail, nous n'avions qu'une heure pour déjeuner, il fallait impérativement reprendre à 13 h 30.

L'inconnue me remercia, elle seule savait de quoi, voulut s'esquiver.

Je la rattrapai par le coude. Une impulsion subite. Voulait-elle déjeuner avec moi ? À la cantine. Ça l'amuserait ? Son visage s'illumina. Elle acquiesça sans chichi. Cela me plut.

Nous nous installâmes à une table où les gens de la déco terminaient de déjeuner et où nous serions tranquilles. Pendant quarante minutes, surmontant timidité et retenue, elle me parla de moi. Sa voix était rauque, tessiture grave. Une très belle voix.

Elle me sidéra. Elle avait tout vu et son regard était fin, son jugement perspicace, même si sa syntaxe était parfois sommaire. Je m'entendis mentionner Weizhuang, ce qu'il pouvait m'apporter, ma rencontre avortée avec lui. Elle aussi était fascinée par le cinéma chinois. Très cool. Et leurs acteurs très sexy.

Essoufflée par l'excitation, elle accéléra son débit, je savais que Weizhuang allait venir à Paris ? Elle l'avait lu quelque part. C'était génial comme coïncidence. Elle ferma les yeux fort en rapprochant son front et le haut des joues de ses doigts écartés. Le 18 juin ! Elle en était sûre ! Comme elle était sûre que j'étais un acteur pour lui. L'élégance et la fantaisie en plus. Ce serait génial. Il faudrait lui faire la cour comme à une femme. À cause d'une phrase qui l'avait frappée, qu'elle avait lue dans un entretien à propos du rapt du réalisateur par l'acteur. C'était beaucoup plus cru. Elle était sûre...

Elle se défit abruptement, se délitant devant sa propre audace, s'interrompit, baissa la tête.

L'assistant vint me rappeler à l'ordre, j'étais attendu au maquillage. J'invitai la fille à finir de déjeuner tranquillement. Juste, en deux mots, elle, qu'est-ce qu'elle faisait dans la vie ?

Oh, pas grand-chose. Son père venait de mourir, alors elle était un peu en rade. Elle avait presque sa licence d'anglais, elle pourrait peut-être trouver du boulot. Elle se débrouillait en attendant. Ça allait. Ça allait pas mal. Elle me remerciait, vraiment, elle avait passé un moment... Non, non, elle préférait partir.

Elle se leva avec moi. On se dirigea vers la sortie et, au passage, le cuistot me mima que ma copine avait une sacrée fourchette. Effectivement, elle avait mangé comme quatre. Aurait-elle faim ?

Elle était désarmante, semblait ne rien attendre, prête à partir sans demander son reste.

Je lui proposai de me laisser ses coordonnées. On pourrait reprendre contact. C'est une phrase que j'ai prononcée cent fois. Après tout, le rêve est notre domaine. Ça n'engage à rien et ça fait plaisir.

Confuse, elle sortit un carnet, griffonna quelque chose, arracha la page, me la tendit. Elle me regarda droit dans les yeux et, la voix à nouveau ferme et tranquille, elle dit :

– Vous devez tourner avec Weizhuang.

Quand je me retournai avant de monter vers la rue Lepic, elle avait disparu, fidèle à son habitude. Je fourrai son adresse dans ma poche.

Drôle de fille. Intéressante.

Intéressante de tant s'intéresser à moi sans doute.

Ce n'est que de retour dans le car-loge, alors que je me déshabillais et vidais machinalement mes poches avant d'enfiler mon costume, que je songeai à regarder ce qu'elle avait écrit. Au-dessous du numéro de téléphone parisien, son nom était dessiné en majuscules : JULIETTE MANCHOT.

Hasard ? Il faudrait que le hasard soit extrêmement retors, ce qu'il n'est pas. Amoral, oui. Pas retors.

J'arrivai sur le décor. Je demandai au régisseur de me trouver un annuaire et rejoignis le plateau.

On m'attendait pour la mise en place. J'avais imposé qu'aucun réglage lumière ne se fasse avant que j'aie déterminé les déplacements avec le réalisateur. Je proposai de jouer cette scène muette et solitaire en mouvement permanent pour donner l'impression d'une mouche dans un verre.

On tournerait caméra à l'épaule, décida le réalisateur. C'est ce que j'avais souhaité, mais il valait mieux que la décision semble venir de lui.

Je les laissai installer les lumières et allai m'asseoir dans le salon transformé en loge.

On frappa. L'assistant régie entra avec l'annuaire, et c'était comme si le nom de Juliette Manchot se mettait à clignoter en lettres de néon.

– C'est devenu difficile à trouver, un annuaire papier. Tu veux un café, un peu d'eau ? Tu as ce qu'il te faut ?

– Oui, merci, Claude.

Dès le premier jour de tournage, à chaque occasion,

j'appelle les techniciens par leurs prénoms pour bien me les mettre en mémoire. C'est toujours mieux d'avoir l'équipe de son côté.

Il y avait trois Manchot, dans l'annuaire. Le numéro de l'inconnue correspondait à un Patrick Manchot rue Myrha.

Comment l'intrusion de cette fille pouvait-elle être une simple coïncidence ?

Quand même, j'étais bon observateur et sensible aux nuances de la tromperie. Soupçon, inquiétude, rancœur, j'aurais certainement décelé leur trace s'il y avait eu lieu.

Sa connaissance encyclopédique de moi et de ma carrière était bien réelle. Et elle n'avait mentionné son père qu'en passant, presque à regret, sans même préciser les circonstances de sa mort, dont les journaux avaient pourtant parlé. Ou alors c'était une formidable actrice ou alors j'avais été un lien entre son père et elle qu'elle ne soupçonnait pas.

Je le reconnais volontiers, à ce stade toute personne sensée s'en serait lavé les mains et aurait évité tout nouveau contact avec la fille de sa victime. Avec le recul, je me demande si cela aurait fait la moindre différence, si cela n'aurait pas simplement retardé l'inévitable.

En tout cas, la question ne se posa pas : j'étais inquiet autant qu'intrigué et les fausses bonnes raisons de revoir la fille se bousculèrent pour évacuer le seul bon motif de l'éviter comme la peste : le danger qu'elle représentait pour ma sécurité.

Manchot ne m'avait pas expliqué ce qui l'avait mené jusqu'à moi, il avait, d'emblée, exposé son projet, qui lui semblait intéressant pour les deux parties concernées : il s'agissait de monter, avec mes fonds bien sûr, une maison de production qui me garantirait une part producteur sur tous mes films. Nous serions partenaires. Il serait le gérant. En échange, il me garantissait sa loyauté à toute épreuve, mes intérêts se confondant avec les siens : Michel Parfond ne reviendrait jamais à la surface. Je n'avais qu'à dire oui pour qu'il me rende la clé de ma loge.

Il avait dû confondre mon incrédulité avec un questionnement muet car il avait annoncé : « Première pièce à conviction » avant d'entamer, d'une voix emphatique et grotesque, la lecture de ma lettre à Steve, le récit autographe de ma soumission et de mon abjection.

J'effaçai aussitôt ce double retour du passé.

Par deux fois j'avais enterré ma vie d'avant, je ne me laisserais pas surprendre une troisième fois.

Il me parut raisonnable d'en apprendre plus long, de mesurer l'étendue ou l'absence d'informations que Juliette Manchot possédait. J'attendrais qu'elle se pointe à nouveau et, loin de l'éviter, je l'aborderais naïvement et évaluerais précisément le danger qu'elle pouvait représenter. Ou sa parfaite innocence.

Elle ne payait pas de mine, à l'époque, trop mince, mal fringuée, androgyne à sa façon. Elle n'avait rien d'inquiétant. Elle était vraiment grande, comme je m'en étais aperçu en marchant à ses côtés. Je prétends mesurer un mètre soixante-dix sans l'atteindre vraiment, elle devait avoisiner le mètre soixante-quinze mais elle était si filiforme que sa taille ajoutait à son étrangeté plus qu'elle n'impressionnait.

Restait son regard, son regard liquide, je ne trouve pas de meilleur adjectif, qui rendait sa présence magnétique et son absence obsédante.

Comme le stagiaire me ramenait dans sa voiture de location, je m'abandonnai contre le dossier. Je faisais du bon travail. Ce film marquait une nouvelle étape, un élargissement de mon registre. Le réalisateur n'était pas très inventif mais il savait mettre en scène mes multiples propositions. Si je ne cédais pas à la facilité, je serais magnifié par son regard. Un tournage ressemble à un rapport amoureux. L'objet aimé devient beau aux yeux du reste du monde.

L'objet passif, surtout pas le sujet actif. Encore un des paradoxes de mon métier. Il faut séduire pour exister mais en ayant l'air de se dérober.

Juliette devait avoir instinctivement compris ce secret-là.

Je ne la revis plus. Et ce ne fut pas faute de la guetter.

Un soir, je demandai au stagiaire qui me ramenait de faire un détour par la rue Myrha, l'adresse trouvée dans l'annuaire. C'était à la Goutte d'Or. L'immeuble avait dû être gracieux, avec sa surprenante façade baroque, avant que les lézardes ne le transforment en taudis asphyxié par la crasse et envahi par les blattes. J'avais autrefois habité dans ce genre d'immeuble.

Heureusement qu'on n'a pas réussi à mettre au point la machine à remonter le temps. Pour rien au monde je ne voudrais revenir en arrière. L'immeuble de la Goutte d'Or me le rappela.

C'était au fond la menace la plus terrible qu'avait représentée Patrick Manchot : me faire revenir sur mes pas.

Mon impulsion avait été justifiée, décidément je ne regrettais rien.

J'étais en train de réviser mes scènes du lendemain, assis par terre, les pieds contre la grille de mon jardinet de trois mètres carrés, quand mon vieux voisin sortit de chez lui et entama la conversation.

Il m'avait vu en photo dans le journal, ça avait l'air de bien marcher pour moi. Est-ce que j'étais toujours intéressé par sa maison ?

Et comment !

Une maison mitoyenne grâce à laquelle je doublerais ma surface, et après quelques travaux je serais immobilièrement peinard pour la vie.

Je visitai son modeste pavillon. La cité Boulard est charmante mais ses maisons sont exiguës.

Le retraité parlait encore en francs et me proposa ses quatre-vingt-douze mètres carrés à trois millions de francs.

L'affaire du siècle, comme je me gardai bien de le lui dire. Au contraire, je fis valoir que les travaux doubleraient mon prix d'achat. J'étais un jeune comédien, montant certes, mais pas encore millionnaire.

Bref, nous conclûmes à trois cent cinquante mille euros et je fis établir une promesse de vente par un notaire dès le lendemain. Le jour de la signature, j'offris le champagne à toute l'équipe.

J'étais heureux.

J'engageai un architecte avec lequel je commençai à établir des plans d'aménagement. J'adore la décoration.

Et, sur ce, mon agent m'apprit que mon info était bonne, Weizhuang arrivait à Paris le 18 juin, il logerait, près de la Comédie-Française, dans un hôtel où il avait ses habitudes.

Ayant fait chou blanc jusque-là, je décidai de suivre les conseils de Juliette. Qu'avais-je à perdre ?

Je fis livrer au réalisateur une somptueuse rose rouge accompagnée d'une carte où je lui annonçai que je viendrais le prendre à son hôtel, deux jours plus tard, pour l'emmener dîner.

Le soir dit, il m'attendait dans le hall de son hôtel, regard invisible derrière ses lunettes fumées, sourire mystérieusement oriental aux lèvres.

Je l'emmenai à la brasserie Toumieux, choisis le vin et le guidai dans ses choix. Il n'avait rien d'efféminé, Dieu sait, maintenait une distance de bon aloi mais semblait beaucoup s'amuser. Son anglais était sommaire, contrairement au mien, mais sa pensée si précise qu'elle n'avait pas besoin d'un support sophistiqué. Mes jeux de mots et autres citations le laissèrent de marbre. Mes analyses pointues de ses films se heurtèrent à une indifférence courtoise.

Il m'observait, un sourire doux et bienveillant adoucissant l'impassibilité de son visage.

Peu à peu je cédai à son exemple et notre conversation devint concrète : nous parlâmes méthodes de travail. J'expliquai ma difficulté à réinventer sans cesse la spontanéité de l'improvisation. J'apprenais d'abord toutes mes scènes mécaniquement avant de travailler autour du rôle pour arriver sur le plateau disponible, en creux pour ainsi dire.

Lui pratiquait l'art asiatique de faire et refaire jusqu'à ce que l'objet trouve sa forme aboutie. Il travaillait avec ses comédiens des mois avant le premier jour de tournage et répétait, répétait indéfiniment chaque scène.

Rien ne me plairait davantage que d'aborder un rôle d'une façon aussi radicalement contraire à mes habitudes ! J'étais parfaitement sincère, de la fausse et absolue sincérité de l'acteur en chasse qui est comparable au dragueur prêt à abjurer tous ses goûts personnels pour se faufiler dans le monde de sa proie.

Il parla de ma faim, tandis que je dévorais mon bœuf bourguignon. Une qualité essentielle chez un acteur. Nous savions l'un et l'autre ce qu'il sous-entendait par là.

Il aimait mes mouvements, me dit-il. Il y avait une grâce du corps à l'image qui était comme la présence, on la possédait ou pas. Il avait vu plusieurs de mes films et j'en fus flatté.

Quand je le quittai devant son hôtel, il s'inclina mais ne me remercia pas.

Je décidai de rentrer à pied.

Un des plus grands réalisateurs du moment m'avait accordé son temps, s'intéressait à mon travail.

Je m'accoudai au-dessus de la Seine, exalté et confiant. L'île de la Cité, Notre-Dame, les beaux immeubles de bordure illuminés, luxe et beauté étaient à ma portée. Le ciel lui-même ne bornerait jamais mon ambition. Un appétit monstrueux.

Je revis Juliette Manchot s'empiffrer à la cantine. Elle avait peut-être littéralement faim. La mort de son père avait pu la plonger dans une difficulté financière que je n'avais pas imaginée.

Et je lui devais, en partie, cette soirée magnifique.

J'irais chez elle, ce qui me donnerait une idée de sa situation, je sonderais ses intentions, ce qu'elle savait de son père et... et j'aviserais.

Le samedi suivant, je me fis conduire en taxi rue Myrha.

Il y avait bien un code à l'entrée de l'immeuble mais la porte ne faisait même plus semblant d'être un obstacle. Elle bâillait sur un couloir obscur dont la minuterie ne fonctionnait plus.

Des boîtes aux lettres survivaient, à moitié décrochées du mur, défoncées et couvertes de messages illisibles. Je maintins la porte ouverte avec le pied pour profiter de la lumière extérieure. MANCHOT avait été écrit, au feutre, en grosses lettres, avec la mention, « troisième gauche », suivie d'allusions imaginatives aux pratiques sexuelles auxquelles la perte d'un bras réduisait sa victime.

L'escalier baignait dans des odeurs d'épices exotiques gâchées par une puanteur de pissotière. Après réflexion, j'avais préparé un mot en cas d'absence.

Je toquai à la porte du troisième gauche où le nom « Manchot » était à nouveau affiché. Je n'eus pas à attendre longtemps, l'appartement se traversait en cinq pas. Ce jour-là, déjà, elle était une autre.

Ses cheveux étaient tressés en une longue natte et elle portait une djellaba jaune soleil qui éclairait sa pâleur d'une transparence lumineuse. Elle ne marqua pas la moindre surprise, à part pour un mouvement de la main, paume en avant, qu'elle arrêta à mi-chemin.

– Bonjour. Je peux entrer ?

– Non, pardon, mais non. C'est moi que vous venez voir ?

Je ris pour détendre l'atmosphère : j'étais monté par hasard au troisième étage de son immeuble et, coïncidence effarante, j'étais tombé sur elle.

– Non mais, qu'est-ce que vous voulez ?

Elle posa la question sur un ton de sincère curiosité.

Je trouvais difficile de poursuivre la conversation sur le palier. Si elle avait le temps, pourrions-nous aller boire un café dans le coin ?

Elle avait toujours cette façon de me regarder comme on se remplit d'un tableau ou d'un paysage sans craindre d'être jamais rassasié. C'était très déstabilisant.

Elle me donna le nom d'un bistrot, plus haut sur le boulevard Barbès, où elle me rejoindrait après s'être habillée.

Tout en me frayant un chemin à travers la foule des revendeurs de montres, joueurs de bonneteau et mères de famille traînant leur nombreuse nichée vers les portes du paradis, les magasins Tati et leurs étals à deux euros, je m'inquiétai de savoir si elle viendrait. C'est dire ma naïveté.

Elle ne me fit même pas attendre.

Elle commanda une bière et un jambon-beurre. Il était dix heures du matin. Puis elle me regarda, en attente. J'étais pris de court, ce qui m'arrive rarement. J'en rajoutai donc dans la jovialité.

Je la remerciai car, un peu grâce à elle quand même, j'avais passé une soirée magnifique avec Weizhuang.

Son visage s'éclaira. Apparemment, cette nouvelle lui faisait encore plus plaisir qu'à moi.

Elle voulut en connaître tous les détails, m'interrogea, me relança, et moi qui ne suis disert que lorsqu'il s'agit de ne rien dire, je lui racontai tout, redécouvrant des détails, des précisions, revivant quasi *verbatim* ma longue conversation.

Puis je me rappelai ma mission.

J'avais trop parlé de moi et je ne savais toujours rien d'elle à part qu'elle avait perdu son père.

– Vous ne savez pas comment il est mort ?

J'avalai ma salive. Bruyamment à mes oreilles mais apparemment pas aux siennes. Je pris l'air le plus dérouté possible.

– Je devrais ?

– C'était dans les journaux. Il a été assassiné.

– Assassiné ! Par qui ?

– Ça, tout le monde s'en fout...

– Même vous ?

– Comprenez-moi. Je ne parle jamais de ce qui est... moche.

Elle me regarda bien droit, avec une netteté tranchante.

Pour le meilleur ou pour le pire, la vie vous pousse parfois rudement dans le dos et vous y allez.

Il y avait une rétrospective Hitchcock au Quartier latin, j'avais eu l'intention de revoir *Soupçons*. Spontanément, je proposai à Juliette de m'y accompagner. Je l'invitai à grignoter avant, si elle n'avait rien de mieux à faire...

Elle n'avait rien de mieux à faire.

En dehors de sa détermination et de sa volonté exceptionnelle, je reste sidéré d'avoir plongé dans cet inconnu-là, sans l'ombre d'une hésitation.

On mangea mal dans un chinois quelconque et on parla peu. Comme si ce rapprochement soudain nous rendait las par avance ou précautionneux. À un moment, j'assénai, d'un ton supérieur :

– Un acteur n'est personne à force de devenir quelqu'un d'autre.

Elle soupira, rêveuse :

– Quel beau métier !

Dès les lumières éteintes, dans la salle de cinéma, j'oubliai totalement sa présence.

Elle savait disparaître dans un film, sans parasiter ses voisins de ses réactions, une qualité rare. Elle sut même se taire quand je la raccompagnai jusqu'au métro. Elle était plongée si profondément dans ses pensées que je finis par être intrigué. Vraisemblablement, elles tournaient autour de moi.

Elle s'arrêta soudain, me fit face.

– Mon père était un homme épouvantable. Personne ne peut savoir ce que c'est que d'être sa fille.

Elle se détourna et dévala les marches, disparaissant dans les profondeurs.

Je rentrai à pied chez moi, complètement dérouté, et trouvai un mot cinglant de mon architecte qui m'avait attendu une demi-heure. J'avais oublié notre rendez-vous.

Je m'envolai pour Londres. La Comédie-Française envisageait Prudence pour monter *Hamlet.* Comme je l'avais souhaité, sa condition était que je sois recruté dans la troupe pour jouer le rôle-titre.

J'allais encore me faire des amis mais, inutile de me répéter, j'ai choisi très tôt entre la réussite et l'amour de mon prochain.

Si nous étions satisfaits l'un de l'autre après ce premier travail à Paris, Prudence envisageait de reprendre sa mise en scène, à Londres, en anglais, avec moi.

La reine aurait proposé de m'anoblir que je n'aurais pas été plus flatté.

Mes essais pour le film américain avaient été positifs. Je lus attentivement la dernière version du scénario. On me proposait quatre fois mon salaire habituel et une place honorable au générique mais mon personnage était là pour servir la soupe aux autres. J'eus beau réfléchir positivement aux cinq scènes proposées et à la façon de les détourner en ma faveur, je savais que je ne faisais pas le poids face aux vedettes à qui j'aurais donné la réplique.

Même si je m'en sortais au niveau du jeu, le montage avantagerait forcément les Américains et, une fois qu'on a servi de faire-valoir, on ne peut espérer aucun retour d'ascenseur. Je dirais presque, au contraire. C'est un métier du don, pas de la réciprocité, où il faut savoir prendre plutôt que rendre.

Pour que le destin vous donne un coup de pouce, il faut d'abord l'avoir poussé au cul à coups de lattes. Donc, le maltraiter quand il fait miroiter une fausse bonne affaire.

Je fis le pari que j'aurais de meilleures opportunités et j'éprouvai même une certaine satisfaction à dire « Non » au dieu américain. Ce fut l'une des rares occasions de désaccord avec mon agent. Quand il m'expliqua qu'il fallait savoir passer les portes quand elles s'ouvraient, je lui répliquai qu'il n'était jamais bon d'entrer par la porte de service.

Je pensais donc qu'Hollywood me déroulerait un jour le tapis rouge ?

Eh bien, oui.

J'étais en train d'acquérir ma liberté. La liberté, c'est le choix et, pour avoir le choix, il faut prendre le pouvoir.

Oh, j'avais compris beaucoup de choses alors que je n'avais pas encore trente ans et ce n'était pas de l'intelligence. Un acteur n'a pas besoin d'être intelligent du moment qu'il sait faire semblant.

Est-ce d'être tellement affûté dans une direction que j'oubliais de l'être dans une autre ?

Le cycle Hitchcock continuant, je décidai d'aller revoir *Les Enchaînés.* C'était une séance du matin, un dimanche je me rappelle, garantie d'une salle presque vide comme je les aime sauf lorsque je suis à l'affiche.

Je reconnus sa nuque au quatrième rang. Juliette m'avait précédé.

Elle sursauta quand je m'assis à côté d'elle. Les lumières venaient de s'éteindre. Elle marqua un tel recul que je proposai d'aller m'asseoir ailleurs mais elle affirma que non, elle était contente que je sois là, elle ne s'était pas attendue à me voir, c'est tout.

Quand les lumières se rallumèrent, je découvris son visage. Elle avait maigri, les cernes lui mangeaient la figure.

Je lui demandai, sans précaution, ce qui lui était arrivé.

Elle murmura « rien de particulier ».

J'insistai pour l'emmener déjeuner. Elle semblait absente, inquiète. Elle ne parlait pas et je ne savais pas quoi dire. Son nez, légèrement bosselé, ajoutait à son charme. Ses sourcils étaient épais et droits, son visage dessinait un long ovale. Avec un peu de coquetterie, elle aurait pu tirer meilleur parti de son physique.

Elle se leva soudain en me remerciant pour le déjeuner, elle ne pouvait pas rester davantage.

– On est dimanche. Qu'avez-vous à faire de si urgent ?

Elle se laissa retomber sur sa chaise, s'affaissa, fragile, démunie, comme si ma question avait aspiré ce qui lui restait d'énergie.

Presque inaudible, elle lâcha des bribes d'informations. Sa seule urgence, payer son loyer. Rien à faire à part ça. Elle n'avait plus droit à la petite pension d'invalidité de son père.

Il lui restait une année de fac à accomplir quand il avait disparu, elle avait dû y renoncer.

Sa mère ?

Elle était morte, c'était une Algérienne, comme son père ne manquait pas de le lui rappeler quand il était de mauvais poil. Une fille d'Arabe, voilà ce qu'elle était. Comment un raciste comme lui avait pu faire un môme à une Maghrébine, mystère, mais, voilà, ça avait donné... elle.

Le meurtre qui j'avais commis n'avait ni réalité ni consistance. Je n'avais pas voulu tuer. J'avais agi spontanément en état de légitime défense. Mais qui aurait pu acheter ce mobile-là ?

Aujourd'hui, je ne sais plus si elle avait réveillé ma culpabilité endormie ou si je voulais la garder, sous le coude en quelque sorte, par précaution.

Je la priai, dus la supplier d'accepter un chèque de mille euros qui la remettrait à flot provisoirement, le temps de trouver une solution. Si elle préférait, nous le considérerions comme un prêt. L'argent était fait pour circuler, j'en avais plus que nécessaire, elle en avait besoin, c'était simple et même moral.

J'étais sincère. J'aime ce que l'argent m'achète, je ne voudrais pas en manquer mais je ne le révère pas. Même, je m'en méfie. L'argent instaure une relation de maître à esclave. On en est d'abord le maître et puis, à force de s'enrichir, on en devient l'esclave.

Je sus me montrer assez convaincant pour qu'elle accepte et le soulagement de ma conscience me permit de vérifier que j'en avais une.

Bonne nouvelle ?

Professionnellement, mes affaires allaient bien.

Je signai mon contrat de pensionnaire au Français. J'acceptai simultanément le tournage d'une comédie genre *Astérix*, esprit Canal +. Et la démolition commença dans ma nouvelle maison.

Mon agent proposa de m'héberger mais je choisis d'aller à l'hôtel.

Il avait été décidé d'entreposer mes meubles dans ma cave, pendant la durée des travaux, et j'y étais descendu pour la première fois depuis que j'y avais déposé la panière de l'Athénée. Je la fis mettre de côté pour que les ouvriers s'en débarrassent en même temps que des gravats.

J'étais débordé par les rendez-vous, les factures à payer, les coups de fil à passer.

C'est ce que j'expliquai à Juliette les deux ou trois fois

où elle m'appela, inquiète de ne pas encore pouvoir me rembourser. Sa dette était le cadet de mes soucis.

J'attendais l'architecte et l'entrepreneur dans mon jardinet qui ressemblait plus à une zone de guerre qu'au havre de paix dont j'avais rêvé. Plongé dans les derniers plans, j'essayais de visualiser le résultat, il m'aurait fallu une maquette... On sonna. C'était eux.

Je déclenchai l'ouverture de la porte qui fermait l'impasse et vis arriver, épaules rentrées, visage anxieux, Juliette que je n'attendais pas.

Comme d'habitude, elle s'excusa, puis me tendit deux billets de cinquante euros que je refusai. Cela pouvait attendre. Vraiment.

Comme elle regardait autour d'elle avec curiosité, je lui fis faire le tour des lieux. Elle s'extasia, demanda timidement des explications sur les travaux, examina les plans, écouta mes désirs dont la liste était longue.

Elle était donc encore là quand les deux hommes de l'art arrivèrent. En retard, bien sûr.

À une ou deux reprises elle m'encouragea du regard quand les deux professionnels opposèrent leur front uni à mes demandes qu'ils jugeaient irréalistes avec la condescendance de l'homme ordinaire pour « l'artiste », ce doux rêveur.

Soudain, n'y tenant plus, elle les interrompit presque grossièrement.

Pourquoi tenaient-ils tant à me vendre la solution la plus coûteuse quand il suffisait d'une double circulation, par le jardin et le sous-sol, pour rendre le rez-de-jardin de la nouvelle maison indépendant et par un étage d'un seul tenant rehaussant les deux maisons réunies ?

Comme un seul homme, les deux le prirent de haut, reparlant du puits de lumière et du sol en verre qui permettraient à l'ensemble de gagner en luminosité...

– Qui vous permettraient surtout de gagner plus en explosant le budget, oui !

Deux visages exaspérés se tournèrent vers moi.

J'étais... excité. Elle parlait rude et frontal, comme j'en aurais été incapable. Elle que j'avais toujours vue humble face à moi révélait une nature agressive. À mon service.

– Est-ce qu'on peut savoir... ?

L'architecte hésita, se tourna vers elle.

– Excusez-moi, mais vous êtes qui ?

Elle resta interdite, quêta mon aide.

J'intervins alors :

– Pardon, je ne vous ai pas présentés. Ma secrétaire, Juliette Manchot. Elle supervisera les travaux en mon absence.

Un sourire illumina le visage de Juliette, si rapide qu'il disparut aussitôt né sans laisser de trace.

La réunion de préchantier fut écourtée. L'architecte allait devoir revoir sa copie. Il fulminait mais n'osait pas risquer de s'aliéner ma rude « secrétaire ».

J'invitai Juliette à boire un coup sur la place de la Mairie.

L'air épaté, elle me dit :

– Vous avez fait fort ! Ça doit être ça être acteur, faire avaler n'importe quoi aux autres. Votre secrétaire ! Vous imaginez !

– C'est vous qui avez fait fort. Dès que je sors de mon domaine de compétence, je suis un vrai gogo.

– Mais voilà ! Ça, c'est un service que je pourrais vous rendre. Je le ferai pour rien, bien sûr. Mais si vous voulez, je peux continuer. Ce sera comme un remboursement. Et je serai tellement soulagée. Moi, ces types-là, ils ne m'impressionnent pas du tout. Dans n'importe quel domaine, un arnaqueur c'est un arnaqueur.

C'est ainsi que tout commença avec Juliette.

Elle avait mis le pied dans la porte.

Fin du premier acte.

Quand je revins de Hong-Kong où j'étais parti faire des essais pour Weizhuang sans garantie d'être choisi, les travaux étaient avancés et Juliette, que je me mis rapidement à appeler Jules, avait pris quelques initiatives sans conséquence, comme trier mon courrier, déballer quelques scénarios.

Elle me confessa qu'elle s'était permis de jeter un œil sur les textes. Ça l'avait aidée à passer le temps quand elle restait pour surveiller le chantier et, à la vérité, elle n'y avait pas résisté.

Tant qu'on ne travaille pas beaucoup, chaque script reçu est une bénédiction, on se précipite dessus, on le dévore, cherchant parfois pendant des pages et des pages l'unique scène où intervient le personnage pour lequel on est pressenti. Avec la notoriété, les projets médiocres se déversent en flot continu, illisibles pour la plupart, mais qu'il faut bien se coltiner si l'on veut dénicher l'éventuelle perle rare.

Lire des scénarios m'évoque beaucoup de choses mais rarement une partie de plaisir. C'est une entreprise laborieuse et ingrate.

Un peu goguenard, je lui demandai si elle avait eu des révélations.

Ah ça, oui !

Son visage d'extase me fit sourire. Il y en avait un, elle l'avait mis de côté pour le relire d'ailleurs, et elle m'en fit le résumé. Elle détailla avec enthousiasme le personnage qu'on me proposait. Elle me donna envie de m'y plonger.

Quand je trouvai le temps de le lire, je dus reconnaître que ses commentaires n'étaient pas idiots, c'était un projet envisageable.

Juliette avait fini par accepter quelques dédommagements, je prenais en charge ses repas mais ce n'était pas grand-chose, compte tenu des services de plus en plus nombreux qu'elle me rendait.

Mon comptable me fit remarquer que si je la salariais, ce serait déductible de mes impôts. Il ne comprenait pas que je ne l'embauche pas officiellement.

Elle venait d'avoir vingt-trois ans. Sa vie, dont je ne savais toujours rien ou presque, l'avait bien armée, mais j'étais constamment confronté à son double visage. Brutale et exigeante avec le reste du monde, elle devenait respectueuse et humble dès qu'elle avait affaire à moi. Chacun de ses actes, chaque opinion qu'elle exprimait démontraient que j'étais au cœur de ses préoccupations.

C'était flatteur, presque gênant.

Chaque fois que j'étais tenté de régulariser ses responsabilités, je me rappelais les circonstances de notre rencontre et ce lien secret qui nous reliait dangereusement. A son insu ?

C'était toute la question. Une question que je ne pouvais pas aborder de front sans me trahir.

Un soir, je décidai de tenter une manœuvre.

Je me croyais malin. Englué dans la toile, le moucheron s'imaginait tisser à la place de l'araignée. On alla dans ce qui était devenu ma cantine, un bar à vins sympathique, à deux pas de chez moi. Je commandai pour elle, comme d'habitude.

J'attaquai fermement :

– Jules, certains déséquilibres hurlent à l'injustice. Et cette situation doit cesser.

Ses yeux se recroquevillèrent. Panique totale.

– On en est arrivés au point où vous me connaissez mieux que je me connais moi-même. Vous anticipez mes désirs, me devinez à mi-mot. Vous avez pris un pouvoir de vizir qui veut prendre la place du calife.

Son visage, devenu tout pâle, s'était vidé de toute expression.

– Il faut que cela change ! Et, pour commencer... je veux tout savoir de vous. Qui vous êtes, ce que vous voulez, d'où vous venez... Je veux savoir qui était votre père, ce qui lui est arrivé. Je veux des mots, pas des soupirs !

Elle commença une phrase hésitante :

– Il n'y a rien...

Je terminai pour elle sur un ton d'exaspération feinte :

– ... à dire. Votre vie n'a aucun intérêt, vous n'êtes qu'une petite personne insignifiante que le hasard a mise sur ma route. Vous êtes intelligente pour moi, rouée pour moi, inventive pour moi, géniale pour moi et rien par vous-même ? Gogo n'est pas mon logo, vous savez.

Évidemment, tout ce que je disais pouvait être interprété à double sens.

Si j'avais su ce que je sais aujourd'hui, comme j'en aurais profité, comme je l'aurais fait souffrir en attisant doucement les charbons ardents qui lui brûlaient la plante des pieds.

Vains regrets. Même si je l'avais démasquée dès ce soir-là, elle aurait sorti un des nombreux atouts cachés dans sa manche et repris la main.

– Alors ? La rencontre de vos parents. Juste ça. Tout le monde sait comment ses parents se sont connus.

Son récit débuta prudemment. Le terrain était miné.

Son père, Patrick, et sa mère, Leïla Sekhi, s'étaient connus au jardin d'enfants, commença-t-elle. Leurs parents se fréquentaient. Un couple d'Algériens, immigrés de la première génération, et un couple de Français, les Manchot. C'était dans une petite ville du Nord, autrefois minière.

Les deux enfants avaient grandi, toujours fourrés l'un chez l'autre, jusqu'au jour où ils comprirent que leur vieille complicité s'était transformée en sentiment amoureux.

Ils annoncèrent à leurs parents leur intention de se marier.

Le père de Leïla, musulman non pratiquant, s'opposa à cette union. Il avait déjà arrangé un mariage avec un Algérien d'Algérie. Lui vivant, sa fille n'épouserait jamais un impie. Leïla se retrouva bouclée chez elle.

Le jour même de ses dix-huit ans, elle quitta le domicile familial et se réfugia chez les Manchot.

Le père, alors, sortit le fusil, déterminé à tuer et sa fille et son suborneur.

Les gendarmes, alertés, annoncèrent qu'ils ne pourraient intervenir que si le père passait à l'acte. Patrick et Leïla montèrent à Paris où ils ne connaissaient personne et rompirent tout lien avec leurs familles respectives.

Juliette naquit.

Courageuse, Leïla faisait des ménages pendant que Patrick ruminait l'injustice de sa vie. Leïla devint la cause de tous ses malheurs. Le chômage sévissait. Quand il réussissait à trouver un boulot, son refus de toute autorité le lui faisait perdre aussi vite. Il commença de boire...

Juliette détourna le visage, toussa pour s'éclaircir la gorge :

– C'est affreusement banal. Plus il souffrait, plus il cognait. Et maman était tout le temps malade. Et si elle pleurait, lui s'énervait. Alors, plus elle avait mal, plus elle se taisait. Et quand on l'a opérée, c'était trop tard. Elle y est restée.

Elle me jeta un regard de défi qui rejetait toute compassion.

– La sale blague, c'est que, juste après, mon père s'est retrouvé avec une pension tombée du ciel. À cause d'une histoire d'amiante dans une boîte où il avait travaillé. Mais ça ne lui suffisait pas. Il se croyait plus malin que tout le monde. Il montait des combines. Nulles. Je voulais qu'il m'émancipe mais lui pas. Il ne m'aurait jamais lâchée. Arabe ou pas, j'étais tout ce qu'il avait. Quand il est mort, il m'avait annoncé qu'il était sur un gros coup qui allait changer ma vie. Peut-être que c'était vrai. Et parfois, il me manque. C'est idiot.

Elle essaya de rire.

– Idiot aussi de vous gâcher la soirée avec mon histoire sinistre !

Comme si un sentiment instinctif de loyauté l'obligeait à trouver un argument en faveur de son sale type de père, elle conclut qu'elle lui devait tout de même la plus grande chance de sa vie. Après tout, c'était grâce à lui qu'elle se retrouvait ici, aujourd'hui, avec moi.

Je gardai le visage vide de toute expression car celles qui grouillaient sous ma peau m'auraient immédiatement trahi. J'attendis calmement qu'elle poursuive.

Ce qu'elle finit par faire après une pause interminable.

– Il ne savait pas quoi faire avec moi et il était tout le temps fauché, alors il m'emmenait au cinéma. Il m'a appris la resquille. Je n'ai jamais payé ma place et pourtant, je peux vous dire que j'en ai vu des films ! Il aimait sincèrement le cinéma. Il disait que s'il n'y avait pas eu Leïla et moi, il serait devenu un Luc Besson. Il avait de ces naïvetés...

Elle s'interrompit, entre larmes et sourire. J'étais soulagé.

Elle me regarda alors, tête penchée, un sourire de traviole inhabituel sur les lèvres.

– Et il s'intéressait beaucoup à vous.

Je répondis d'un « ah » foireux, entre interrogation, étonnement et incrédulité, un « ah » sans définition, lamentable.

– Oui, il vous avait repéré. Il était peut-être plus doué qu'on ne pense.

Des picotements m'attaquèrent le crâne. Le cou raide, j'attendis la chute.

– Comment ça ?

– Vraiment, je ne sais pas, on n'en a jamais parlé mais il lisait les articles vous concernant, il suivait votre carrière. On vous a vu à la télé, au cinéma et moi... Vous le savez bien, allez. Moi, j'ai flashé sur vous. À force...

La répétition appelant réparation sortit spontanément.

– À force ?

La vanité de l'acteur. On ne se refait pas.

– Je m'exprime mal. Je vous aurais... reconnu de toute façon, un jour ou l'autre, j'en suis sûre. Comme tout le monde. Enfin, un peu mieux que tout le monde. Mais là, ça a été avant tout le monde. Une fois, on est allés vous voir au théâtre. Il mourait d'envie de vous rencontrer mais il n'osait pas. Moi, je le poussais, mais il m'a dit : « Pas encore. » C'est étrange, non ? Tout aurait été différent. C'était dans un café-théâtre, une pièce drôle, *Le Double Lascar.*

– Pas terrible.

– Non, mais vous étiez bien.

– Et dans les Marivaux ?

Elle répéta le nom comme un mot inconnu. Je précisai que c'était un spectacle que j'avais joué au Théâtre de l'Athénée.

– C'était bien ?

– Oui, un gros succès.

– Ah oui, j'ai dû lire des articles. Mais le théâtre... on n'a jamais eu trop les moyens.

Elle n'avait pas cillé.

À quelques jours de là, elle m'annonça avec un luxe de précautions gênées qu'elle allait devoir arrêter, maintenant que la maison était terminée, je n'avais plus besoin d'elle et il fallait qu'elle gagne sa vie, elle me remerciait, elle venait de passer les meilleurs moments de sa vie, j'avais été vraiment gentil et généreux.

Ce fut mon Rubicon. Je lui proposai d'officialiser ses fonctions par un contrat de travail.

Elle s'exclama qu'elle n'avait pas de qualifications.

Je lui rétorquai qu'elle avait fait ses preuves, qu'elle m'avait été très utile et que, personnellement, je serais très content qu'elle continue. Sans parler de mon comptable qui s'épuisait à me convaincre que dépenser plus, c'est économiser davantage.

Après une courte résistance, elle céda à mes arguments.

Je croyais faire d'une pierre deux coups. Juliette n'en était qu'au début de ses ricochets.

3

Avant que le statut de Juliette ne change à nouveau, il s'écoula presque deux ans.

Ces deux années forcent mon admiration. La patience, la volonté, la détermination qu'il lui fallut pour arriver à ses fins. Ce furent sans doute les meilleures années de ma vie, les années d'apprentissage et d'avancée. Je suis certain que les alpinistes éprouvent davantage de bonheur dans la lente et dangereuse progression vers le sommet que dans la contemplation du panorama.

Ces deux années-là, je grimpai, effaçant les obstacles quand ils se présentaient, assouplissant mon jeu en suivant des chemins non balisés.

Mon film intimiste avait trouvé un public inespéré, démontrant que j'étais capable de remplir les salles.

La comédie à laquelle mon agent tenait tant fut décalée et je pus la tourner au printemps suivant. Les prises de vues se déroulèrent dans une ambiance de fête et de déconnade insupportable. Je prends mon travail au sérieux et je me méfie de la complaisance qui suit de près la dérision et la complicité. J'y gagnai une réputation de pisse-froid à la grosse tête qui me laissa totalement indifférent. Quant au public, j'avais déjà prouvé qu'on pouvait le rencontrer sans passer sous les fourches caudines de la télévision. Je sus être rare.

Après m'avoir agacé, flagorné, cravaché, éliminé, flatté, Weizhuang s'était résigné à me proposer le personnage principal de son film, comme une femme finit par céder au soupirant qui saute obstacle après obstacle. J'avais résisté à tout, c'était davantage une épreuve d'endurance qu'un casting fondé sur le talent. J'aurais rampé jusqu'à Beijing pour obtenir ce rôle. J'avais compris que l'enjeu devait être vital pour son comédien, c'est cela seulement qu'il n'avait cessé de tester.

Pendant ce temps-là, Juliette bossa et se rendit indispensable.

Elle installa son bureau dans le rez-de-jardin, elle s'initia à l'informatique, elle s'équipa. Elle apprit à rédiger des fiches de lecture pour m'aider à déterminer les scripts susceptibles de m'intéresser, au cinéma elle voyait tout, elle devint une formidable tête chercheuse.

Elle eut l'habileté de ne pas empiéter sur le domaine de mon agent, elle me réservait des places pour des spectacles que j'aurais eu la flemme de dénicher moi-même et me procurait les DVD de premiers films qui lui semblaient prometteurs.

Au fil du temps, elle apprit à connaître mes goûts jusqu'à les faire siens.

Il n'y eut jamais la moindre alerte, elle m'était entièrement dévouée.

Au Français, l'hostilité de la troupe fut manifeste. Tous présentèrent un front uni contre mon intrusion illégitime. J'y survivrais, je n'avais pas l'intention de m'installer à demeure. Je ne fis d'efforts qu'avec l'actrice qui jouait ma mère et aurait pu être ma sœur. Mon Hamlet avait des tendances incestueuses et je conviai ma partenaire à des séances de travail chez moi. Je la maintins sur des charbons ardents. Elle s'en plaignit après-coup. Ce n'était pourtant pas une débutante. Elle aurait dû savoir, comme moi, que l'ardeur de sa frustration serait payante sur scène.

De mon côté, je m'inspirai d'un comédien, mort aujourd'hui, qui noyait dans l'alcool la douleur d'être acteur, c'est-à-dire un homme mal fini. Je cherchais à produire cette impression d'un mort-vivant, encore chargé de ce qu'il fut, de ce qu'il aurait pu devenir, mais prêt à renoncer pour toujours. Je travaillai comme un damné et abandonnai, le temps des répétitions, toute activité qui ne soit pas *Hamlet*.

Ma maison était tenue, Juliette y veillait. Elle répondait au téléphone, gérait les factures. Elle rentrait rue Myrha pour dormir mais sa vie se déroulait à mes côtés, dans mon ombre.

Le matin, elle me préparait un cocktail de vitamines, le soir, je trouvais un whisky pour m'aider à redescendre dans la réalité, assez pour accéder au sommeil.

Elle éliminait les gêneurs, savait prendre des initiatives tout en me consultant au moindre doute.

Elle prit l'habitude de lire, avant moi, les scénarios que mon agent avait sélectionnés. J'avais pu vérifier ses qualités de lectrice. Ses commentaires me faisaient gagner du temps.

Je n'aime pas les projections privées, elle y allait de plus en plus souvent à ma place, elle suivait les séries télévisées, on ne sait jamais. Elle me déchargeait de mille corvées et assumait sans plainte des responsabilités de plus en plus nombreuses.

Son origine modeste la rendait accessible, son atypisme servait mon personnage. La profession s'habitua à sa présence et personne n'hésita plus à passer par elle pour me faire transmettre les messages qu'elle filtrait selon leur importance.

Progressivement, elle allégea ma vie du poids des contingences. Ma négligence naturelle et mon peu de goût pour la vie pratique devinrent sans conséquence.

Le soir de la première d'*Hamlet*, devant une salle divisée entre les pour et les contre, aussi bruyants les uns que les autres, dès ma première apparition avec la cour, je sus que je venais de franchir un col particulièrement escarpé.

Dans ces cas-là, les huées d'une partie du public importent peu. Leur violence est déjà une reconnaissance.

De retour dans ma minuscule loge de pensionnaire, je m'effondrai.

On frappa doucement à la porte.

– C'est Juliette. Je peux ?

Je murmurai une onomatopée qui pouvait s'interpréter comme on voulait et Juliette se faufila par la porte entrebâillée. Il y avait du monde dans le couloir.

– Je ne veux voir personne.

– Je m'en doutais. J'y vais.

Juliette s'était rendue indispensable aussi en apprenant à me protéger.

Elle revint et rentra sans frapper.

J'étais toujours affalé, jambes étalées droit devant moi, yeux fermés.

Non, ce n'était pas de l'épuisement. J'avais envie de revivre chaque instant. J'avais envie de rejouer Hamlet encore et encore, de vivre avec l'intensité d'Hamlet, avec son intelligence, ses drames et ses faiblesses.

Que la vraie vie est pâle ! Et bêtement dangereuse ! Quand le plateau de théâtre, où l'on meurt, souffre et aime avec violence, est, en réalité, plus sûr qu'un abri antiatomique.

J'entendis que Juliette s'asseyait sur le petit divan et nous restâmes près d'une demi-heure dans un silence apaisant qui me permit de réintégrer mon corps à moi, en douceur.

Je la regardais pensivement dans la glace. J'avais envie de rester seul avec elle et de dîner tranquillement en parlant du spectacle, en revisitant tous les angles, nuances, surprises que mon travail avait créés. Juliette savait m'écouter à défaut de savoir analyser.

Quand elle m'annonça qu'elle rentrait chez elle, je lui dis que je ne voulais pas dîner seul.

Mon agent et Weizhuang m'attendaient, me rappela-t-elle. Le réalisateur chinois m'avait fait la surprise d'assister à la première.

– Est-ce que vous vous sentez capable de trouver une excuse, Jules ? Ce soir, j'ai envie de dîner avec vous, avec vous seule.

– Ce n'est pas ce que je vais dire.

– Je m'en doute.

À la porte, elle se retourna, l'œil furtif.

– C'est... Merci.

– Y a pas de mal !

C'était ma formule de dérision mais j'étais ému.

Ou alors c'était cet hypersensible de Hamlet qui occupait encore le terrain.

Le temps que je prenne une douche et me remette en civil, Juliette avait réservé une table dans mon japonais préféré où il faut retenir sa place un mois à l'avance. Elle avait appris à se servir efficacement de ma notoriété en irrésistible ascension.

Le dîner se déroula dans un silence paisible. Finalement, je n'avais pas envie de parler, j'atterrissais en douceur de nuage en nuage. Palier par palier, je finis par rejoindre mon personnage ordinaire.

De temps en temps, je considérais cette jeune femme en vis-à-vis. Elle me regardait avec un sourire content. J'avais fini par trouver légitime la satisfaction qu'elle affichait. Je m'étais persuadé que, sachant d'où elle venait, elle menait une vie inespérée. Et elle était très bien payée. Si ardoise il y avait eu, je l'avais largement effacée.

J'étais cependant dans cette bienveillance généreuse qu'une prestation théâtrale réussie suscite souvent. Un désir de perfection inhumaine hisse l'acteur, définitivement, au-dessus de son espèce. Non content d'avoir été bon, le voilà universellement, profondément, impossiblement bon.

Je me mis à la détailler.

Elle m'avait dit un jour qu'elle espérait ne jamais me faire honte mais qu'elle n'avait jamais su s'habiller.

De fait, elle était affreusement mal coiffée, toujours mal fagotée, avec des tenues informes, sombres.

Elle s'habillait dans les grandes chaînes bon marché. Elle n'était pas vilaine, grande et mince, mais elle n'enlevait pas les vêtements, elle n'avait aucune élégance naturelle.

Il était certain que seuls des tenues de prix pourraient faire la blague.

L'idée surgit comme un caprice.

Et si je devenais le Richard Gere de cette Julia Roberts du pauvre ? C'est un bon acteur, Richard Gere, on pouvait faire pire comme modèle.

L'idée d'un remake de *Pretty Woman* en vrai me sembla la plus séduisante des propositions. Faire de Cendrillon une princesse.

Ce serait l'équivalent d'une prime. En plus amusant.

Le remake rata, ce n'est rien de le dire.

Juliette n'avait aucun goût et, si elle en était consciente, c'était discrètement.

Je suis passionné de décoration, j'adore la mode, je hante les musées, la beauté me fascine. Je suis un autodidacte à l'instinct aristo. Même ce minable de Michel Parfond avait du style.

Je savais où emmener Juliette. J'avais des idées précises sur l'image de mon assistante personnelle. Tailleurs à pantalon large et veste étriquée, une ou deux robes simplissimes, redingotes.

Je l'emmenais dans de bonnes boutiques de prêt-à-porter, faisais un tour dans les rayons, elle aussi, et on se retrouvait devant la cabine d'essayage avec les sélections les plus opposées qui soient.

Elle rêvait de minijupes à volants, de jeans à taille basse avec incrustations, de vestes compliquées, de falbalas. Elle avait des goûts de pauvre.

Quand elle essayait un vêtement de mon choix, elle se présentait voûtée, quasi pieds en dedans, toute sa posture marquant son opposition et son refus. Elle ne défendait pas mieux ses propres trouvailles qu'avec un nez terrifiant, elle arrivait à dénicher dans les boutiques les plus chic. Elle tirait ses épaules en arrière, ses hanches en avant, et il n'était que de la voir face à un miroir pour comprendre que Juliette n'avait aucune représentation d'elle-même. Comme la majorité des gens, elle ne se voyait pas. Ce que j'avais pris pour de l'indifférence au regard des autres était de la simple incompétence.

Loin d'être un Richard Gere nonchalant et débonnaire, souriant son approbation, souriant son désaccord devant une Julia Roberts rieuse et émerveillée, j'étais de plus en plus nerveux et cassant. Je ne cessais de lui aboyer des ordres. Qu'elle se redresse, qu'elle bascule son bassin, ce n'était pourtant pas sorcier. Qu'elle laisse ses bras en place !

Cette journée de shopping devenait une éreintante corvée.

Pour ne pas avoir l'impression d'un gâchis complet, je lui achetai trois trucs sans intérêt, elle fila terminer sa journée chez elle. Je n'avais même pas osé mentionner ses cheveux et leur absence de coupe catastrophique.

J'étais décontenancé. J'avais joué les bonnes fées devant m'attirer affection et reconnaissance et j'avais obtenu tout le contraire.

Je n'ai pas d'ami. C'est un phénomène étrange mais réel. La personne qui se rapprocherait le plus d'un ami dans mon entourage, c'est mon agent. Il est de mon côté, puisque c'est aussi le sien par la force des choses.

Yves ne paye pas de mine. La bouille ronde, le corps épais, il s'habille cher mais ça ne se voit pas. Dès qu'il enfile un costume, il le dévalue.

Il est en béton armé dans les négociations, n'est

jamais sentimental dans le travail, il trahirait père et mère pour ses clients.

J'ignore tout de sa vie privée qu'il maintient soigneusement à l'écart de sa vie professionnelle. Il sait garder un secret et il est non seulement intelligent, d'une intelligence aiguisée, mais cultivé.

Je débarquai dans son bureau, m'effondrai dans son canapé moelleux, j'adore, on a l'impression de s'enfoncer dans de la barbe à papa, et annonçai d'un air catastrophé :

– C'est Jules !

Non moins catastrophé, il s'exclama :

– Tu es amoureux !

Il m'aurait annoncé qu'il ne voulait plus s'occuper de moi que je n'aurais pas été plus effaré.

– Amoureux ?

Chaque syllabe gratta comme un petit caillou rugueux et déplaisant.

Je balayai cette notion d'un revers de main et lui exposai mon problème tout neuf.

Il éclata de rire puis réalisa que je prenais au sérieux cette histoire qui me rendait nerveux et irritable.

– Tu nous fais un complexe de Pygmalion.

Il s'expliqua. J'avais voulu transformer Juliette d'un coup de baguette magique, niant son individualité, sa personnalité, la déshumanisant en quelque sorte. Cependant, il était d'accord avec moi, elle ne payait pas de mine. Il y réfléchirait mais, clairement, il avait déjà sa petite idée.

Je lui laissai carte blanche. Je ne voulais plus avoir à y penser.

Un léger froid régna entre Juliette et moi, au point que je ne lui donnai même pas à lire le scénario de Weizhuang dont la première version venait de me parvenir. Je devais jouer un personnage double dont une partie de la vie se déroulait dans un espace parallèle qui happait des personnes hors du temps tel que nous le connaissons. Ils y étaient confrontés à un destin idéal qu'ils devaient accomplir une fois de retour dans le monde « réel ».

C'était vertigineux, une réflexion sur la durée, la liberté et la mort, tout en restant divertissant, saugrenu et ironique. Ce serait aussi un budget colossal.

Juliette, pendant ce temps, remplissait toujours ses fonctions avec diligence mais une distance imperceptible raidissait désormais nos échanges.

J'en étais arrivé à me demander si une augmentation ne serait pas le meilleur moyen de rétablir notre équilibre d'antan quand elle sollicita un rendez-vous formel avec moi.

Elle allait me quitter, c'était certain. L'affaire *Pretty Woman* n'était pas passée.

Je n'en dormis pas de la nuit. J'étais persuadé que, sans sa discrète efficacité, je n'y arriverais plus. Je m'étais habitué à sa présence quotidienne, moi qui ai horreur de la familiarité. L'idée de devoir chercher une autre assistante, de la former, se creusa en précipice infranchissable. Au moment, en plus, où j'avais besoin de toute mon énergie et d'une disponibilité sans accroc pour me préparer au tournage en Chine.

Elle arriva dans la cuisine où j'essayais de me remettre de mon insomnie, teintée de cognac, à coups de doubles espressos.

Elle se tenait très droite, visage fermé.

– Je suis venue m'excuser.

J'interprétai immédiatement la phrase comme un préambule à l'annonce de son départ.

– Je suis désolée. Vous avez été très cool, en fait. Et moi... comment dire... je me suis sentie humiliée, comme si vous me faisiez la charité, j'avais l'impression de vous faire honte... Mais c'est vous qui aviez raison. J'ai un goût de balai de chiottes alors que je voudrais tellement être à la hauteur. La vôtre.

Mon soulagement fut tel que je dus m'asseoir au plus vite.

– Non, non, c'est moi, j'ai été très maladroit. Il faut

me pardonner, je ne suis pas doué pour les rapports humains...

– Mais non, c'est moi, c'est trop ballot...

– Le ballot, c'est moi, l'éléphant dans le magasin de porcelaine...

Après quelques surenchères de part et d'autre nous finîmes par en rire.

Elle me confia alors qu'Iris, une stagiaire de l'agence, avait proposé de l'aider à se relooker... Si j'étais toujours d'accord...

D'accord ?

Je leur accordai crédit ouvert, lui proposai d'alléger son emploi du temps, la remerciai avec effusion et lui préparai de mes propres mains un petit espresso serré sorti de ma nouvelle machine dont j'avais, pour la première fois, réussi à maîtriser le mode d'emploi.

Sauvé !

Je partis pour Londres où devait avoir lieu une première lecture de *Hamlet* avec la troupe anglaise.

Le hiatus fut immédiat.

Je pratique la lecture à plat, je lis sans intention, une phrase après l'autre, laissant le texte à nu.

Tous les autres jouaient à mort, hurlant, murmurant, s'esclaffant, accumulant les effets.

Et moi, rien.

Mon beau rêve risquait de s'achever là mais je ne pouvais pas changer ma méthode.

Un long silence ponctua la fin de la lecture.

Prudence prit alors la parole de son ton posé d'Anglaise bien élevée. Elle était enchantée. Je venais de démontrer que son choix d'un étranger pour jouer Hamlet était aussi judicieux que prometteur. Hamlet est étranger à ce monde qui ne peut pas le comprendre, qui ne fonctionne pas selon les mêmes règles. Elle me félicita d'avoir résisté à la tentation de m'aligner sur le jeu des autres. Elle conclut en français :

– Vive la différence !

Ce serait le mot d'ordre.

Je rentrai à Paris dans un état d'euphorie proche de la lévitation, convoquai Juliette pour lui raconter mes faits d'armes et, pour la deuxième fois, ce fut une autre qui entra.

Sa transformation n'était pas celle que j'avais envisagée. Elle était plus subtile et plus évidente. C'était ahurissant. Après tout, je ne m'étais absenté qu'une semaine.

Ses cheveux avaient été coupés au menton et semblaient avoir plus de volume, plus de tonus.

J'ai des tendances passéistes. C'est le handicap de l'autodidacte, la modernité le laisse incertain.

Iris, engagée par Yves après un stage de six mois, avait vingt-trois ans, de l'instinct et incarnait l'air du temps. Mon agent avait requis ses services. Son intuition était payante.

Juliette portait un pantalon d'une matière étonnante, fluide sans laisser-aller, taille basse, près des hanches et d'une longueur interminable. Petit pull vert émeraude en cashmere, escarpins effilés, maquillée sans en avoir l'air, un art dont je connais la difficulté.

Elle rit, malicieuse comme une enfant :

– Vous m'avez cherchée derrière moi avant de me reconnaître.

J'enregistrai la formule qui était une bonne indication de jeu.

Elle marchait différemment, se tenait mieux sans contrainte apparente. C'était la même personne pourtant.

Elle me parla des échos mitigés sur la comédie péplum, elle avait vu un premier film prometteur d'un réalisateur, sorti de la Femis, qui avait un scénario pour moi dans ses tiroirs. Gabriel Janteau.

Elle avait lu trois scripts dont aucun ne tenait la route selon elle.

Je lui parlai de ma lecture, de Shakespeare. Elle essaya de marquer son intérêt par des questions qui n'en avaient aucun et je compris l'origine du décalage qui limitait souvent nos conversations professionnelles. Juliette avait docilement avalé les quelques livres que je lui avais imposés mais n'avait pas poursuivi plus avant. Ce n'était pas tant leur contenu qui lui faisait défaut que la pratique d'une langue diverse qui affine et complique la pensée. Sa culture était visuelle, essentiellement cinématographique, sa culture livresque inexistante.

Je décidai de ne pas aborder le sujet directement. Je n'allais pas me montrer maladroit deux fois de suite.

Il faudrait bien pourtant remédier à ce manque.

Yves n'avait peut-être pas tort : le Pygmalion qui sommeillait en moi était devenu insomniaque.

Après avoir formé une assistante efficace, je me retrouvais à rêver d'un double qui ne soit pas tout à fait moi. Son absorption dans ma vie pratique, sa façon d'en éliminer les tracas et souvent d'anticiper mes réactions me rendaient de plus en plus exigeant. Cependant, il y avait deux aspects de ma vie dont Juliette ne s'occupait jamais, selon une règle tacite et, à mes yeux, sacrée.

Mon travail lui-même bien sûr, et ma vie privée. Enfin, mon apparence de vie privée.

C'était une fureteuse. Elle se tenait informée de tous les potins mais ne montrait pas la moindre curiosité à mon égard.

Au gré de mes humeurs, je me faisais accompagner par telle ou telle dans les sorties dont Juliette gérait l'intendance.

Elle tenait un véritable agenda des occasions auxquelles il était de bon ton de participer et me procurait des places. Un récital exceptionnel, trois représentations de la Volksbühne, un concert du fils Eastwood.

Un soir, je me retrouvai à l'opéra Garnier pour un spectacle sur Chostakovitch qui me bouleversa.

Fidèle à mon personnage public de bourreau des cœurs, j'étais accompagné d'une de mes éminemment remplaçables starlettes qui passa les deux heures de la représentation à s'agiter sur son siège pour mieux profiter du public où se dissimulaient peut-être des personnages utiles à son avenir. Je songeai furtivement que Juliette aurait fait une compagne plus avisée. C'était la première fois. Ce ne serait pas la dernière.

En juin, je fus invité à la soirée de lancement d'une collection de montres où je devais aller avec ma copine Leslie, une top-modèle extravagante qui avait l'avantage de me faire rire.

Le matin, Juliette m'annonça que Leslie venait de se décommander et proposa timidement de m'accompagner. Il n'y a rien que j'aime tant qu'un problème vite réglé. J'acceptai sans arrière-pensée.

La soirée se passait dans les salons du Lutetia où je reconnus, au milieu d'inconnus, une demi-douzaine de vedettes bien plus confirmées que moi. Je fus accueilli comme un égal. Les soirées professionnelles mesurent exactement la position de chacun dans le firmament de l'industrie.

Un photographe de *Vogue* officiait. Il me sollicita beaucoup.

Au bout d'une heure, je décidai de me tirer. Ma copine attachée de presse, œil de lynx, me rattrapa près du vestiaire. Je ne pouvais pas partir maintenant. Nous devions recevoir nos cadeaux d'ici une demi-heure.

Nos cadeaux ?

Elle ne me l'avait pas dit ? Toutes les vedettes étaient gratifiées d'une montre à quatre mille euros en guise de remerciement.

Je tombai des nues.

Puis elle se tourna vers Juliette pour lui dire gentiment qu'elle aussi recevrait un cadeau, moins coûteux certes mais...

Il y avait donc des catégories ?

Eh bien, oui. Chacun serait appelé selon son statut à une table ou à une autre.

J'étais vraiment désolé, mais je n'allais pas attendre la

remise des cadeaux. Mission accomplie. Sans rancune et salut.

Je ne me posai même pas la question de savoir si Juliette était déçue de ne pas recevoir une belle montre en prime.

Le chauffeur de la soirée déposa Juliette chez elle avant de me laisser à une station de taxis.

Je me fis conduire au Bois où un honnête travailleur, travesti brésilien, me suça pour trente euros.

Cela faisait trop longtemps que j'étais sage comme une image.

J'avais bien fait de m'accorder cette récréation car la parution de ces photos allait déclencher une série de réactions en chaîne, le fameux battement d'aile de papillon susceptible de provoquer un ouragan à l'autre bout de la planète.

4

C'ÉTAIT un matin de déprime.

Dans ma belle maison calme, de l'argent plein mon compte en banque, un tournage difficile et excitant devant moi en même temps qu'un projet théâtral inespéré, je m'étais réveillé insatisfait et sombre.

Je refermai les yeux sans me rendormir pour autant. J'allais me lever avec une journée bien remplie en perspective, une interview pour un magazine qui s'intéressait surtout à la vie privée, une heure d'anglais british, un passage en salle de sport, dix coups de fil au moins à donner, un dîner avec mon pote Daniel avec lequel j'avais démarré et qui ramait un peu, lui, et j'étais infichu de déclencher l'étincelle qui m'aurait assez animé pour me projeter hors du lit.

J'entendis le portillon d'entrée grincer. Juliette arrivait.

Vingt minutes plus tard, l'odeur du café montait jusqu'à moi.

J'enfilai un pantalon de survêtement et m'arrêtai devant le miroir en pied face à la porte de ma chambre, en haut de l'escalier.

J'étais en train de laisser pousser mes cheveux pour Weizhuang. J'en ai beaucoup, ils sont souples, et je commençais à ressembler à un mousquetaire sans la moustache. Je dors en tee-shirt, ce jour-là il était blanc, froissé et doux, mon pantalon gris, mes pieds nus, je me regardai par en dessous, remontai une babine comme un loup affamé, comme j'imagine un loup affamé, puis passai la main devant mes yeux pour effacer mon esquisse, soupirai et descendis d'un pas lourd.

Juliette était juchée sur un tabouret haut, accoudée au bar de la cuisine, plongée dans un magazine ouvert. Elle ne m'entendit pas, j'étais pieds nus. Ou peut-être fit-elle semblant de ne pas m'entendre et de sursauter quand je grommelai un « Bonjour » malgracieux.

Un coup d'œil rapide et elle proposa de me laisser.

Surtout pas. Je ne le lui dis pas mais le pensai.

Le loup solitaire que je me plais à voir en moi était avide de compagnie. De la sienne.

Je me versai un bol de café, arrêtant de la main son initiative de me servir.

Elle portait une jupe au-dessus du genou, à panneaux alternés noir et blanc, une jupe qui tourne, comme disent les petites filles, et un tee-shirt noir à manches minuscules. Des ballerines plates. Elle était fraîche et nette, reposante pour les yeux.

Je m'approchai d'elle pour voir ce qui l'absorbait aussi passionnément.

Avec le recul, je trouve inconcevable cette relation intime et distante que j'avais installée vis-à-vis d'elle. On ne s'embrassait jamais, on esquivait tout rapprochement physique, et là, en me penchant par-dessus son épaule, j'évitai soigneusement de m'appuyer contre elle.

Ma copine l'attachée de presse m'avait fait porter le magazine *Vogue* et Juliette regardait mes photos, trois en tout, ce qui est énorme pour la page mondaine, nos photos, devrais-je dire, car deux des trois clichés publiés nous montraient ensemble.

– Elles vous plaisent ?

– Oh oui...

– C'est vrai, elles sont bien.

Juliette eut l'air gêné et me laissa la place pour aller

faire le tri entre les lettres qu'elle me laisserait ouvrir et celles qu'elle gérerait pour moi dans la matinée.

– Vous êtes très bien dessus.

– C'est surtout à cause de vous, quand même !

– Allons, trêve de modestie, Jules, il n'y a pas que la robe et le maquillage !

Elle se redressa alors et m'affronta avec courage, comme il lui arrivait encore, une timide franchissant en force l'obstacle de sa faiblesse pour affirmer quelque chose qu'elle croit passionnément :

– Quelqu'un a dit que vous êtes un acteur qui rend ses partenaires belles.

– Partenaire, hein ?

– Oh, je sais, c'est juste une photo, mais...

– Oui, juste une photo.

J'avais répété sa phrase sans intention ni réflexion.

Juliette descendit dans son sous-sol et je retournai au magazine.

Nous produisions une bonne image. Elle existait à côté de moi sans ostentation mais valorisante, à sa façon.

Je regardai les autres, notai les absents. Les femmes jeunes affichaient un sourire éclatant et vorace, les vieillissantes affrontaient l'objectif comme une épreuve, sortant de la naphtaline leur sourire d'antan qu'elles croyaient enjoliver de leur regard coulé, autrefois si efficace.

Pourquoi les actrices s'obstinent-elles à vendre du sexe jusqu'au bout ?

N'y a-t-il rien d'autre ?

Les filles avec lesquelles je m'étais affiché étaient toujours ravissantes, et tout en elles disait « Moi, moi, moi », de leur décolleté plongeant à leur taille minuscule, de leurs talons aiguilles jusqu'à leur turban bariolé, y compris l'éternel sourire carnivore dont la bouche artificiellement gonflée promet des pipes de première.

Oui, le sexe, toujours le sexe.

Le sexe comme une promesse jamais tenue.

Les photos avec Juliette dégageaient tout à fait autre chose.

Pour une raison simple : Juliette me regardait moi et pas le photographe.

Partenaire ?

Plus tard, tout au long de l'interview où ma vie privée fut passée au crible, je pensai à ce terme, partenaire. Si la vie est un théâtre, quelle aubaine qu'un partenaire sans surprise dont on connaît la partition.

J'étais las de ma réputation de séducteur, cœur d'artichaut. J'y dépensais une énergie que j'aurais pu utiliser mieux ailleurs.

Deux années sans nuage.

Juliette disait parfois cela d'un air d'enfant : « Qu'est-ce que c'est facile avec vous ! »

Oui, la vie avec elle était facile. Parce que notre vie commune était aussi irréelle qu'une fiction où tout est à sa place, réglé, sans surprise.

La partenaire idéale.

Il aurait été absurde de changer la donne en pleine partie. Tant que Juliette était mon employée, j'avais barre sur elle. La hiérarchie imposait sa loi, naturellement.

Face à la journaliste, je continuai d'évoquer ma quête d'un amour idéal, mon désir, bien sûr, de fonder une famille, d'avoir des enfants.

Je fourguai tous ces clichés inusables et attendus qui renforcent le mythe fondateur du désastre à répétition qu'est le mariage dont on attend trop, dont on attend l'impossible et, parallèlement, je caressais un projet vague que je me refusais à regarder en face, argumentant contre avant même d'avoir pesé le pour.

La crainte qu'avait fait naître l'éventualité de sa démission m'avait fragilisé. J'avais beau me dire qu'elle, plus que moi, avait tout à perdre, j'avais l'impression que si elle me lâchait, j'étais mort. Tout ça travaillait en moi.

Je me nettoyai le cerveau en le vidant le reste de l'après-midi grâce à la répétition acharnée de mon texte anglais : « *Your skill shall like a star in the darkest night, stick fiery off indeed.* » Puis je m'infligeai une heure de pompes avant d'aller voir le film de Janteau qui me séduisit, validant l'avis de Juliette.

Le soir, elle me rejoignit au restaurant où j'avais rendez-vous avec mon ami Daniel.

J'avais eu la bonne idée de l'inviter pour m'éviter un tête-à-tête que je me sentais incapable de gérer. Elle fut parfaite. Elle sut flatter l'ego endolori de mon ami déboussolé tout en parlant économies de production, l'amenant à envisager des projets plus modestes qui le remettraient en selle.

Comme je ne supporte pas les gens qui se plaignent, j'aurais été incapable de chercher, comme elle, une solution à son problème et je n'aurais pas osé mentionner mes multiples projets qui l'auraient encore davantage enfoncé.

Alors que là, il me remercia cent fois de mon soutien et de mon intérêt, sans remarquer qu'elle avait fait tout le boulot.

Je raccompagnai Juliette chez elle en taxi. Rue Myrha, elle se tourna vers moi, la portière déjà ouverte, se pencha, je crus qu'elle allait m'embrasser mais elle se contenta d'effleurer ma joue et de chuchoter à mon oreille :

– Je vous aime, vous pouvez tout me demander, tout.

Elle souleva mes deux mains, les embrassa légèrement, sortit, me laissa refermer la portière et disparut dans son immeuble.

Je me penchai, levai la tête pour regarder sa façade. Une lumière brillait au troisième.

Chez moi, j'allumai toutes les pièces, me servis une vodka glacée.

Je ne doutais pas de sa sincérité. La ferveur avec laquelle elle m'avait glissé sa déclaration ne pouvait être feinte et venait en écho troublant à mon questionnement de la journée.

C'est mon métier de deviner l'attente des autres et d'y répondre. Son attente était claire mais je ne pouvais pas y répondre, pas comme elle s'y attendait.

Et puis, il y aurait toujours ce silence entre nous sur l'essentiel. À chaque verre de vodka, ma certitude grandissait.

Je m'étais mis dans une situation cinglée. Je devais renoncer à Jules, je devais, en douceur, me débarrasser d'elle.

Au matin, quand Juliette monta rituellement préparer le café après avoir ramassé le courrier, elle me trouva ronflant, tout habillé, tel que j'étais tombé dans mon sofa hors de prix.

Elle parla doucement au bord de mon oreille :

– Tenez, je vous ai préparé un Doliprane.

J'avais la tête fracassée.

Je trouvai l'énergie de la remercier, d'articuler « café ». Elle m'apporta une tasse, plus facile à tenir qu'un bol, s'assit face à moi sur la table basse et me demanda :

– On peut parler ?

– Dans un moment.

– Je reviens.

J'entendis qu'elle s'affairait entre living et cuisine. Je relevai la tête pour vérifier que je n'avais pas laissé trop de boxon pendant mon marathon en chambre. Puis je n'y pensai plus car ses pas légers, le silence reposant, l'absence d'aigreur, l'odeur de pain grillé qui me parvint au moment où je commençais à avoir faim, tout cela filtrait dans ma conscience comme une scène de la vie idéale à laquelle j'avais décidé de renoncer.

Deux tasses et deux tartines plus tard, elle revint s'asseoir :

– Ça va mieux ?

Je pus m'asseoir à mon tour. J'espérais que mon

haleine n'empestait pas trop car elle était l'image d'une matinée de printemps, ses cheveux retenus par une barrette, une chemise à col rond bleu pâle sur un jean à taille basse avec des chaussures de sport chinées. Elle sentait le savon et l'eau de toilette légère.

Solennelle, elle prononça d'un ton posé une phrase incompréhensible.

– Ma réponse est oui.

Je fronçai les sourcils, cherchai dans ma mémoire. En vain.

J'essayai un ton badin ;

– Quelle était la question ?

– Vous ne vous rappelez pas ?

Son visage s'effondra comme celui d'une enfant injustement déçue.

– Allons, Jules, pas de drame. J'ai forcé sur la vodka et j'ai la tête en compote. Soyez gentille, donnez-moi un indice, au moins.

– Un indice ! Mais vous m'avez demandé de vous épouser, cette nuit, au téléphone.

Je dus écarquiller les yeux, je me frottai la tête, j'avais mal dans toutes les articulations.

– Moi ?

Elle essaya de sourire, ses yeux noyés de larmes.

– Oui, vous. Et comme j'hésitais, vous m'avez expliqué que cela ne changerait rien à nos rapports, mais que vous ne pouviez pas vous passer de moi et que c'était ma dernière chance parce que vous ne me poseriez pas deux fois la question, qu'il ne fallait pas que je vous demande plus que vous ne pouviez me donner, mais que vous, vous aviez besoin d'un statut d'homme marié, vous ne m'avez pas expliqué pourquoi, mais que ce serait plus simple pour tout le monde, y compris votre comptable pour l'histoire des impôts.

Elle avait parlé sans reprendre son souffle, d'une traite. J'étais consterné.

– Jules, j'étais bourré.

– Ce n'est pas une raison pour m'humilier.

– Je suis désolé.
– Moins que moi.
Deux minutes après, elle avait dévalé l'escalier qui menait à son bureau.

Une demi-heure plus tard, j'avais recouvré mes esprits, suffisamment, pensai-je, pour m'expliquer avec elle.

Je ne doutai pas une seconde de son récit. Quand je dépasse les bornes que j'ai fixées à ma consommation d'alcool, j'oublie tout. Et je suis capable de tout.

Son bureau était vide. Elle n'y avait laissé qu'un petit mot, demandant son licenciement. Je n'entendrais plus jamais parler d'elle.

C'est ce que j'avais souhaité. J'étais débarrassé d'elle. Je me sortais à peu de frais d'une situation tordue.

Je prévins Yves d'un ton guilleret, repris mes habitudes d'antan.

En quelques jours, ce fut le chaos.

Je ne retrouvais pas les papiers dont j'avais besoin, Juliette ne répondait pas à mes appels en dépit des messages que je lui laissais. Iris vint me donner un coup de main mais elle ne pouvait pas faire face à toutes mes demandes. Je n'arrivais pas à gérer mon emploi du temps, j'étais englouti par le flot montant de la vie réelle dont Juliette m'avait protégé. Plus qu'une digue, elle avait construit un barrage de protection dont je mesurais enfin l'ampleur et l'efficacité.

Mon départ pour la Chine approchait. Yves, débordé par mes exigences en tout genre, finit par me lancer, exaspéré, que je n'avais qu'à récupérer Juliette. Clairement, je ne pouvais pas me passer d'elle.

– Mais elle veut que je l'épouse.
– Eh bien, épouse-la. Tu parles d'une affaire !
– Tu es sérieux ?
– Je vais te dire exactement ce que je pense. Tu es un grand acteur mais, pour le reste, tu es inapte, tu es

totalement déconnecté de la vie réelle. Tu as besoin d'un cadre stable et sûr. J'ai vu Juliette à l'œuvre. Elle t'est dévouée à un point... inexplicable. La vérité est que tu es invivable et que tu as eu la chance de tomber sur quelqu'un qui s'accommode de tes humeurs extrêmes, que tu fascines suffisamment pour qu'elle gère tes contradictions, tes états d'âme et tes caprices, qui est prête à vivre dans ton ombre en te laissant tout loisir de pratiquer ton art à ta façon. Obsessionnelle. Tu as un ego monstrueux, elle n'en a aucun. C'est la femme idéale. Pour toi. Maintenant, c'est ta vie, et moi, je ne suis que ton agent.

Ce soir-là, je me payai une biture qui me plongea dans une stupeur proche du coma.

Après deux jours de ressassement, je me couvris la tête de cendres et écrivis à Juliette.

J'avais gardé juste assez de lucidité pour poser mes conditions à notre mariage. Elle les accepta sans murmure.

La cérémonie à la mairie fut expédiée. En revanche, la cérémonie religieuse et la fête qui suivit furent célébrées et filmées en grande pompe. Yves avait négocié, à bon prix, l'exclusivité des photos avec un hebdomadaire populaire.

Nous étions élégants mais bohèmes, ma cravate était dénouée, les cheveux de Juliette décoiffés. Nous avions été si occupés par nos préparatifs divers que nous échangeâmes notre premier baiser, ce jour-là, devant les objectifs. Un vrai baiser de cinéma, yeux fermés, lèvres aussi, mais long et conclu par un sourire radieux.

Ce fut la première et la dernière fois que nous partageâmes un lit toute une nuit. Je sombrai à peine allongé. Juliette, je ne sais pas.

Au matin, quand j'ouvris un œil, elle venait de commander le petit déjeuner. Elle apporta le plateau et s'assit sur le lit en face de moi. Ce fut très gai. On échangea des commentaires sur le déroulement de la soirée. Il ne manquait pas un invité à la fête et nous n'avions plus qu'à choisir ensemble notre cadeau de mariage collectif. Nous avions ouvert un compte dans une galerie d'art du VIIe arrondissement qui exposait un peintre contemporain que j'adore.

Je l'embrassai légèrement avant d'aller prendre ma douche. Nous devions rejoindre nos invités pour un pique-nique. Le mois de septembre était doux. Notre entente également.

Le soir, de retour dans ma maison, elle vint s'asseoir à côté de moi sur le sofa et réussit à m'exciter suffisamment pour que notre première étreinte puisse avoir lieu, rapide comme l'éclair. Je m'en excusai mais elle se contenta de se lover contre moi avec un soupir que j'entendis satisfait.

Je devais me lever tôt.

Elle m'envoya au lit sans effusion et descendit chez elle.

Ce fut le début de notre vie conjugale.

Et la fin du deuxième acte.

J'étais en plein dans les préparatifs de mon départ pour la Chine. Je devais m'envoler deux jours plus tard et j'avais encore cent mille choses à régler, me semblait-il. J'avais surtout à boucler mes bagages, la seule chose que je tenais à faire moi-même.

Je n'aime rien tant qu'un tournage à l'étranger. C'est le dépaysement allié à la familiarité. Vous pouvez jouir de l'exotisme le plus déroutant tout en restant protégé par le contexte habituel : vous travaillez et rien ne ressemble plus à un tournage qu'un autre tournage.

On m'avait prévenu que je trouverais tout sur place, la Chine est devenue un immense marché accessible à tous, mais je sais aussi la nécessité de recréer un cadre familier quand on est loin de chez soi pour une longue période. Musique, livres, quelques objets fétiches, bougies parfumées, un oreiller dur pour la nuque, des vitamines et des vêtements pour toutes les occasions. Je n'avais pas idée de la vie sociale qui m'attendait, je voulais pouvoir faire face à l'imprévu.

Toute ma partie de la maison était transformée en un véritable capharnaüm.

Comme nous en étions convenus, Juliette s'était installé une chambre à côté de son bureau. Elle disposait aussi d'une salle de bains et d'un coin-cuisine. Nos espaces respectifs étaient strictement délimités.

Je tiquais de l'entendre se présenter au téléphone sous le nom de Juliette Leman mais c'était bien la seule marque de son changement de statut et je n'avais pas eu le temps ni l'envie d'envisager de près les conséquences éventuelles de ce mariage hâtif.

Je partais et il était urgent de remettre à plus tard ce que j'étais incapable d'affronter aujourd'hui.

Juliette n'était pas là et je considérais avec perplexité les dix chemises et huit pantalons étalés sur ma moquette quand on sonna à l'interphone.

Une voix masculine, autoritaire avec douceur, demanda si Juliette Leman était là.

Non.

Est-ce que j'étais Michel Leman ?

Oui.

L'homme se présenta : commissaire Mangin. Est-ce que je pouvais le recevoir ?

C'est que j'étais débordé, pas vraiment disponible...

Il n'en aurait pas pour longtemps, c'était important et me concernait aussi.

Je lui ouvris, intrigué, pas vraiment inquiet encore.

Sa première phrase, confronté à mon living en état de siège, valises débordantes disséminées aux quatre coins, fut :

– Je vois que vous ne voyagez pas léger.

– C'est exactement ce que j'étais en train de me dire. Vous avez une méthode à me conseiller ?

– Oh, moi, je voyage plutôt autour de ma chambre. Mais quand je suis contraint au déplacement, j'applique la règle de deux, deux chemises, deux pantalons, deux pulls, deux paires de chaussures. C'est-à-dire ma garde-robe complète.

C'était un homme séduisant d'une quarantaine d'années, le cheveu en bataille, le sourire ouvert. On se sentait immédiatement à l'aise avec lui.

Je lui conseillai de repousser le tas de sous-vêtements qui encombrait le canapé et de s'asseoir confortablement. Je restai debout et demandai en quoi je pouvais lui être utile.

En vérité, il avait une question simple à me poser, depuis quand est-ce que je connaissais ma femme ?

– Quelle drôle de question.

– Ça vous ennuie de me répondre ?

– Pas du tout mais j'aimerais savoir pourquoi...

– Ça vous ennuie de me répondre.

– Non, non. Je ne vois pas pourquoi je devrais vous répondre, c'est tout.

– Je comprends. Ça vous ennuie que j'attende votre femme ? Non, non, n'allez pas vous imaginer... Ce n'est ni vraiment personnel ni vraiment professionnel mais un peu des deux. Tiens, j'y pense, j'ai un ami voyageur qui a un bon truc : il s'en tient à deux couleurs, gris et bleu par exemple. Mais si je vous dérange, je peux aller au bistrot d'à côté.

– Elle a fait quelque chose ?

– Votre femme ? Pas récemment, en tout cas.

Et il éclata d'un bon rire que je ne réussis pas à partager. J'étais incertain, j'avais envie de savoir de quoi il retournait mais l'irruption d'un policier chez moi me secouait. Sa question était anodine, l'information avait été publiée dans la presse. Je ne voyais pas quel risque je courais à répondre. Jules et moi nous étions rencontrés sur un tournage en février 2003.

Il enchaîna immédiatement avec une autre interrogation en forme d'affirmation :

– Vous voulez dire que le 2 novembre 2002, vous ne la connaissiez pas.

Accroupi au pied de l'escalier, je me contentai de répéter :

– Le 2...

– ... novembre 2002, une date dont vous vous souvenez forcément.

Il aurait fallu que je sois capable de raccorder rationnellement ce que je savais, ce que d'autres pouvaient savoir, mais ma panique court-circuita toute ma capacité de raisonnement.

Lui n'avait pas abandonné son ton de conversation qui ressemblait soudain à une tactique.

Je ne pouvais imaginer qu'une chose : la police était remontée jusqu'à moi par Juliette, ce mariage avait été une folie furieuse. Au moment où je ne pensais même plus à mon meurtre, où je n'imaginais pas pouvoir être rattrapé par lui, où j'allais aborder un premier rôle dans un film d'une portée internationale, je me voyais pris, coulé, ma vie ruinée. C'était absurde, terrifiant, inéluctable, atrocement injuste.

Mon portable sonna, ce qui n'avait rien de miraculeux, il sonnait toutes les dix minutes. Je l'ouvris, c'était Yves, j'en profitai pour m'excuser et monter à l'étage, je ne sais même plus de quoi mon agent voulait me parler. Je raccrochai et essayai de me recomposer avant d'affronter le pire.

Il fallut bien descendre.

Ce n'était pas très habile mais je ne trouvai pas mieux que de faire mine de chercher où nous en étions.

– Je vous parlais du 2 novembre 2002.

– Effectivement. C'est une date inoubliable pour moi car c'était la générale d'un spectacle qui a beaucoup compté dans ma carrière.

– Marivaux, c'est cela ?

– Vous y étiez ?

– Hélas non. Mais votre femme, elle, y était.

– Pardon ?

– C'était même son alibi.

– C'est une blague ?

Son sérieux indiquait clairement que ce n'en était pas une. Il ne prit pas la peine de répondre. Il se contenta de me regarder dans les yeux.

J'aurais bien voulu me composer un visage mais pour exprimer quoi ?

Devais-je réagir au mot « alibi » ? D'instinct, je ne voulais pas mentionner le meurtre du père, mais j'étais forcément au courant. Devais-je réagir à la révélation que Juliette avait assisté aux Marivaux sans jamais m'en parler ?

Je cédai enfin à la spontanéité, et, tout en m'excusant, annonçai qu'il fallait que je me verse à boire. Est-ce que lui...

Il refusa mon offre d'un geste. Je me versai un whisky, en avalai une bonne rasade. Avec effort, je tentai d'effacer ce que seul le meurtrier que j'étais savait et de rassembler les informations que détenait Michel Leman, acteur innocent et jeune marié.

Je retournai dans le salon, virai les pompes que j'avais jetées en vrac sur un fauteuil, m'assis, me penchai vers lui en appui sur mes genoux.

– J'ai vraiment besoin d'explications. Je sais que le père de ma femme a été assassiné mais je ne peux pas imaginer que Jules ait été accusée de son meurtre. C'est une chose terrible. Elle m'en aurait parlé.

– Accusée, non, soupçonnée, oui.

Il attendit, attentif et bienveillant. Je fronçai le visage pour lui marquer ma perplexité, fis mine de réfléchir à un puzzle incompréhensible. Je ne réussis pas à garder le silence, je m'y défaisais littéralement.

Je repris courageusement :

– Vous voulez donc dire qu'il a été assassiné le 2 novembre. Pendant que je jouais les Marivaux.

En l'énonçant, cette évidence surgit, réconfortante : je possédais un alibi en béton armé. Je m'agrippai à cette branche miraculeuse pour me persuader que tout n'était pas perdu.

– Oui, c'est cela. Le corps a été retrouvé le 3. Une mort étrange. Le cadavre a été déplacé en pleine forêt, mais on n'a même pas cherché à le dissimuler.

– Et vous êtes chargé de l'enquête ?

– Pas exactement. Je ne veux rien vous cacher. Patrick Manchot travaillait parfois pour moi comme indic. Alors, forcément, je me suis intéressé à sa disparition. Pas une grande perte, entre nous, mais bon, une vie c'est une vie. Surtout, je me suis intéressé à sa fille, Juliette, que vous appelez Jules. Amusant. Elle avait un alibi indéniable. Mais voilà, tout ça m'est revenu en tête quand j'ai appris votre mariage. Une belle couverture de presse, entre parenthèses ! La coïncidence était troublante. Mais il est possible que ce ne soit qu'une coïncidence. Ça existe.

Il s'avisa soudain que l'heure tournait, je partais où, au fait ? Longtemps ? Ma femme m'accompagnait sans doute ?

Non ? Parfait.

Si elle restait à Paris, il en profiterait pour reprendre contact avec elle. Une affaire non résolue agaçait comme une carie mal soignée. Surtout concernant un indic que la police est quand même supposée protéger.

Il sourit d'un air complice. Son aisance et son charme me déstabilisaient, à ne plus savoir sur quel pied danser.

Il me laissa. Je rejoignis ma bouteille de whisky pour un deuxième tour de valse. Je ne vis pas Juliette de la soirée.

J'étais en train de rêver de Mangin et de la panière. Il lui tournait le dos tout en me parlant et je n'écoutais pas un mot, redoutant qu'il la découvre. Puis le couvercle s'entrebâillait lentement, une main très blanche soulevait le couvercle, le mort allait sortir mais c'était Juliette qui apparaissait en robe de mariée, elle souriait, dévoilant ses dents noires, et disait : *I am here.*

Je me redressai dans mon lit, le cœur battant ma panique, allumai, il était trois heures du matin et j'entendis remuer au rez-de-chaussée. C'est sans doute le léger bruit d'un placard qu'on ouvre qui avait interrompu mon cauchemar.

J'étais parfaitement réveillé, comme lorsqu'on sort d'une période de sommeil accompli, et l'angoisse du rêve, en me ramenant à la veille, fit place à la peur et à sa siamoise, la colère. J'enfilai un caleçon et descendis jusqu'à la cuisine où Juliette, rêveuse, un verre de lait à la main, accrocha un sourire réflexe à ses lèvres entrouvertes, comme chaque fois que je l'approchais. Je la trouvai exaspérante.

Mon impulsion fut plus rapide que ma pensée. D'un revers de main, je fis voltiger le verre qui s'écrasa au sol si violemment qu'un éclat entama la joue de Juliette.

Elle ne broncha pas, ses yeux avaient retrouvé leur liquidité inexpressive, ses lèvres gardaient l'empreinte du sourire, elle laissa ses bras retomber vers le sol, une image parfaite de la passivité, lisse comme les poulpes, capables, dit-on, de se confondre avec le rocher pour tromper l'adversaire.

Je me maîtrisai avec difficulté. Elle faisait renaître en moi une violence que je ne me connaissais plus. Je ne le mesurai pas alors mais ce qui s'exprimait dans ce petit matin sombre, c'est l'énorme rancœur qu'elle évoquait en moi et que j'avais dû accumuler sans en avoir conscience.

Je la saisis rudement par les épaules, l'accusai, à voix basse et tendue, de mensonge, de trahison, de m'avoir piégé, de me mettre en danger, de vouloir ruiner ma vie, d'être une hypocrite. Son regard resta perdu dans une langueur hypnotique.

Elle avait l'indifférence du junkie, le corps mou, sans réaction, attentive et absente, quelque chose dans son sourire figé indiquait même une jouissance secrète inquiétante.

Je finis par la jeter dans le canapé. Je ne savais plus trop quoi faire d'elle. Sans réaction de sa part, il n'y avait pas d'issue à ma litanie.

Je me tournai vers le bar.

Après un long silence, elle me demanda ce qui s'était passé.

Les mots ramenèrent les faits. Je lui racontai la visite du flic sans qu'elle réagisse. Elle ne sursauta qu'au nom de Mangin.

Elle redressa le buste et bascula la tête en arrière, menton levé, défiante comme son ton.

– Mais il ne me lâchera jamais, celui-là.

Puis disparut à nouveau en elle-même.

Éberlué, je persistai. Cette histoire d'alibi, sa présence aux Marivaux, pourquoi m'avoir caché tout cela ?

Elle répondit alors d'un ton d'évidence :

– C'était pour vous protéger, bien sûr.

Me protéger ? Elle me mettait en danger, au contraire. Je me retrouvais quasi accusé de complicité dans Dieu sait quoi, alors que, en novembre 2002, je ne la connaissais même pas. Mais si j'avais su ça, jamais je ne l'aurais épousée, jamais, jamais. Je répétai le mot frénétiquement comme on se tape la tête contre les murs. J'étais mon propre mur.

Juliette récupéra la bouteille de whisky qui traînait dans le salon, m'en versa un fond et me l'apporta.

Quand le verre arrêta de s'agiter dans ma main, je pris conscience de mon tremblement.

La peur m'avait envahi et ne me lâchait pas. Juliette me regardait, inexpressive.

– On dirait vraiment que vous avez quelque chose à

vous reprocher. J'espère que vous n'avez pas réagi comme ça face à Mangin. Parce qu'il pourrait s'imaginer des choses... Ce qui serait absurde et dangereux.

Puis elle reprit son ton habituel, concerné, précis pour s'expliquer, point par point. Elle avait nié avoir vu les Marivaux parce qu'elle n'avait pas envie de me raconter le reste.

L'autopsie de son père avait démontré qu'il était mort le 2 novembre. Elle s'en doutait. Il avait renoncé à accompagner sa fille au théâtre ce soir-là parce qu'il avait un « rendez-vous important pour leur avenir à tous les deux ». Et elle ne l'avait plus jamais revu. Ensuite, l'obsession de Mangin lui avait pourri la vie. Les flics chargés de l'enquête, eux, l'avaient lâchée après avoir vérifié son alibi. Mais Mangin s'était acharné. Faute d'élément concret, il avait fini par laisser tomber. Elle n'avait pas imaginé qu'il reviendrait à la charge, autrement elle m'aurait prévenu, bien sûr. Il se lasserait, comme la dernière fois.

Moi, je ne risquais rien, je n'avais rien à voir là-dedans, et puis je serais en Chine. Elle s'occuperait de tout. Comme d'habitude. N'avait-elle pas prouvé, depuis deux ans, que je pouvais me reposer de tout sur elle ?

D'elle, je n'aurais jamais rien à craindre.

Je n'avais pas encore respiré sa façon de toujours conclure par le même discours édulcorant comme un mantra lancinant qui berce et élimine la pensée critique.

Elle me raccompagna jusqu'à ma chambre. Je m'endormis en me persuadant à mon tour que je ne risquais rien. Je ne connaissais pas Juliette en novembre 2002, rien ne pouvait me relier au meurtre de Manchot. D'ailleurs, avec une intuition précise, elle avait pointé le danger dont je devais me garder à tout prix : un comportement de coupable.

J'avais trois mois pour peaufiner mon personnage de

naïf innocent. J'avais déjà eu des rôles plus difficiles à interpréter. J'avais trois mois pour trouver une porte de sortie.

En vérité, j'offrais trois mois de liberté à Juliette pour préparer le troisième acte.

5

Dès mon arrivée à Shanghai, je fus capté par l'énergie grouillante de la ville. La modernité des constructions jaillies de nulle part, l'activité continue qui faisait pulser les rues nuit et jour, sept jours sur sept, restaurants, magasins, du plus pauvre au plus riche, débordant de marchandises, laissaient envisager la terre promise du XXIe siècle.

C'était aussi la ville d'origine de mon réalisateur.

L'équipe était entièrement chinoise, la plupart des techniciens parlaient anglais, avec un accent qui le rendait parfois difficile à comprendre mais on s'en sortait.

L'Okura Garden Hotel était somptueux, une immense tour moderne à l'occidentale, en plein centre-ville près de l'avenue Huaihai, à deux pas de l'ancienne concession française.

Je m'installai dans une suite au dernier étage où je pus installer mon bordel de musique, de livres, de fringues en vrac. C'est finalement Juliette qui avait préparé mes bagages.

Le premier soir, Weizhuang m'invita au restaurant, en tête à tête, et retira ses lunettes fumées.

Les restaurants les plus chic sont aussi les plus calmes. À Shanghai cela signifie soit qu'on mange au cœur d'un jardin, soit en étage, seuls moyens d'échapper au fracas de la ville.

Toujours courtois, M. Weizhuang s'excusa de m'avoir arraché aux bras de ma jeune épousée. Pourquoi crus-je lire une ironie particulière dans les coins de sa bouche, qu'il relevait constamment entre sourire et scepticisme, comme s'il était le premier à mettre en doute chaque parole qu'il prononçait ? Parce qu'elle y était.

Il me félicita d'abondance, puis suggéra que je suive pendant quelques soirs le compagnon qu'il allait me présenter à la fin du repas.

Dans son film, mon personnage devait vivre sa vie parallèle avec une liberté naturelle, le contraire de la provocation. Sans identité propre, il devenait ce que la situation exigeait. Je devrais être tout et rien en même temps. Est-ce que je comprenais ?

Il leva une main à hauteur d'épaule et je me demandai avec anxiété comment l'interpréter. Les acteurs veulent toujours bien faire, c'est notre plus grande faiblesse. Quand le metteur en scène, notre dompteur, soulève le cercle de feu, il faut qu'on saute, rien à faire.

Le geste ne s'adressait pas à moi. Dans la seconde, un Chinois trapu, au visage fermé, se tenait à ses côtés.

– Yun Liu.

Weizhuang ne lui accorda pas un regard, il me l'indiqua du pouce.

Grand et longiligne, le visage plus carré que rond, Weizhuang possédait des yeux clairs et changeants.

« Comme je suis le seul œil clair de la famille, m'avait-il expliqué, on attribue cette différence à l'intervention d'un démon. C'est pratique, les démons. »

Weizhuang était séduisant et raffiné. Liu, petit, court sur pattes, rustre, ressemblait à un paysan ébahi, tombé d'un train de marchandises.

– Voilà. Il restera toujours à portée de voix, de votre voix, et vous ramènera à votre hôtel quand vous le souhaiterez. Il va vous faire plonger dans l'inconnu. Abandonnez-vous. Soyez spectateur. Acteur si vous le souhaitez, mais ce n'est pas nécessaire.

Pour la première fois, il rit franchement.

Liu circulait en mobylette pétaradante.

Tandis que Weizhuang montait dans sa BMW, je me juchai à califourchon derrière mon guide, en route pour notre première virée.

Le bruit et l'odeur de son engin étaient épouvantables mais curieusement hilarants.

On aurait dit que les règles de la circulation n'étaient là que pour être enfreintes. Respect des feux aléatoire, le principe de tous, vélos, motos, voitures, camions, semblait de ne s'arrêter qu'en cas de nécessité absolue.

Je cessai rapidement de serrer convulsivement la taille de Liu et me laissai absorber par les trottoirs encombrés d'une population jeune, filles en jean à taille basse et sacs cloutés, garçons passifs remorqués par la main.

Après un round d'observation dans un club de salsa multiculturel où de jeunes Chinoises au regard dur accompagnaient des Occidentaux éblouis, nous fîmes une première halte dans un Starbucks Café près du Portman où il me désigna une femme au visage marqué et aux vêtements neutres, « *she, call girl* », en m'interrogeant du regard. Je déclinai la proposition.

Au fil des jours et surtout des nuits, il m'entraîna d'un bout à l'autre de l'échelle sociale chinoise qui comportait infiniment plus de degrés que je n'aurais imaginé. Des folles demeures hollywoodiennes de Pudong aux taudis de la vieille ville, des dortoirs où s'entassaient des paysans fuyant la famine des campagnes aux défonces de la jeunesse dorée, il me fit descendre une série de cercles jusqu'à la ville cachée où dollars et euros donnaient accès à tout ce que l'homme peut souhaiter acheter. La police et l'armée se partageaient la gestion de ce monde parallèle où l'on pouvait se procurer toutes les drogues et tous les plaisirs.

On aurait dit que Liu tâtait le terrain de mes désirs.

Il m'emmena d'un bordel de jeunes filles exquises avec lesquelles je me contentai de rire à une maison de transsexuels plus ravissants que les jeunes filles, à un bouge de travestis blêmes et édentés, à des arrière-boutiques où des jeunes gens faméliques au regard de loup vous entraînaient derrière des tentures crasseuses que l'on voyait bouger au gré des fantaisies du client.

Je m'abandonnais aux ambiances en élève appliqué, mais sans enthousiasme.

Pendant ces dix jours d'escapade contrôlée, je ne réussis jamais à traverser la vitre qui m'isolait de cette terre étrangère.

Puis le tournage commença, marquant le début de ma vie monastique.

Nous tournions dans de grands studios à une heure de la ville et, chaque matin, je pouvais constater la progression vertigineuse de la ligne de métro qui rejoindrait bientôt notre lieu de tournage. Ils auraient fini avant nous.

Il était rare qu'une séquence soit bouclée dans la journée et pourtant nos horaires étaient chinois, c'est-à-dire sans limite.

Weizhuang pouvait ajuster la hauteur de ma cigarette entre mes doigts pendant une heure, avant de régler, pendant une autre heure, le jeu de lumière qui décalerait l'ombre de la fumée sur le mur lépreux contre lequel j'étais appuyé.

Je me coulai dans le rythme lent du tournage et du film.

Les deux premières semaines passèrent comme un enchantement.

Un matin où j'avais bénéficié d'une mesure de grâce et pu me lever à sept heures du matin plutôt qu'à cinq, j'entrai dans la salle à manger pour goûter à l'énorme buffet.

Une voix excitée et joyeuse me héla tout à coup :

– Michel, Michel !

Une créature en bonnet rasta de laine, lunettes noires et short en jean effrangé agitait bruyamment les bras à sa table encombrée de paquets de graines diverses.

Quand elle arracha bonnet et lunettes, je reconnus ma copine Leslie, mannequin, australienne, celle-là même qui avait accéléré le processus de mon histoire avec Juliette en me posant un lapin.

Elle était là pour le *Vogue* français. Ce n'était pas génial, cette ville ? Jamais elle ne s'était éclatée comme ça.

Puis elle me regarda par-dessus ses lunettes et me pinça les deux oreilles en me traitant de vilain méchant qui l'avait laissée tomber à la dernière minute alors qu'elle raffolait des montres Pershing et où elle était la mienne d'ailleurs ?

Vérifiant mon poignet, elle se mit à hurler que quoi ? Je l'avais pas ?

Réalisant enfin, je lui rétorquai qu'elle était gonflée alors que c'était elle justement qui m'avait planté à la dernière minute.

– Ton culot ! C'est même ta fiancée qui m'a appelée sur mon portable pour me prévenir. Et c'est pour ça que je te pardonne. L'amour ! Elles étaient bien les photos du mariage mais tu aurais pu m'inviter, non ? Sauf que j'étais en Afrique à ce moment-là. J'ai rencontré Mandela, il est adorable !

Sur ce, la petite troupe aux avant-postes de la mode arriva groupée et la cacophonie imposa son désordre.

Ça parlait fort, c'était habillé super-branché, c'est-à-dire nu-pieds de ploucs pour les filles qui marchaient comme des curistes épuisées par leur bain de boue, tandis que s'entrechoquaient dix mille bracelets encombrants et bruyants remontés jusqu'à l'épaule, et treillis au pli impeccable pour le photographe aux lunettes d'aviateur.

Je plaidai un HMC (convocation pour Habillage, Maquillage Coiffure) dans un quart d'heure pour filer.

Pour la deuxième fois, je découvrais que Juliette m'avait délibérément menti. Et pour la première fois, j'entrevis une mise en scène dont je serais la dupe. Mais qui l'aurait organisée et pourquoi ?

De retour dans ma chambre, je rendis tout mon petit déjeuner. Le bacon était trop gras.

Nous tournions des séquences de fin où le héros fait des retours mélancolique sur lui-même et sa vie. Le maquilleur fut ravi de ma pâleur. Ça faisait au moins un heureux.

Sylvio était le seul étranger en dehors de moi. Ce vieil Italien travaillait uniquement au doigt, réinventant le visage subtilement, en fin connaisseur des lumières et des ombres. On s'entendait bien et je lui accordais une confiance absolue.

Ce fut une journée de gros plans morcelés, chaque évocation du passé renvoyant à un morceau de mon visage, une journée sans partenaire où je ressentis violemment ma solitude d'homme-objet soumis à son maître, une journée interminable.

Pendant ces heures béantes, la duplicité de Juliette me hanta avec les dix mille interprétations que je pouvais lui donner. J'essayai de me convaincre qu'il n'y avait là rien de plus que ce que je croyais avoir vécu. J'avais fasciné Juliette, elle était tombée amoureuse de moi et avait donné un petit coup de pouce pour faire avancer ses projets. De telles histoires abondaient, de la groupie de rock star qui finit par décrocher le gros lot à la jeune fille ambitieuse qui séduit un vieux richard, comme la secrétaire son patron, en passant par la journaliste qui jette son dévolu sur un ministre.

Mais l'intrusion de Juliette dans ma vie avait coïncidé avec le meurtre de son père. Coïncidé, coïncidence ? Ses explications avaient été plausibles mais si elle avait pu me mentir par deux fois avec un tel aplomb, pourquoi la croire ?

Je repensai à la lumière chez elle le soir où je l'avais raccompagnée. Peut-être quelqu'un l'attendait-il ? Quelqu'un qui avait tout ourdi avec elle...

Mais dans quel but ? La vengeance ? Le fantôme du père ?

Non, il n'y a qu'au théâtre que le fantôme du père, comme dans *Hamlet*, vient crier vengeance. Juliette n'aimait pas son père. Hamlet non plus. En tout cas, j'avais bâti mon interprétation sur cette hypothèse.

Ce soir-là, je rentrai épuisé, me passai de dîner et appelai à la maison sans me soucier du décalage horaire.

Juliette s'inquiéta, il se passait quelque chose ?

Non, non, je venais aux nouvelles.

Oui, j'étais content de mon tournage et elle ?

Elle se portait bien, elle avait lancé quelques travaux de peinture dont je n'aurais pas à subir les inconvénients puisqu'ils seraient terminés avant mon retour.

J'essayai de replacer ma voix ailleurs que dans mes talons.

Je jouai la fatigue qui alourdit, assourdit le ton et tentai la plus grande désinvolture pour soudain me rappeler que j'avais rencontré Leslie, une coïncidence incroyable, elle faisait des photos à Shanghai. Je n'étais pas sûr de la revoir, elle allait certainement repartir rapidement.

Aucune réaction, pas même une respiration suspendue un quart de seconde.

Et je n'osai poursuivre. Instinctivement, j'avais peur des réactions de l'inconnue à l'autre bout du fil.

Le poids de solitude qui me tomba dessus pendant cette troisième semaine de tournage ne tenait pas seulement à Juliette.

J'avais beau mettre toute mon énergie, toute mon

imagination à insuffler de la vie au personnage de Teddy, j'étais ramené jour après jour au statut de pantin entre les mains du maître.

La ville elle-même niait mon existence. Son double obscur où j'avais pénétré en compagnie de Liu avait davantage ressemblé à un décor de théâtre qu'à un décor de vie, fantôme du Shanghai des années vingt, ville cosmopolite de toutes les fascinations, de tous les trafics, de toutes les déchéances transposée dans les temps modernes.

J'étais dépossédé de moi-même.

Tout ce qui m'avait d'abord fasciné, excité, me repoussait. L'agitation constante, sans trêve entre le jour et la nuit, cette population au travail que je côtoyais sans la toucher, l'équipe même où chacun remplissait sa fonction sans établir de lien avec l'acteur étranger, un rouage parmi les autres, Liu avec lequel je n'avais pas réussi à partager la moindre complicité, Weizhuang derrière ses lunettes fumées et sa courtoisie glaçante, jusqu'à Sylvio qui, à soixante ans, consacrait toute son énergie au film.

J'allumai la télé sur TV5 pour peupler un peu ma chambre anonyme. Ils passent les mêmes programmes en boucle, mais au moins ça parlait ma langue, je pouvais y reconnaître des lieux familiers dans lesquels je retournerais un jour.

Leslie avait pu se tromper, c'était une tête de linotte.

Je zappai donc, en commandant un énorme petit déjeuner, allongé sur mon lit, sans prendre le temps de me doucher, sans la moindre envie d'aller respirer l'air pollué et de replonger dans la clameur constante des rues.

Je ricanai en entendant annoncer le triomphe d'une pièce de boulevard avec deux vedettes télé, qui seraient les invités de la chaîne en début d'après-midi.

Je regardai une série américaine sur HBO, puis un

épisode de *Friends* sur une chaîne chinoise, avant de revenir sur TV5.

J'avais fumé non-stop, sans me brosser les dents, ce qui me laissait la sensation d'une dégradation interne. Il me semblait que tout mon organisme sentait le moisi.

La pièce se donnait aux Mathurins. La caméra commença par zoomer sur la salle où se trouvaient un ministre, un vieux rocker triste comme la vieillesse qui l'accablait en dépit de ses liftings et de sa femme de quatorze ans et derrière, au quatrième rang, oui, je fus sûr de reconnaître Juliette penchée vers un homme dont je ne vis pas le visage car il lui parlait à l'oreille et qu'elle le masquait presque entièrement.

Ce fut fugitif, déjà commençait l'entretien avec le rigolo de service, vedette de la pièce, qui riait en anticipation de chacune de ses blagues à venir.

J'appuyai frénétiquement sur la télécommande comme si je pouvais obtenir un retour en arrière. C'était passé si vite. Était-ce bien Juliette ?

Bon, elle avait le droit de sortir.

Mais elle n'avait jamais mentionné cette sortie dans les mails qu'elle m'envoyait pour me tenir au courant de ses activités qui, en principe, me concernaient toutes.

J'avais esquivé jusque-là ce paradoxe de sa soumission. Elle avait accepté mon départ sans qu'il soit jamais envisagé qu'elle m'accompagne ou me rende visite. Elle n'avait jamais remis en cause la ligne de démarcation qui la tenait à l'écart de mon intimité. Hors l'unique rapport rapidement consommé après notre mariage, elle n'avait même jamais tenté d'éveiller mon désir. Sans débordement de sa part, j'y aurais répondu.

Si cela m'avait arrangé, ce n'était pas normal pour autant.

Je ne pouvais pas me sortir de la tête ce trouble malvenu à l'idée que Juliette avait une vie en dehors de moi. Voire des complices.

Qui était son compagnon de sortie ?

Je repensai au commissaire Mangin. Je ne lui avais même pas demandé sa carte. Et s'il faisait partie de la mise en scène ? Mais pourquoi ?

Je ne pouvais pas rester seul. J'allais tourner autour de mes questions comme un écureuil en cage.

J'envoyai un mail à Yves pour lui demander de me trouver d'urgence un assistant, parlant chinois de préférence, mais surtout, un homme de mon âge, compatible et français. Je paierais tous ses frais et son salaire. C'était VITAL, merci.

Pour aujourd'hui, Leslie me parut le meilleur détour pour me fausser provisoirement compagnie.

Leslie m'avait griffonné son numéro de portable sur une serviette en papier que je retrouvai miraculeusement dans une poche de chemise. J'appelai la France pour l'appeler en Chine. Elle répondit, rieuse et volubile, en dépit des exclamations de son staff : le balai de mascara venait de déraper, détruisant tout le travail accompli sur l'œil droit.

Leslie n'en avait cure. Ils étaient en shoot, pas très loin, ils pouvaient m'envoyer un chauffeur. J'en avais un ?

On s'arrangea pour que mon chauffeur parle avec le leur.

Une chose en amenant une autre, je me retrouvai à poser avec Leslie pour *Vogue*. Nous conclûmes la séance sur une petite jonque au soleil couchant pour des poses de roman-photo.

Comme nous rentrions vers l'hôtel, Leslie sa tête sur mon épaule, je lui dis :

– Au fait, ma femme est sûre que c'est toi qui t'es décommandée le soir des montres.

Cette histoire lui était totalement sortie de la tête, elle murmura que peut-être, après tout, et quelle importance, du moment que j'étais heureux.

Elle me fit un petit baiser sur la joue et referma les yeux.

Vogue m'invita à partager leur dîner dans l'ancienne résidence du consul anglais.

Leslie était accompagnée de son fiancé du moment, Clive, un rocker défoncé qui la traitait comme de la merde. À croire qu'il lui fallait un contrepoint à l'adulation factice dont on l'entourait à longueur de journée.

J'observai le musicien en connaisseur : Steve avait été un junkie exemplaire, sans retenue ni compromis. Il donnait l'illusion de la vie tout en couchant quotidiennement avec la mort. Clive, parodie de poète maudit, rabaissait cette pauvre Leslie, à coups de jeux de mots subtils. Il survivrait, c'était un poseur.

Je les suivis en boîte et rentrai tard à l'hôtel. Mes incertitudes continuaient à battre le tambour dans mon cerveau mal irrigué et m'irritaient.

Je repris le tournage, me laissai à nouveau happer par Weizhuang et son univers.

De toute façon, je n'avais pas le choix.

Nous commencions la période amour fou de Teddy, mon personnage. C'était un amour entièrement rêvé, sans passage à l'acte, avec frôlements et désir exacerbé. Ma fébrilité, mes tensions à fleur de peau firent merveille. J'avais tout de même la sensation de puiser dans mes forces vives.

J'avais mauvaise mine, je maigrissais. Sylvio me retravaillait le visage au doigt, modelait mes traits en douceur pour qu'ils retrouvent l'aspect lisse du jeune Teddy sur lequel le temps n'exerçait aucun ravage.

Juliette continuait de m'écrire avec la neutralité d'une bonne secrétaire. Elle m'annonça au passage que Mangin ne s'était plus manifesté.

Je lisais et relisais ses mails, cherchant un message caché, une piste.

La distance qui aurait dû me protéger me rendait plus vulnérable car je n'avais aucune prise directe sur les événements et mon imagination renforçait l'image d'une Juliette perverse, machiavélique et malveillante.

Mon affolement grandit à la mesure de ma paranoïa quand elle m'écrivit que Gabriel Janteau, le jeune réalisateur diplômé de la Femis, lui proposait de faire des essais pour un petit rôle dans son long-métrage.

Elle était très tentée car ce serait une façon de connaître mon métier de l'intérieur, une occasion inespérée. En dépit de son trac fou, elle se préparait au mieux, avec ses faibles moyens, mais portée par mon exemple.

Ainsi, maintenant, elle voulait prendre pied sur le dernier terrain qu'elle n'avait pas encore envahi.

Je laissai libre cours à ma fureur, tapotant un interminable mail sur mon clavier. Ma rage montait au rythme de mes mots. Une intuition de l'avenir sombre qui m'attendait, peut-être.

Préambule : il était hors de question qu'elle accepte. J'étais désolé de broyer ses illusions, mais il était clair que ce petit ambitieux essayait de me vendre son rôle en passant par elle. Cet arriviste voulait filmer Mme Leman, certainement pas Juliette Manchot. Elle avait obtenu des droits nombreux et inespérés par ce mariage, que cela ne lui fasse pas oublier ses devoirs. Avait-elle pensé à moi ? Croyait-elle que je supporterais de voir mon nom représenté médiocrement ?

Je lui rappelai qu'on ne décidait pas de faire acteur sur un claquement de doigts. C'était un métier qui exigeait un long apprentissage. Personne ne choisissait d'être comédien, on tombait dedans à la naissance et après, on faisait tout pour ne plus en sortir, ce qui, que je sache, n'était pas son cas.

J'étais au milieu d'un tournage difficile, très important dans ma carrière, et elle venait me perturber avec un caprice narcissique injustifiable.

Les mots m'entraînaient, je me roulais à leur suite dans une sincérité de plus en plus exaltée.

Je mentionnai, au passage, l'avoir vue dans le public d'un théâtre de boulevard, une sortie qu'elle avait passée sous silence. Si elle avait souhaité me faire douter d'elle et regretter la confiance que je lui avais accordée, elle n'aurait pas pu mieux faire. Tout cela pourrait m'entraîner à prendre, à mon retour, des mesures qui ne seraient peut-être pas de son goût.

Puis je me calmai en appelant le régisseur pour me plaindre furieusement du retard répété de mon chauffeur que j'étais contraint d'attendre chaque matin. C'était à lui de prendre en compte les embouteillages, pas à moi de les subir.

La séquence tournée ce jour, où je mettais à sac une boîte de nuit, fut terminée en avance sur le programme. Weizhuang était enchanté de ma vigueur de déjanté et, vu l'état auquel j'avais réduit le décor, les petites mains qui assistaient notre directeur artistique n'auraient pas pu le reconstituer entièrement une deuxième fois. Même pour les plans rapprochés.

Après réflexion, Weizhuang décida de se passer des gros plans dont il était si friand. Cela valait tous les compliments.

Au retour, je trouvai la réponse de Juliette.

Elle commençait par l'annonce qu'elle avait dit un non ferme et définitif au projet de long-métrage. Elle ne commentait ni sa décision ni mon argumentation.

Les échos du film de Weizhuang étaient déjà excellents et le coproducteur français qui avait pu voir quelques séquences montées était dans un état d'excitation qui le rendait presque aimable.

Un mail simultané de mon agent me confirmait les bonnes rumeurs, me fournissait la liste de mes futurs partenaires pour le *Hamlet* anglais. Du très très beau monde. Il m'annonçait l'arrivée de mon futur camarade assistant, apparemment une perle rare dont je devrais être content.

Professionnellement, j'étais une fusée qui venait de larguer ses derniers étages, échappant à toute pesanteur, pour filer à des distances sidérales.

Personnellement, j'étais un vieux pot d'échappement largué en bout de course.

L'arrivée de Bruno devait ouvrir de nouvelles perspectives dans ma vie

Ce soir-là, nous avions fêté le départ de l'équipe de *Vogue* au Bar Rouge qui possède une des plus belles vues sur le Bund. Tout le monde s'était arsouillé, les photos étaient terminées, les outrances de Leslie avaient le champ libre. Elle termina d'ailleurs la soirée à poil, une de ses spécialités, dans la fontaine à l'entrée de l'hôtel. Je laissai les autres gérer la situation et allai chercher ma clé.

Le concierge m'informa que quelqu'un m'attendait au bar.

Je me mis à rire devant cette évidente erreur de personne. Il avait vu l'heure ?

Mais non, insista-t-il, c'était bien pour moi, un compatriote venu de Paris.

J'avais complètement oublié l'arrivée de l'assistant envoyé par Yves.

Heureusement, mon agent prévoyant avait prévenu la production. Un chauffeur avait été réquisitionné pour chercher le nouveau venu à l'aéroport, une chambre avait été retenue, mais j'avais oublié la date du vol comme le nom du sinologue.

À force d'être pris en charge, de ne plus rien gérer du quotidien, on perd toute notion du temps. On perd surtout toute notion de la vie des autres.

Il était mon employé, bien sûr, mais quand même...

une longue attente et le décalage horaire par là-dessus, le pauvre garçon devait être sonné.

Le bar, situé au dernier étage, était désert. Je scrutai la pénombre et distinguai d'abord une volute de fumée qui s'élevait nonchalamment au-dessus d'un fauteuil club.

Le bras tenant la cigarette formait un angle droit.

Le fumeur restait invisible, dos vers moi.

L'image était belle.

Le bras disparut, revint sans la cigarette sous la forme d'un coude pointu, puis le fumeur invisible prit appui de l'autre côté, son profil perdu apparut et il héla le garçon en lui montrant son verre vide.

Je m'approchai alors.

– Désolé ! J'étais avec des amis, je n'ai pas vu le temps passer !

Il se leva pour me sourire en gros plan. Je crois qu'il me dit quelque chose comme :

– Ne vous en faites pas, je n'ai pas encore atterri.

Je ne me rappelle pas les mots exacts parce que je disparus. J'ai le souvenir d'un ralenti assez lent pour me faire apprécier chaque millimètre de ma chute tandis que j'essayais vainement d'atteindre un fauteuil dont je savais qu'il amortirait le choc plus sûrement que le sol moquetté.

Quand je revins à moi, j'étais toujours par terre, les jambes fermement tenues à la verticale par le nouveau venu, le barman, penché au-dessus de moi, brandissait un verre d'eau surmonté d'un regard craintif, le concierge, aux aguets, demandait s'il fallait appeler un docteur.

– Je ne crois pas, dit la voix chaude et rassurante de mon teneur de jambes.

En anglais.

– Je croyais que vous parliez chinois, dis-je d'une voix faible.

Il me répondit par quelques sons qui ressemblaient

effectivement à la langue locale, mais dès que je voulus me relever, il me conseilla, en français, de maintenir encore un moment ma posture ridicule.

Je n'osais pas le regarder trop en face, encore sous le choc de ma première vision. Heureusement, ma perspective en contre-plongée changeait les données de son visage. Je vis surtout qu'il n'était pas rasé et qu'il avait les cheveux longs et frisés. C'était rassurant. J'avais sans doute eu une hallucination.

Je réussis à le convaincre de m'aider à rejoindre un des fauteuils proches avec l'aide du barman.

Je fermai les yeux, m'efforçai de prendre un ton désinvolte :

– C'est un vieux truc d'acteur. Impressionnant, non ?

– Très. Surtout que vous ne vous êtes pas vu. Vous n'aviez plus de couleur du tout. Là, ça va mieux, le sang circule. Je vais vous accompagner dans votre chambre. Vous devez vous reposer.

– Vous êtes docteur, en plus ?

– Je sais tout faire. Un peu. Et mal.

Il posa sa main sur mon front. Je la repoussai un peu vivement. Il s'excusa.

Ma voix descendit vers des températures peu clémentes et j'affirmai que j'étais capable de monter seul. On ferait connaissance demain. J'avais un peu abusé de substances licites mais peu recommandables. Rien de grave. Non, je n'aurais pas besoin de lui sur le plateau. Qu'il se remette de son voyage. On pouvait dîner ensemble s'il voulait. Je ne savais plus l'horaire du lendemain.

Il se renseignerait.

Je partis du pas le plus digne possible en évitant soigneusement de croiser son regard.

Demain, quand je serais sobre, je verrais bien qu'il ne ressemblait en rien à Steve. Il n'avait pas l'âge ni la voix. C'était impossible et il fallait que ça le reste.

Une bête coïncidence. À cause de Clive, le rocker junkie, j'avais ressorti Steve du grenier de mes souvenirs et l'arrivée d'un beau mec séduisant dans une atmosphère à la Somerset Maugham avait réactivé ma mémoire.

Steve, le beau gosse de Detroit. Le seul cadeau qu'il m'ait jamais fait, sa langue, l'anglais. Il m'avait dragué, choisi, jeté, repris. Ce serait le schéma des deux années à venir. La beauté du diable et son comportement. Hommes, femmes, personne ne lui résistait parce qu'il était intense et indifférent, simultanément. Doué et paresseux. Il avait dû trouver en moi la victime idéale ou alors j'étais plus endurant. Parce que j'aurais voulu être lui ? Lui sans les scories, sans la veulerie, sans la fascination du gouffre. Il en ouvrait à chaque pas et, courant derrière, je tombais et retombais d'un précipice à l'autre.

Mais j'avais survécu et pas lui. Est-ce que je ne jouais pas déjà à la vie quand lui se la cognait sans protection ?

Et pourtant.

Je crois qu'il n'y a pas de douleur plus grande que de quêter l'amour de quelqu'un dont on nourrit le mépris, comme si la soumission, la perte de soi étaient les garants de l'amour quand ils en sont les fossoyeurs. J'étais devenu un chewing-gum trop mâché collé à sa semelle.

J'aimerais pouvoir dire que j'ai été un jour capable de rompre avec Steve, de couper moi-même la corde rugueuse, épaisse et puante qui me liait à lui mais ce n'est pas la vérité.

Il disparut un jour de ma vie, de chez lui, sans laisser ni trace ni piste.

Quand j'émergeai de ma période de manque où je m'abrutissais de somnifères, m'adonnais au sexe anonyme, me nourrissais de chips et de bière jusqu'à ressembler à un mort-vivant, j'étais un autre, j'étais en devenir de moi-même, le futur Michel Leman, star de l'illusion et du trompe-l'œil.

Je voulais être acteur avant de rencontrer Steve. Après

lui, je le serais, pour le meilleur et pour le pire. Miroir des autres, incapable d'exister à nouveau par moi-même.

Quand j'appris sa mort par overdose, je n'éprouvai rien. Il vivait en moi, j'étais mort avec lui.

Le Bruno qui venait de débouler dans ma vie avait juste servi d'écran sur lequel projeter des images du passé. Le film était terminé, les protagonistes, ombres et lumières sans consistance désormais, s'étaient dissipés pour de bon.

Quand Bruno me rejoignit au studio le lendemain, je compris mieux l'origine de mon trouble. Il avait le bon gabarit, la dégaine générale, la structure osseuse, les traits du visage pouvaient évoquer Steve. En plan large, il avait un gros quelque chose de l'ami américain, en plan serré, plus du tout.

Là, dans la clarté des lumières du plateau, il était même son opposé. C'était un type sain, sympathique, à l'aise dans ses baskets, et je ne retrouvai ni le regard cinglant ni la posture provocante de mon ancien maître.

Il ne mentionna pas l'incident de la veille, ce dont je lui sus gré.

Sa capacité d'adaptation était phénoménale, son chinois rudimentaire mais il se débrouillait en anglais.

On partit à six pour une dînette improvisée dans une gargote aux tables en Formica où l'on servait des bassines de langoustines accommodées à la sauce piquante shanghaïenne et des crêpes fourrées de légumes préparées sur le trottoir.

Autour de la table, les convives parlaient anglais. On rit beaucoup. Je trouvai tout le monde sympathique.

Il avait fallu l'arrivée de Bruno pour que mon regard change et que je passe la meilleure soirée de mon séjour.

Ma vie devint plus régulière. Les journées étaient toujours aussi longues mais je disposais d'un interlocuteur à toute heure. Cessant de me projeter ailleurs, dans l'avenir, dans le passé, dans mon imaginaire, débarrassé de mon obsession pour Juliette, je repris pied dans le présent.

Bruno m'apporta son Shanghai sur un plateau et raviva les couleurs du monde. Par calcul ou par générosité, il se rendit rapidement indispensable. Mes jours de liberté, nous marchions, sans cesse nous marchions. De temps en temps j'arrivais à le convaincre de prendre un taxi plutôt que les bus bondés ou le métro réfrigéré, mais le plus souvent nous marchions, activité que je déteste habituellement.

Le soir, il m'emmenait dans des restaurants sans touristes, choisissait à ma place dans le menu chinois et nous mangions des légumes inconnus aux formes ravissantes, oignons de printemps, salades de brindilles craquantes, énorme loup grillé, intestins de porc et petits raviolis délicats...

Et le samedi, nous allions danser au Bar Rouge, sa seule concession à mon monde d'avant lui.

C'était un vrai mec dans la mesure où il n'était pas porté à l'introspection. Il était concret. Dans son approche de la ville, de la vie et de moi. Jamais il ne me parla de mon métier, ce n'était pas de son ressort. Jamais il ne me parla de sa vie privée, ce n'était pas de mon ressort.

Parfois je redoutais qu'il ne s'efforce de remplir au mieux sa fonction, puis je me rassurais qu'il la débordait trop largement pour que ce ne soit pas l'effet d'une affection sincère.

Pourquoi ne l'avais-je pas rencontré avant Juliette ?

Le tournage se terminait et mon intimité avec Weizhuang n'avait pas grandi.

Bruno m'avait appris que le style d'un texte chinois se détecte et se juge visuellement, selon la répétition harmonieuse d'un idéogramme ou la grâce d'une juxtaposition surprenante dans la page.

J'étais, pour Weizhuang, un idéogramme qu'il déplaçait et répétait comme un motif obsédant.

Il était, à mes yeux, la main d'un dieu invisible.

Pour Bruno, c'était plus simple, Weizhuang était surtout le propriétaire d'une maison ancienne, restaurée à l'identique de son origine, qu'il rêvait de visiter.

Un matin, je sollicitai directement mon réalisateur. Aurait-il l'extrême amabilité de me recevoir un jour chez lui ?

Quel plaisir ce serait, répondit le sphinx souriant.

Il ne m'en parla plus jamais.

Un soir, Bruno m'annonça que Weizhuang était à Beijing pour vingt-quatre heures. C'était l'occasion ou jamais d'aller jeter un œil, à moins que je ne sois une poule mouillée, bien sûr.

Le taxi nous déposa sur Xinhua Road.

Nous partîmes à pied et passâmes devant le garde qui, de sa guérite, surveillait l'entrée d'un passage où les petits jardins se succédaient, une végétation apparemment sauvage s'enchevêtrant d'une maison l'autre. Le calme, le silence régnaient, donnant l'impression d'entrer dans un monde hors du temps, étranger à l'agitation de la ville.

Nous longeâmes ce qui restait d'une haie mal entretenue.

Au plus épais des broussailles, Bruno s'engagea le premier, m'incitant à le suivre.

Nous débouchâmes dans une cour aux pavés inégaux et la maison apparut, plongée dans l'obscurité. C'était une merveille de simplicité et d'élégance. Sur la droite, une volée de larges marches en pierre menait à un perron que prolongeaient une série d'arcades délimitant un passage couvert sur lequel ouvraient de hautes fenêtres oblongues. Le motif des arcades était répété, simplifié, à l'étage. À angle droit, la maison se prolongeait par un bâtiment de bois de deux étages dont les balcons superposés, ponctués de balustrades en bois ajourées, étaient reliés par un escalier à rambarde, simple comme une échelle de ferme.

Nous guettâmes un moment le silence avant que Bruno ne se lance à l'assaut du premier étage puis ne m'aide à me hisser à ses côtés.

Un léger sifflement, proche du hululement, me hérissa la nuque.

Bruno, dont l'œil brillait dangereusement dans la pénombre, m'indiqua de la main de ne pas bouger.

Des pas résonnèrent au-dessus de notre tête. Venus du bâtiment principal, ils se dirigeaient vers l'escalier qui menait directement à nous.

Bruno me repoussa brutalement dans l'encoignure et se colla à moi, m'écrasant contre la pierre dure et froide. Dans la seconde, mon corps s'embrasa. En même temps, mon œil fixait l'extrémité du balcon où je vis d'abord les pieds épais dans leurs sandales de plastique, puis le buste trapu et enfin le visage de Liu éclairé par la bougie d'une lanterne couleur parchemin, décorée de peintures sombres.

Je fermai les yeux. J'avais chaud et froid en même temps.

Quand je les rouvris, Liu avait disparu, sans doute par la porte béant au pied de l'escalier.

Bruno m'entraîna vers la fenêtre où tremblotait maintenant la lueur de la bougie. Nous nous accroupîmes, lui me tenant toujours devant lui comme s'il craignait que je ne lui échappe.

Weizhuang, en caleçon et débardeur, était assis, appuyé contre les barreaux de fer d'un lit étroit. Liu avait accroché sa lanterne à un clou près de la porte. D'un geste brusque, il fit basculer son maître à plat ventre. Le caleçon de Weizhuang était fendu sur l'arrière comme ces culottes que j'avais vues sur les petits enfants chinois. Avec la même brutalité, Liu passa son bras gauche autour du cou de Weizhuang, ouvrit son pantalon et pénétra l'homme allongé dont le cri rauque était étouffé par sa posture de soumission. L'affaire fut réglée en quatre ou cinq poussées mais sa force crue imprima la scène dans mon cerveau, en même temps que s'incrustait dans mon corps la cuisse de Bruno pressée contre la mienne, son bras barrant mon dos et ses doigts encerclant mon coude jusqu'à le broyer.

Mon regard n'avait pas quitté la pièce et ses occupants ; mes sens, eux, étaient entièrement tournés vers Bruno, sa chaleur, la moiteur de sa peau, son menton enfoncé dans mon cou et son souffle brûlant sur le haut de mon crâne.

Liu se redressa, rajusta son pantalon. D'un claquement de doigts, Weizhuang lui fit signe de sortir.

Instantanément, je nous vis découverts.

Bruno, calmement, m'attira à reculons vers notre première cachette. Plus rien ne bougea. Liu avait dû repartir par l'intérieur de la maison. Cette fois, quand Bruno indiqua qu'il souhaitait poursuivre l'exploration, je sautai dans la cour, d'autorité, et il n'osa sans doute pas continuer seul.

Nous trouvâmes la sortie sans difficulté et partîmes à pied.

Le silence fut rompu par ce commentaire de Bruno :

– C'était excitant, non ?

Sans que je puisse savoir si le danger couru ou la scène elle-même avait provoqué son excitation.

Je répondis d'un « oui » rauque, étouffé et, quand j'osai chercher son regard, il avait déjà détourné le sien.

Avant de me laisser à la sortie de l'ascenseur, son visage pleine face à quelques centimètres du mien, Bruno conclut :

– Je n'ai jamais été attiré par les mecs mais je le regretterais presque...

Il esquissa une accolade et me souhaita une bonne nuit.

Je ne revis Weizhuang que le soir de la fête qui clôtura

notre tournage. Il était, à son habitude, opaque et débonnaire.

Quand il me rendit hommage dans un toast élaboré, j'inclinai courtoisement la tête mais le mirage dans lequel j'avais évolué s'était évanoui.

Pas à cause de la scène dont j'avais été le témoin. Le tournage était terminé.

6

JUSQU'À L'HEURE DU DÉPART, je réussis à occulter la réalité qui m'attendait : Juliette serait à Roissy. J'allais retrouver ma femme, partager mon intimité avec cette étrangère qui habitait ma maison. Comme on perd pied dans une eau plus profonde que prévu, je glissais sur un toboggan d'irréalité sans butoir apparent.

Dans l'avion, tandis que Bruno s'éloignait vers les secondes et que je rejoignais ma place en première, je m'avisai que je ne lui avais jamais parlé de Juliette. Pourquoi ? Parce que je voulais que Bruno me considère comme libre, accessible ? Mais marié, j'étais d'autant plus libre et accessible.

L'amour ne faisait pas partie de mes plans mais le désir et ses voies impénétrables...

Pour couper court, je m'avalai tous les films récents proposés par Air France et atterris shooté d'images et de fiction.

À Roissy, Bruno s'occupa des bagages, j'organisai le chariot, nous passâmes les portes vitrées, je découvris Juliette avant qu'elle ne nous vît et fis spontanément demi-tour.

Je n'avais aucun cadeau particulier pour elle, je m'en avisais maintenant seulement. Instinctivement, je redoutais d'être pris en défaut, comme si cela risquait de m'affaiblir.

J'expliquai rapidement la situation à Bruno qui ouvrit aussitôt sa valise et en sortit un paquet. Ma femme serait ravie, il en était sûr. Question cadeaux, elles étaient toutes pareilles.

Il avait prévu cette chinoiserie pour une ex récurrente qu'il avait envie de faire disparaître de son écran personnel. À charge de revanche, de toute façon !

Soulagé, je fis mine de découvrir Juliette et en rajoutai dans les grands gestes, le sourire forcé et l'impatience mimée. Pour le bénéfice de Bruno ? Peut-être.

Je les présentai. Ils se serrèrent la main avec indifférence.

Juliette évalua posément la masse des bagages, puis se tourna vers Bruno et lui demanda d'un ton incertain s'il voulait qu'on le ramène.

Il dit que non, pas du tout, d'autant qu'une amie devait venir, elle était sans doute en retard ou perdue. C'était le genre.

Dans une vraie vie rêvée, c'est-à-dire dans un de ces scénarios genre arlequin qu'on aimerait bien, au fond, voir appliquer par la vie de temps en temps, j'aurais pris un taxi avec Bruno et proposé qu'il s'installe à la maison quelque temps, à quoi il aurait acquiescé, ravi.

Une petite gamine en jean au ras des fesses, piercing au nombril, soutien-gorge violet sur débardeur échancré et talons aiguilles, sauta sur lui en poussant des petits cris aigus. Il l'embrassa sur la bouche, une main négligemment posée sur ses fesses.

Je balbutiai :

– On se revoit bientôt ?

Le jeune couple disparut, elle poussant le chariot, tandis qu'il la tenait par les hanches en riant à quelque chose qu'elle lui disait. Ils respiraient la liberté et la gaieté.

Juliette m'annonça que la voiture était au parking. Oui, elle avait acheté une voiture pendant mon absence, beaucoup plus pratique. Elle avait loué un emplacement de parking à côté de la maison, bien pratique aussi. D'autant plus pratique que je n'avais pas mon permis.

Elle si, me dit-elle avec un petit sourire.

C'était un cabriolet Mercedes.

J'hésitai si longtemps entre plusieurs commentaires que je finis par ne rien dire.

La voiture avait dû coûter une petite fortune. Elle était belle mais ostentatoire.

J'étais mis devant le fait accompli et mon fichier d'acteur versatile ne recelait aucun mode d'emploi correspondant.

Pendant mon absence, Juliette avait avancé ses pièces sur l'échiquier, posément, et quand je revenais à la partie, je ne pouvais que constater les progrès de l'offensive.

Dans la voiture, intérieur cuir, Juliette m'expliqua qu'elle avait demandé des somnifères à mon médecin traitant. Je devais être à Londres dans quarante-huit heures. Elle avait négocié un délai d'une journée supplémentaire, délai un peu court pour récupérer du décalage horaire avant d'aborder des répétitions difficiles.

N'y tenant plus, elle me demanda si je ne remarquais rien.

– Regardez-moi bien !

Elle garda son profil vers moi, restant face à la route, un léger sourire sur les lèvres.

– Mon nez.

Je vis alors qu'elle n'avait plus cette très légère bosse qui le déviait à peine sur la gauche.

– Ça vous plaît ? Non ? Je pensais vous faire plaisir. Vous aimez l'harmonie, d'habitude. Mon nez avec sa bosse, ça faisait un peu tache, non ?

– Je ne sais pas. Il avait du caractère...

– Oh, moi, j'en ai toujours, c'est ce qui compte.

Je n'avais plus envie ni de voir ni d'entendre. Non seulement j'étais marié, mais j'étais marié à une autre femme que celle que j'avais épousée, cela dépassait mon entendement.

Je fermai les yeux et le silence régna jusqu'au périphérique.

Je ne les rouvris pas quand Juliette prit la parole :

– Ça a été une sacrée coupure. On est comme avant, des étrangers. Sauf qu'on se connaît. Ce n'est pas facile. Je vais continuer à habiter en bas. Ce sera mieux. Ne vous faites pas de souci.

Des soucis, il m'en poussait partout comme de la mauvaise herbe. Le pire retour de ma vie.

Je jetai un œil sur son profil désormais régulier. Elle se mordit la lèvre comme on retient son chagrin. Elle ouvrit la bouche, hésita, finit par dire d'une voix étouffée :

– Rien n'est changé, vous savez. La voiture, les petites transformations, c'est pour vous, pour votre vie. Pas pour moi. C'est vous qui décidez. Il n'y a que vous qui comptez.

Je ne serai jamais juste à l'égard de Juliette mais, quand même, sa tactique n'était-elle pas d'une incroyable habileté ? Entrant dans ce qui avait été ma maison, découvrant un environnement inconnu, à cent lieues de mes habitudes et de mes goûts, je n'avais pas le droit d'exprimer ma rage, mon choc et ma déception face à cette femme qui me disait par avance : je fais tout pour vous.

C'était radicalement fait. Elle avait redessiné tout mon living dont le mobilier contemporain, lisse et froid, dégageait une impression de vide et de luxe en même temps.

Je restai à la porte, incapable d'affronter ce décor hostile.

Elle dit dans mon dos :

– Nous avons tout pensé en fonction de notre cadeau de mariage.

Effectivement, l'immense toile hyperréaliste était désormais violemment mise en valeur, recouvrant la cloison que Juliette avait dressée entre le living et la cuisine.

Elle continua :

– Entrez. Vous êtes chez vous ! Je vous laisse faire connaissance, je vais défaire vos bagages.

Je l'arrêtai alors. Non, je m'en occuperais moi-même. Le téléphone sonna et elle descendit rapidement répondre au sous-sol. C'était pour moi. C'était Yves, mon agent, qui me souhaitait la bienvenue, s'enquérait de mon emploi du temps pendant ma pause parisienne, il avait pas mal de choses à voir avec moi.

Je parlai longtemps, assis sur mon nouveau canapé gigantesque en cuir et acier. La voix familière, la conversation qui ne l'était pas moins m'aidaient à reprendre pied dans un monde à nouveau familier, en tout cas reconnaissable, et amortissaient le choc de mon intérieur défiguré.

À la fin de notre conversation, Yves me demanda si j'avais vu Juliette, ce qui me sembla une question saugrenue avant que je réalise :

– Ah, son nez ? Oui.

– Il n'y a pas que son nez, fut son étrange réponse. Dis-moi, si tu n'es pas trop fatigué, on peut déjeuner ensemble ? Demain par exemple.

– Oui, oui, avec plaisir.

Dans ma chambre, rien n'avait bougé, Dieu merci. Je commençai à vider mes sacs, recréant un désordre proche du chaos qui me semblait seul capable de redessiner les contours de ma vie.

Le paquet que m'avait donné Bruno était sur mon lit. Je le regardai fixement, intrigué, soudain, de ce qu'il pouvait contenir.

Juliette frappa à ma porte, n'entra qu'à mon signal. J'étais tellement déstabilisé que je me sentais reconnaissant du moindre signe de soumission de sa part.

– Pardon de vous déranger avec ça mais... vous seriez

d'accord pour que *Vogue Maison* vienne photographier la maison ? Je les ai au téléphone, là...

– Ah non, ça non, impossible.

Un léger temps d'arrêt, puis elle décolla sa main du téléphone sans fil qu'elle avait emporté avec elle et annonça que ce n'était pas envisageable pour le moment. Elle les rappellerait.

J'étais assis sur mon lit. Son œil parcourut ma pièce ravagée par un ouragan.

– Je rangerai si vous voulez...

Je hurlai « Non ! », m'assis pour retrouver mon calme. J'aurais dû dormir dans l'avion, mes nerfs étaient privés d'amortisseurs.

– Jules, je ne comprends pas trop ce qui se passe. Je suis parti très vite après ce mariage en coup de vent, il y avait de quoi être déboussolée et je comprends que vous ayez eu envie de vous occuper mais... C'est violent, très violent, de revenir ici et d'être mis devant le fait accompli. Vous avez complètement changé l'esprit de ma maison, acheté un cabriolet haut de gamme, alors que je déteste et les voitures et le luxe.

– Vous m'avez toujours dit que l'argent n'était pas un problème, pour vous.

– Il ne s'agit pas d'argent.

– Mais de quoi alors ?

Yeux écarquillés, sincèrement étonnée.

– Je suis trop fatigué pour parler maintenant. Tenez, c'est pour vous.

Elle me remercia, s'apprêtait à partir avec son paquet enrubanné, retrouvant ses réflexes d'avant, humilité et discrétion.

– Non, non, ouvrez-le ici.

Elle s'assit près de moi et commença de défaire les papiers de soie multicolores.

Au début, je crus voir un amas de vieux tissus brochés, mais comme elle déroulait l'ensemble, je découvris avec elle un plissé minutieux. Elle brandit alors un immense rectangle, qu'elle noua autour de sa taille.

La jupe tombant sur son pantalon, elle marcha jusqu'au miroir qui était resté à sa place en haut de l'escalier. Elle semblait aussi interloquée que moi.

Je me levai pour dissiper le brouillard qui m'entourait, me plaçai derrière elle, ma tête dépassant juste son épaule et je l'enlaçai comme si notre reflet pouvait me renvoyer une image lisible.

Son corps indifférent ne se refusa ni ne s'abandonna. Nous restâmes un moment face au miroir, beaux et mal assortis.

Elle se tourna vers moi, me prit par la taille pour un baiser d'abord maladroit puis apparemment intense. Elle se détacha, inclina la tête pour me regarder, l'œil amusé :

– Je vais vous faire du café.

Une assiette froide m'attendait dans la cuisine. Je ne revis plus Juliette jusqu'au soir.

J'étais de retour. Pour le meilleur ou pour le pire, j'étais de retour.

Je m'agitai sans grand effet pour lutter contre le sommeil d'abord, mais aussi pour ne pas avoir à affronter ma situation conjugale catastrophique.

Bruno me manquait. Une journée sans lui me semblait interminable. Je composai son numéro de portable sans plus réfléchir. La messagerie se déclencha au bout de plusieurs sonneries. Avait-il reconnu mon numéro et décidé de ne pas répondre ?

– Bruno, c'est Michel. J'espère que ton retour se passe bien. Moi, c'est difficile. Enfin normal... Tu me rappelles ? Je t'embrasse. Rappelle-moi.

Je déconnectai en me demandant ce qui m'avait pris de l'embrasser au téléphone, un truc de fille. Et pourquoi répéter rappelle-moi ?

Je n'avais pas entendu ses pas dans l'escalier. Une ombre derrière ma porte entrouverte m'avertit que Juliette était montée... m'avait entendu ?

Elle m'apportait une bouteille d'eau minérale. Les longs vols déshydrataient et, au fait, j'avais été content de Bruno ?

– Oui. Très. Je vais avoir du mal à m'en passer.

Ton sec et fais-en ce que tu voudras, ma vieille.

– Rien ne vous empêche de lui proposer un travail.

– Ce serait le vôtre. Vous n'auriez pas peur qu'il prenne votre place ?

– D'épouse ? Non.

Ses mots agissaient comme les fils de l'araignée, collants et invisibles, enserrent et privent leur proie de toute mobilité alors même qu'elle semble parfaitement libre d'aller et venir.

Juliette était déjà redescendue. Je me dis que la fatigue déformait toutes mes perceptions.

Mon portable sonna. C'était Bruno qui avait mis dix minutes à repérer le sien. Il était plutôt vaseux, regrettait qu'on n'ait pas décidé de passer la soirée ensemble pour s'aider mutuellement à franchir l'épreuve du décalage horaire.

Qu'à cela ne tienne, qu'il vienne, proposai-je. J'avais quelques alcools sympathiques achetés en duty free. On pourrait s'abrutir jusqu'à un sommeil durable.

– Bonne idée, j'arrive, déclara-t-il, et je me retrouvai le cœur battant, n'en croyant pas mes oreilles.

Retour étrange décidément.

La nuit ne le fut pas moins.

Aidés par des rasades de whisky on the rocks, Bruno et moi commençâmes la soirée au salon, assis face à face pour un tour d'horizon socio-économico-politico-touristique de l'avenir de la Chine. Un régime politique aussi autoritaire pouvait-il tenir tout en ouvrant ses portes à l'étranger ? La force de travail du peuple resterait-elle constante avec les nouvelles générations d'enfants uniques, gâtés, forcément gâtés ? Les paysans accepteraient-ils les nouvelles règles économiques ?

Après avoir fait les malins, on décida de monter à l'étage, histoire de ne pas déranger Juliette.

Bruno n'avait fait aucun commentaire sur la déco qui puait pourtant le neuf. Je lui posai la question et il se contenta de dire, avec ambiguïté, que « ça en jetait ».

On s'installa devant la télé, tous les deux allongés sur mon lit, des oreillers sous la tête.

Nos corps se touchaient naturellement, sans gêne.

Je finis par annoncer que j'allais essayer de dormir. Il pouvait rester dans mon lit, ça ne me dérangeait pas du tout. J'avais l'habitude de dormir à poil. Ça ne l'ennuyait pas ?

No problemo, mais... et Juliette ?

Oh, elle avait sa chambre en bas et il pouvait laisser la télé, j'aimais bien être bercé par un bruit de fond. Mensonge total mais j'aurais dit n'importe quoi pour le garder à proximité.

Je n'ai aucun problème avec la nudité. J'allai dans la salle de bains sans nouer la moindre serviette autour de ma taille.

J'ai un corps agréable, fin et musclé, des fesses de femme, un peu larges, mais fermes.

Une fois douché, encore un peu humide, je me faufilai sous les draps et à ma grande surprise, cinq minutes plus tard, Bruno se désapait et m'y rejoignait.

Ce fut assez innocent, simple et naturel, totalement inattendu, et ne ressembla à rien de ce que j'avais connu jusque-là. Quelques caresses, deux ou trois baisers violents et on finit par se donner du plaisir mutuellement avec cette familiarité tellement confortable entre gens de même sexe.

En même temps, ce n'était pas amoureux, en tout cas de sa part. Là-dessus je ne pouvais pas me leurrer. On s'endormit chacun pour soi, se tournant le dos sans étreinte superflue.

Un léger bruit m'alerta et, une deuxième fois, je devinai la silhouette de Juliette en peignoir rose. Dès que je levai la tête pour vérifier, la silhouette s'évanouit.

Quand je me réveillai avec une gueule de bois colossale, j'étais seul, la chambre impeccable, et si je n'avais pas trouvé un SMS de Bruno, genre amical, comme si de rien n'était, mais me remerciant pour la descente nocturne, j'aurais vraiment cru avoir réalisé un fantasme par sommeil interposé.

Il était tard. Pas de trace de Juliette, à part la cafetière pleine tenue au chaud. Je me préparai à toute blinde, sans prendre le temps de me raser, Yves est un agent compréhensif.

Je passai à l'agence et en profitai pour signer le contrat anglais qu'Yves m'expliqua point par point, détaillant tout ce qu'il avait obtenu, tout ce qu'il n'avait pas obtenu. J'étais logé au Dorchester, j'avais une voiture avec chauffeur et des défraiements de premier ordre mais, pour le salaire, j'étais à égalité de la troupe, chose que j'avais moi-même revendiquée.

À table, il m'interrogea en détail sur le tournage, fit le point sur la Bourse des acteurs en ce jour, les cotes des uns et des autres, la mienne en hausse certaine puisqu'on pouvait envisager désormais de monter financièrement un film sur mon nom...

Je souris.

– Jusqu'au premier échec, dis-je.

Il n'y en aurait pas, affirma Yves qui triait les propositions et me justifia ses choix, tout en me résumant sa stratégie me concernant.

Est-ce que j'accepterais de faire des essais pour un premier rôle, juste derrière le vrai premier rôle féminin dans une grosse machine hollywoodienne ?

Je répondis sincèrement qu'il me fallait lire le scénario avant de le décider. Yves soupira. Rien de plus difficile à obtenir. Mais si c'était ma condition, il l'obtiendrait.

Je ne devais pas oublier qu'il s'agissait quelquefois de statut davantage que de prestation artistique.

Au café, il prit son air sérieux et embêté qui lui donne l'air d'avoir douze ans.

– Tu sais que ta femme...

Je l'interrompis, qu'il l'appelle Juliette ou Jules mais pas ma femme. Il retint son agacement.

– Juliette, donc, va tourner avec Gabriel Janteau dont tu as refusé le film...

Je répliquai sèchement qu'Yves se trompait, je le lui avais interdit et elle y avait renoncé.

– Elle m'a demandé d'établir le contrat.

– Et tu l'as fait ?

– Bien sûr, je l'ai fait.

– Sans me consulter.

– Attends, on est au XXIe siècle, les femmes n'ont pas besoin de l'autorisation de leur mari.

C'était un petit rôle, de toute façon. Oui, oui, le film était monté.

La stupéfaction me laissa sans voix. Je me contentai de secouer la tête en murmurant :

– Ce mariage était la pire des conneries.

– Ouais, je suis désolé.

Cette fois, je sortis de ma torpeur. Yves avait encore des choses à me dire.

Il aimait autant que je l'apprenne de sa bouche à lui, Juliette avait littéralement pris d'assaut non seulement Janteau mais le producteur du film. Bref, elle ne s'était pas contentée d'utiliser mon nom, elle m'avait fait cocu.

– Tu en es sûr ?

– Écoute, je n'y étais pas mais c'est ce que tout porte à croire. Je suis désolé.

Je vis instantanément une lumière au bout du tunnel.

Tout en payant la note, il me jetait des regards à la dérobée et finit par lâcher :

– On dirait que ça te fait plaisir.

– Le mot est faible. Enfin une vraie bonne nouvelle !

Les agents sont si souvent confrontés à l'excentricité

insondable de leurs clients qu'il n'essaya même pas de comprendre ma réaction.

C'est sur le trottoir qu'il lâcha sa dernière bombe. Il avait failli oublier et il me posa la question comme on vérifie que le fond de l'air est frais : est-ce que je connaissais, avais connu un certain Steve Gooch ?

Un flic était venu le voir pendant que j'étais en Chine. Commissaire. Mangin, Pierre Mangin. Apparemment, il cherchait des renseignements sur cet Américain qui aurait fréquenté la même école de théâtre que moi au début des années quatre-vingt-dix. Mangin s'était dit qu'en tant qu'agent, Yves était peut-être au courant.

Yves avait répondu qu'il n'avait jamais entendu parler de cette personne mais qu'il me poserait la question.

L'air inquiet, il me prit le bras.

– Ça va ?

– Il ne t'a pas donné d'explication ?

– Ben non. Qu'est-ce qui t'inquiète ?

Je m'abritai derrière le décalage horaire. Il aurait fallu tout lui dire ou rien. Ce serait forcément rien.

Je demandai à Yves de m'envoyer par texto le numéro de Mangin.

Dès que je l'eus reçu, j'appelai sur mon mobile.

Toujours cette voix chaleureuse, amicale. Alors, la Chine, c'était bien ? Je sortais de chez mon agent ? Il était à ma disposition, bien sûr. Il détestait les conversations au téléphone. J'avais le temps de prendre un verre ? Il pouvait me rejoindre d'ici un quart d'heure. Au bar du Raphaël ? Très bien.

C'est dans cette atmosphère feutrée et élégante qu'une nouvelle mine explosa sous mes pieds quand Mangin m'expliqua que le chaînon, pas du tout manquant, qui lui avait permis de remonter de Steve à moi, c'était ma femme.

Une personne se trouvait avec Steve le soir de sa mort, une personne qui avait appelé les secours et donné son nom aux pompiers : Juliette Manchot.

Je ne niai pas avoir connu Steve. A quoi bon ? Je décrivis une de ces amitiés superficielles et spontanées comme il s'en noue dans tous les cours de théâtre. Je n'essayai pas de masquer mon désarroi, j'en aurais été incapable.

Donc, ma femme ne m'avait pas non plus informé de ce lien supplémentaire entre nous ?

Il était désolé que nos rencontres soient toujours placées sous le signe de la révélation inopportune. Inopportune. Le mot convenait parfaitement. Il définissait idéalement Juliette.

Bien sûr, soupira Mangin, ça faisait un sacré paquet de coïncidences. L'air embêté, il ajouta :

– J'imagine qu'elle ne vous a pas dit non plus quelle était l'occupation essentielle de son père.

Il marqua une pause d'une durée parfaite.

– Le chantage. Rassurez-moi. Elle ne vous a pas contraint au mariage par chantage ? C'était bien un mariage d'amour ?

– Oui, bien sûr.

Mon ton hésitant contredisait mon affirmation. Je tâchai de rectifier le tir :

– Je dois reconnaître que tout ce que j'apprends me sidère. J'avais, j'ai une confiance totale en...

– Allons, je suis sûr qu'une bonne explication... Ne le prenez pas mal mais, juste pour que les choses soient claires, vous n'avez jamais rencontré Patrick Manchot ?

– Jamais.

– Il est vrai que votre différence de milieux rendait la chose improbable. Enfin, si, il y a quand même ce pauvre garçon, Steve Gooch. Un junkie avec des velléités d'acteur, il était à la jonction de vos deux mondes.

– Mais je l'avais complètement perdu de vue quand il est mort.

– Certes. Mais vous avez épousé la fille de Patrick Manchot. Avouez que la vie parfois... Juliette... Leman désormais, m'a toujours affirmé ne pas être au courant des petites affaires de son père. Elle est pourtant intelligente. Un personnage. Complexe. Je comprends qu'elle ait pu vous séduire.

– Et vous, vous cherchez quoi exactement ?

– Des explications. Idéalement, une enquête, officielle ou pas, finit par jeter la lumière sur des événements obscurs, par rendre lisible un dessin brouillé. J'avais espéré que vous pourriez m'aider, que vous seriez peut-être, même malgré vous, un élément éclairant. Pour l'instant, je n'ai pas trouvé la connexion. Si elle existe. Je ne suis pas pressé. Persistant seulement.

Il n'arrêta pas de souffler le chaud et le froid pendant la trentaine de minutes que nous passâmes ensemble. Quand je pus enfin m'échapper, j'étais épuisé.

Au bout du tunnel, la lumière vacillait. J'étais à nouveau dans le noir complet. Je ne voyais même plus quel rôle jouer.

La lumière s'était appelée divorce avec un adultère qui me donnait l'avantage. Nous n'avions pas établi de contrat de mariage, un divorce simple aurait valu à Juliette la moitié de mes biens. Mais le même mariage qui avait permis à Mangin de me repérer était aussi ma sauvegarde pour peu que je maintienne l'apparence d'une histoire d'amour. Si je rompais le contrat après si peu de temps, Mangin repartirait à l'assaut.

Car il me soupçonnait. Ou, du moins, il me désignait comme un suspect potentiel.

La juxtaposition de Juliette et Steve était vertigineuse. Elle la reliait à mon passé le plus enfoui et elle la reliait au chantage de son père. D'où Manchot aurait-il pu tenir la lettre et la photo sinon de Steve ? Au-delà des mensonges et des dissimulations, se profilait une manipulation dont je ne pouvais comprendre ni les origines ni le but.

La nasse se fermait sur moi. Comment en sortir ?

D'instinct, je ne voulais pas raconter à Juliette ma rencontre avec Mangin. Sans munitions, j'avais peur de l'affronter directement.

Et dans deux jours, j'attaquais les répétitions d'*Hamlet* en anglais.

Il fallait réfléchir. Prendre le temps. Il m'aurait fallu un interlocuteur. En qui pourrais-je avoir assez confiance pour me livrer à lui pieds et poings liés ?

Je ne voyais personne.

Pour une fois, je rentrai à pied.

Le ciel était couvert, la Seine kaki et remuante. Sur le pont Alexandre-III, je me rappelai la soirée avec Weizhuang, mon exaltation d'alors, mes rêves près de s'accomplir.

Le domaine sur lequel je ne devais lâcher à aucun prix, c'était mon travail. Cet *Hamlet*, je l'avais voulu autant que mon film chinois. Je ne pouvais pas le passer par pertes et profits.

Plus que jamais mon métier était ma survie.

Je profiterais de la coupure anglaise pour réfléchir à ma situation avec Juliette mais, avant, un coup de balai s'imposait. Il fallait que je reprenne la main. J'en savais désormais plus long qu'elle ne croyait, c'était un atout.

J'éprouve une passion pour Paris. Sa beauté m'a souvent aidé à dissiper mes doutes et mes chagrins. Ce jour-là, j'étais aveugle, enfermé en moi-même, cherchant une issue à tâtons. Moi qui avais réussi à contrecarrer le destin que la vie avait voulu m'imposer, moi qui avais tracé ma route avec acharnement, ne reculant devant aucun sacrifice, me vouant corps et âme à ma vocation, j'étais confronté au pire des supplices, voir mes choix déterminés par une autre volonté que la mienne.

Quand Juliette me monta mon courrier, j'évitai de la regarder dans les yeux, j'avais peur de perdre tout contrôle.

J'allai mettre un CD de musique techno, je me préparai un verre, j'arrangeai les chaises autour de la table à manger, rinçai un verre déjà propre. Simultanément, je lui aboyai des ordres d'un ton sec et sans appel.

Elle devait annuler immédiatement son engagement pour le film de Janteau. Elle s'était engagée à le refuser. Elle n'avait cessé de me dire que tout ce qu'elle faisait, c'était pour moi, que j'étais le décideur. En l'occurrence, ma décision consistait en trois lettres : NON. Autrement dit, hors de question.

Par ailleurs, je souhaitais qu'elle profite de mon séjour londonien pour rétablir ma maison au plus près de ce qu'elle était avant.

Le téléphone m'interrompit.

C'était Bruno. Qui voulait me dire merde pour l'Angleterre. Petit moral, il s'était fait jeter par sa copine de l'aéroport. Et moi ?

Pas mieux, et justement, ne pourrait-on pas se voir avant mon départ ? Demain ? Au Luxembourg ?

Je raccrochai et gardai un moment la main sur l'appareil comme pour prendre la température de ce qui se passait en moi.

Bruno. Et pourquoi pas Bruno ?

Son sens moral n'était pas pointilleux. Le lien entre nous était réel, sincère. Et de toute façon, il ne pourrait rien faire de mes éventuels aveux. Je n'étais pas non plus obligé de tout lui dire.

Abruptement, je repris mon ton d'adjudant et complétai la liste de mes exigences : Juliette devrait aussi préparer mes bagages. Je lui précisai le détail de mes innombrables besoins. De quoi remplir trois valises. C'était revigorant de la traiter en domestique.

Elle ne broncha pas.

– Bon, je crois que c'est tout.

J'attendis qu'elle se dirige vers son escalier pour lui poser la seule question qui m'importait, espérant la prendre par surprise :

– C'est quoi, cette histoire de Steve Gooch ?

Son dos se raidit, elle se retourna, ne manifestant aucune émotion autre qu'une curiosité spontanée :

– Qui a pu vous parler de lui ?

– Yves.

Elle marqua un temps d'arrêt imperceptible, puis :

– Ah, je vois. C'est Mangin. Il est allé voir Yves ? Je ne comprends pas. Je ne comprends pas son acharnement. Je me suis pourtant clairement expliquée avec lui. Et maintenant, il cherche à m'embrouiller la vie. Steve, c'est un type que j'ai connu il y a quatre ans. Un type fascinant mais amoché. Il ne s'est rien passé avec lui. Il se trouve qu'il s'est fait une overdose sous mes yeux et que c'est moi qui ai appelé les secours. Vraiment, je suis désolée. On dirait que ce flic veut à tout prix me pourrir, à vos yeux. Qu'il en fait une affaire personnelle. Je suis désolée, vraiment. Cette fois, il va m'entendre et je peux vous jurer que vous, par contre, n'entendrez plus parler de lui.

Je partis dîner seul dans ma cantine voisine. À la table d'à côté, deux jeunes couples sympathiques essayèrent de lier connaissance mais j'étais incapable de sortir de mon tourniquet mental.

Juliette n'avait pas bronché devant mes demandes, elle n'avait pas donné le moindre signe d'être au courant de mon histoire avec Steve. Après tout, elle n'avait que treize ans quand j'avais fréquenté le cours de Diane.

Mais elle l'avait connu, elle avait été témoin de sa mort, la vie n'abondait jamais en coïncidences aussi étonnantes.

J'avais hâte d'être au lendemain. Je finis tranquillement la bouteille de côtes et suivis les recommandations du patron en buvant un marc de champagne pour conclure la soirée.

Le lendemain, il faisait beau, des lycéens avaient traversé la rue pour se vautrer sur les pelouses du jardin du Luxembourg, se dévorant à bouche-que-veux-tu, entre deux bouffées de cigarette, comme s'ils avaient inventé le flirt.

Clairement, Bruno avait morflé, petite mine, yeux cernés, je me sentis tenu de le questionner d'abord. Un bon dérivatif avant de foncer, tête baissée, dans mon récit en espérant que Dieu ou son avatar reconnaîtrait les siens.

Bruno ne se dissimula derrière aucune fausse pudeur. La fille avait seize ans, ni très belle, comme j'avais pu voir, ni très intelligente mais jeune. Indestructible, pleine d'aplomb et d'insolence.

– Elle a couché avec moi comme on se brosse les dents. Sexuellement, aucun intérêt. Aucun code commun entre nous. Le fiasco annoncé et je me suis raconté que c'était l'affaire de ma vie. J'avais espéré que mon éloignement la mettrait dans un état de manque insupportable. Elle vient de décider que je ne l'aimais pas assez. Point barre. Et toi ? C'est ta femme aussi ?

Je tiquais toujours sur le mot.

Je pris une grande respiration, me redis que je ne pouvais pas m'en sortir seul.

– Tu sais garder un secret ?

– Si on me le demande.

– Je te le demande.

C'était une drôle de situation, on avait installé deux fauteuils à l'ombre d'un arbre, dans un coin un peu isolé. Les passants croisaient à distance, touristes égarés dans le farniente, personnes âgées au ralenti contre le temps qui passe, couples affairés à s'aimer en public, enfants gaspilleurs de temps et d'énergie, bref, la vie dans son spectre banal et varié se déroulait autour de nous et j'étais là avec mon histoire de meurtre, de mariage, de mensonges, de conspiration. Mon récit s'organisait mal, il n'avait ni queue ni tête.

Je vis le regard de Bruno s'étrécir de concentration,

s'agrandir dans le doute, se plisser comme devant une blague.

Je fis des allers et retours entre les révélations de Mangin et la première des Marivaux avant de réaliser que je ne m'en sortirais pas sans un long détour autobiographique.

La dérive de l'enfance avec une mère trop jeune et les haltes de ses fiancés de passage, trop brèves pour établir une relation avec un enfant sangsue, avide d'amour et d'attention ; mon adolescence rebelle et mon goût de la castagne, mon histoire sans cesse réécrite au gré des rencontres, plaire, séduire, être accepté. Mes contes familiaux, mes pères inventés. Mon instinct de survie allié à mon talent d'affabulateur m'avait révélé la magie des mots. Ils m'aidaient à vivre mais pas encore à en vivre. Et je rencontrai Diane qui possédait l'énergie d'une jeune fille et la résilience d'un vieux cuir. Elle m'apprit à canaliser ma rébellion dans le théâtre, elle m'apprit les mots des autres sans lesquels on n'avance pas. À elle aussi je racontai des craques, je voulais être quelqu'un, pas question d'avouer que je n'étais rien. Financièrement, j'étais toujours en ras de cale. Jusqu'à Frédéric Frère, un acteur de doublage qui aimait les garçons dans mon genre.

Je le faisais un peu tourner en bourrique, ça faisait partie du deal. Je n'étais pas particulièrement pédé, je prenais les solutions comme elles se présentaient.

Je commençais à trouver mes marques quand surgit le grand désastre : James Dean déboula au cours de Diane. James Dean. Le charme, le cynisme, le désespoir, la virtuosité, il nous fascinait tous, garçons et filles. Il s'appelait Steve, il était américain, déjà junkie, menteur, voleur. Il resta à peine un mois, une durée amplement suffisante pour semer le chaos, le temps qu'il fallut à Diane pour renoncer à le domestiquer. Il fut mon virage, mon mirage, mon image. Il avait trois ans de plus et il traversait la vie à trois cents à l'heure, sans ceinture, sans négociation. Tu cliques ou tu gicles. J'ai cliqué comme un dingue. Je l'ai poursuivi jusqu'à ce qu'il me tolère. Il me disait « rampe », je rampais, « micheton-ne », je michetonnais, « partouze », je partouzais, et parfois il me récompensait. Dans la défonce seulement je n'ai pas suivi. À son crédit, il n'a pas insisté. Il fallait bien quelqu'un pour l'emmener aux urgences à chaque menace d'overdose. Un jour, il en a eu marre de la serpillière que j'étais devenu. Diane m'a récupéré par la peau du cou.

Comme j'enchaînais sur l'arrivée de Juliette dans ma vie, Bruno me demanda si Steve avait pu être de mèche avec Manchot.

Non, c'était impensable. Steve était trop frontal pour ça.

Et Diane aussi était morte. Rupture d'anévrisme.

Bruno me laissa continuer, sans plus de commentaire, jusqu'à la mort de Manchot que je décrivis comme un accident qui avait mal tourné.

À sa question, je répondis que pas une seconde je n'avais envisagé de prévenir les flics.

Le récit m'éreinta.

Quand j'arrêtai de parler, Bruno, qui s'était progressivement penché en avant, le menton dans les mains, crispé par l'attention, se relâcha en arrière et siffla entre ses dents.

Il était effaré mais ne songea pas une seconde à remettre en cause la véracité de mon histoire.

Il finit par me proposer d'aller marcher, il pensait mieux en marchant.

Il me demanda abruptement pourquoi j'avais épousé Juliette.

– Parce que ça me semblait une bonne idée.

– Elle doit te plaire un peu quand même ?

– Non, ça ne se passe du tout sur ce terrain-là. J'aimais le rôle qu'elle jouait dans ma vie, pas l'actrice qui le jouait.

– Arrête, t'es pas dans un film et, si ça se trouve, les choses sont beaucoup plus simples.

Il réfléchit un moment.

– Et si elle t'avait dit la vérité ? Si elle était juste une groupie amoureuse ?

Je grognai en guise de réponse.

– De quoi as-tu peur ?

– De ce flic, Mangin. Et de Juliette.

Il me regarda et me dit simplement :

– Marchons.

Et nous marchâmes.

Au moment de l'envoi, il me fit asseoir.

Ses hypothèses :

Si Juliette ou quelqu'un d'autre avait l'envie ou les moyens de poursuivre le chantage de Manchot, je le saurais déjà.

Après tout ce temps, il ne voyait pas comment on pourrait prouver ma responsabilité dans la mort de Manchot. Si Mangin avait eu quelque chose de concret pour appuyer ses éventuels soupçons, il s'en serait servi.

Il ne croyait pas plus que moi aux coïncidences. Par contre, il pouvait envisager que la fixation de Juliette ait son origine dans sa rencontre avec Steve et qu'elle n'ait pas osé me l'avouer.

Généreusement, il conclut que ma méfiance, voire ma parano, était justifiée vu l'imbroglio de ma situation.

Sa proposition. Puisque, de toute façon, j'allais être absent de Paris, il ne voyait pas l'urgence d'agir avant d'en savoir plus. Et là, il pouvait peut-être m'aider. Il suffirait de trouver un prétexte pour l'introduire auprès de Juliette et il se faisait fort de lui tirer serpents, vers ou vermisseaux du nez. Sa grandeur d'âme m'autorisait à le dédommager outrageusement pour ce service, son honnêteté foncière l'obligeait à reconnaître que sa curiosité était aiguisée au fusil. La Juliette que je lui avais décrite l'intriguait, même s'il craignait d'être déçu.

D'une bourrade rigolarde, il me fit perdre l'équilibre et me rattrapa avant la chute :

– Le ciel nous préserve des artistes, de leur grande sensibilité et de leur imagination débordante.

Sa distance et sa légèreté ne rétablirent pas vraiment les miennes, mais je croyais avoir trouvé un allié. Fiable.

On approchait de la fin du troisième acte.

7

LONDRES, Shakespeare, autre pays, autres mœurs, autre théâtre, autres méthodes.

Sur son terrain, Prudence se révéla subtilement changée. Surtout avec moi.

Chaque pas, chaque mot était immédiatement pris dans un carcan qui me paralysait. J'avais beau la pratiquer avec aisance, cette langue n'était pas la mienne. Au fil des répétitions, je perdais le sens des mots, m'égarais dans un labyrinthe de sons et de postures.

Le reste de la troupe travaillait avec sérieux et tranquillité.

J'avais essayé de m'intégrer au mieux en accompagnant mes camarades dans leurs séances rituelles de beuverie. J'allais voir ceux qui jouaient en même temps qu'ils répétaient.

Le théâtre anglais est essentiellement naturaliste avec des décors réalistes et un jeu classique, agréable au public. Certains acteurs étaient des virtuoses, mais tous continuaient à peindre à la manière ancienne, comme si l'abstraction n'avait pas eu lieu.

En répétition, je persistais à faire cent propositions, à chercher jusqu'à l'absurde d'autres modes d'expression. À chaque initiative, Prudence sortait la camisole et me ramenait à sa façon à elle.

J'avais fait mon premier mauvais choix professionnel

et j'attribuais naturellement cette erreur de parcours à la méphistophélique influence de Juliette sur ma vie.

Chaque fois que je voyais son adresse mail apparaître sur mon ordinateur, l'appréhension me coupait le souffle. Pourtant elle était loin et sous double surveillance puisque j'avais chargé Yves d'engager un détective privé en vue du divorce dont je persistais à penser qu'il serait, à long terme peut-être, l'issue la plus évidente. Juliette était malveillante, je n'en démordais pas en dépit des commentaires de Bruno qui avait tendance à simplifier une situation embrouillée. Je tenais à connaître mon ennemie.

Officiellement, il était chargé de réorganiser le désordre de ma maison et Braconnier, tel était le nom du détective, de noter scrupuleusement ce que Juliette faisait de ses jours et de ses nuits.

Mes lieutenants étaient en place et je m'efforçai de me concentrer sur cet *Hamlet* dont je redoutais qu'il soit mon Trafalgar.

Je bossais tout le temps, le soir seul à l'hôtel, avec le coach pour la diction, avec la troupe où je cherchais constamment mes marques, mendiant les encouragements de Prudence qui semblait m'avoir abandonné à mon triste sort.

Pour me réconforter, je fis du shopping, un bon exutoire. Je commandai des costumes noirs sur mesure, au pantalon étroit et à la veste étriquée, et ne quittai plus un ridicule petit chapeau entre le melon et le chapeau de pêche.

J'acquis aussi un somptueux imperméable d'un noir luisant qui s'évasait jusqu'aux chevilles et m'en servis pour les répétitions.

Je fus le dernier à réaliser que, tel Hamlet constamment vêtu de deuil dans sa cour bariolée, je ne m'habillais plus qu'en noir.

Yves se manifesta peu. Il savait que je tolérais mal les intrusions extérieures au travail.

Il m'appela tout de même un jour pour m'annoncer que Weizhuang s'était enfermé dans un interminable montage auquel personne d'autre n'avait accès mais qu'il s'était engagé à être prêt pour le festival de Cannes.

Je lui demandai où en était son détective. Après un silence embarrassé, il m'avoua qu'il avait reçu des rapports mais qu'il m'en parlerait à mon retour.

Cela puait les mauvaises nouvelles.

Puisqu'il ne voulait pas me parler par téléphone, il finit par céder devant mon insistance et débarqua à Londres pour le week-end, le dossier du détective sous le bras. Il cracha d'abord le morceau qui l'encombrait le plus. Bruno était tout le temps fourré chez moi, Juliette et lui passaient énormément de temps ensemble.

Je le rassurai : j'étais au courant. Si ses révélations étaient toutes de cet acabit-là, il aurait pu s'épargner le voyage. C'est un bon agent. Il négligea de me rappeler que c'était moi qui l'avais sommé de venir.

Il m'apprit que Juliette avait gardé son vieil appartement, occupé apparemment par une personne qui ne sortait jamais et vivait rideaux tirés. Le détective n'avait pas réussi à en savoir plus.

Plus attendu aux yeux de mon agent, même s'il prit un air consterné pour me l'annoncer, Juliette retrouvait régulièrement le producteur de Janteau dans un hôtel classieux de la rue Delambre. Enfin, de moins en moins régulièrement. Il est probable qu'après le tournage, la messe serait définitivement dite.

– Je suis désolé, conclut-il, mais on sait maintenant, preuves à l'appui, comment elle a obtenu le rôle.

– Mais puisqu'elle ne tourne pas avec Janteau.

Je plaisantais ? Elle venait de boucler sa première séquence avec eux et, apparemment, ça ne s'était pas trop mal passé.

Cette nouvelle me rendit hystérique. Je lui avais interdit de faire ce film, elle m'avait juré qu'elle y renonçait. Et Yves avait laissé faire ! À quoi est-ce qu'il servait, putain de merde ? J'étais cerné par les traîtres... Mon impuissance déferla en colère.

Yves me suggéra de baisser d'un ton. Nous étions dans

un pub comme dans pub-lic et si je voulais bien reprendre mon souffle et une pâleur de meilleur ton, il aimerait glisser une ou deux phrases pour sa défense.

D'une part, Juliette lui avait affirmé que tout était arrangé entre elle et moi. Elle prétendait m'avoir convaincu de sa nécessité de connaître mon métier de l'intérieur pour mieux m'assister à l'avenir ! Yves leva un doigt pour m'intimer le silence. D'autre part, il trouvait ma réaction hors de proportion. Un petit rôle dans un petit film, ce n'était pas une affaire d'État. Enfin, j'étais le premier à avoir souhaité des photos suffisamment compromettantes pour faire pression sur Juliette en cas de divorce. Maintenant, je les avais.

Pour moi, il n'y avait aucun doute, il s'agissait bien de l'ouverture des hostilités. Il fallait que Juliette se sente en position de force pour faire fi à la fois de mes demandes et de ses engagements.

J'appelai Bruno qui se moqua de mes inquiétudes. C'était sûrement un malentendu. Juliette semblait persuadée que je la soutenais dans son entreprise. Elle avait un trac épouvantable, peur de me décevoir, c'était plutôt touchant. Je lui reprochai d'être passé à l'ennemi. S'était-il laissé séduire ?

Il me conseilla froidement de me concentrer sur ce que je savais faire et de laisser les gens comme lui me décrypter la réalité.

Au fait, n'y avait-il pas une part paranoïaque chez Hamlet ?

Je lui raccrochai au nez. J'étais en roue libre.

Un matin, j'arrivai à la répétition et trouvai le théâtre désert. Prudence m'attendait, recroquevillée dans un fauteuil du troisième rang. Pas de pupitre, pas de cahier, pas de texte, pas d'assistant, pas de partenaire.

J'étais tellement fragilisé que j'interprétai aussitôt la situation sans équivoque possible : elle m'avait convoqué pour me virer. Sans doute un autre comédien, shakespearien consommé, avait-il travaillé dans l'ombre, prêt à me remplacer.

Sans préambule, elle me demanda sur un ton d'évidence de lui jouer toute la pièce,

En solo.

Je m'étais cru fragilisé, je ne connaissais pas le sens du mot.

D'un simple geste elle demanda la bascule des lumières et se fondit dans le noir de la salle, m'abandonnant dans l'éclairage crépusculaire de la première scène, au centre du décor baroque gigantesque, écrasant, environné d'ombres.

Je commençai la voix atone, cherchant mes marques, essayant de me rappeler qui était où, quand.

La voix désincarnée de Prudence rompit le silence :

– Tu es libre. Oublie tout ce que tu as dû faire pendant des semaines. Hamlet est seul. Il n'existe et n'agit que pour lui et pour un mort. Tout est permis.

J'attendis, sous vide, j'attendis que du chaos interne que subit Hamlet la sève monte en moi et je commençai à tâtons, aveugle avançant dans une maison inconnue sans contour reconnaissable.

Le Hamlet de cette répétition fut la clé de voûte de toutes les représentations qui suivirent mais il n'y eut qu'un seul témoin à la pureté de sa naissance, et chaque fois que je rencontre Prudence, nos regards s'éclairent de ce moment partagé, miraculeux et secret.

Dès lors, j'exultai, je jubilai.

La semaine passa comme un éclair.

Le reste de la troupe, des comédiens solides et intelligents, sut maintenir son cap face à cette déferlante inattendue. Le spectacle avait pris sa forme, surprenante, incongrue. Nous le savions tous. Nous allions créer un événement exceptionnel.

La première fut inimaginable.

La salle riait, parfois jusqu'à couvrir le texte, saisie par ma folie contagieuse, puis basculait dans un silence d'apnée, où non seulement les toux n'osaient plus s'exprimer mais où les spectateurs retenaient jusqu'au plus petit raclement de gorge. La tragédie nous saisissait collectivement et nous réunissait dans nos solitudes étanches.

Je me rappelle, après un attentat meurtrier dans un bus de Londres, un témoignage évoquant le silence total, terrifiant qui avait suivi le fracas de l'explosion.

Il se passait quelque chose de comparable dans notre spectacle. Il s'agissait bien de vie et de mort, du sens et du non-sens de toute notre agitation, de la transmission humaine, de la vanité de l'espèce comme de sa nécessité absolue. Un attentat provoque cette connaissance spontanée. Le théâtre s'y efforce, avec moins de dégâts.

Yves assista à la première. Juliette s'était faite discrète depuis quelque temps. Quand elle se manifesta, ce fut de la façon la plus inattendue par un mail laconique et indéniablement menaçant : « Mettre un détective à mes trousses était la pire ânerie que vous puissiez commettre. Après la première. Croyez-moi, rappelez immédiatement vos chiens. Éternels regrets ? »

Bas les masques ?

J'étais prêt.

Croyais-je.

Je ne répondis pas à son message.

Bruno, apparemment informé par Juliette, m'appela pour m'engueuler. J'aurais dû le mettre au courant pour le détective. Juliette était en pétard, ça lui passerait. En attendant, il me conseillait de me calmer. J'aurais au moins pu attendre d'en savoir plus au lieu de me monter la tête dans mon coin. À brûler les étapes, j'allais finir par répandre un incendie difficile à maîtriser.

Un deuxième message de Juliette m'annonça sa venue trois jours plus tard. Nous devions parler sérieusement.

Je lui fis dire par Yves que sa chambre à l'hôtel était réservée.

Le matin de son arrivée, je fus réveillé par un bref coup de sonnette.

J'allai ouvrir, encore embrouillé de sommeil.

C'était elle, toute de rouge vêtue. Elle arborait une nouvelle fois ce masque lisse impénétrable comme un galet sur lequel on aurait dessiné les traits d'un visage mal défini.

Elle traversa le petit salon, ouvrit les rideaux laissant entrer la lumière grise d'une matinée couverte. Elle portait une robe de lainage près du corps qui accentuait sa minceur, des collants noirs et des ballerines plates

Elle m'annonça qu'elle avait commandé deux petits déjeuners. J'avais le temps de prendre une douche. Elle m'attendrait.

Puis elle alluma une grosse lampe posée sur un guéridon, s'assit dans le fauteuil proche et me regarda, debout dans mon pyjama froissé, tenant toujours la poignée de la porte dans la main.

Je refermai lentement, allai m'asseoir en face d'elle, une part de moi curieusement soulagée : je n'étais pas dans un délire paranoïaque, son ton de commandement, sa désinvolture établissaient que la Juliette soumise et dévouée n'avait été qu'un déguisement. J'allais enfin savoir qui se cachait derrière, et surtout pourquoi.

J'attendis. Elle aussi.

Nous attendîmes comme deux judokas se tournent autour, attentifs et silencieux, sur le qui-vive, chacun prêt à la parade.

Le silence régna jusqu'à ce que la table roulante du petit déjeuner soit installée par le garçon d'étage.

Après son départ, elle servit le thé, but sa tasse, s'essuya les lèvres.

Très bien, je pouvais suivre. Je beurrai un toast, commençai à manger.

Alors seulement elle parla, comme on entame une discussion d'affaires, sans affect :

– Je croyais que nous avions un accord. Tacite, mais clair. J'ai bien compris que vous aimiez les hommes, Bruno m'en a fourni la preuve sous notre toit, on ne pouvait être plus clair. Je vous servais d'alibi ou de couverture. Pourquoi pas ? Vous aviez besoin de quelqu'un qui mette votre intérêt au-dessus du sien. C'est ce que je n'ai cessé de faire depuis trois ans. Qu'est-ce que j'avais à y gagner ? Le rêve, tout simplement. Je ne sais pas qui vous a monté la tête, ce Bruno que vous m'avez jeté dans les pattes ou Yves qui m'a toujours regardée d'un mauvais œil, comme une usurpatrice. J'étais prête à accepter beaucoup de choses, mais pas cette trahison-là. Pas de me voir suivie comme un vulgaire malfaiteur. Si vous aviez des questions, vous pouviez me les poser. J'ai toujours répondu à tout. Alors maintenant je veux savoir une chose, simple, c'est : qu'est-ce que vous voulez ?

Sans même prendre le temps d'avaler, je répondis :

– Me débarrasser de vous.

Elle vacilla comme si je lui avais porté le coup physiquement.

– Ce n'est quand même pas à cause du film de Janteau ?

J'imitai ce qu'elle avait si bien su faire avec moi. Je me tus.

Elle secoua la tête, en mère lasse devant l'enfant à qui il faut tout expliquer. Si j'avais été plus raisonnable, elle n'aurait pas été obligée d'agir à mon insu. Ne pouvais-je pas comprendre que la pratique du métier d'actrice était le seul moyen qui lui restait de valider notre relation ? Je lui avais ouvert ma vie et je ne lui y laissais aucune place. Je voyais bien que cela n'avait pas de sens. Tout ce que je lui reprochais, elle l'avait fait pour moi. La voiture avait fait d'elle mon chauffeur, en plus du reste. Elle avait essayé de viriliser ma maison, de crédibiliser notre mariage. Est-ce que je savais seulement que Mangin m'avait soupçonné pour le meurtre de son père ? Elle lui avait dit et redit que nous ne nous connaissions pas à l'époque des Marivaux. Que notre rencontre avait été un coup de foudre. Que rien dans ma vie ne pouvait prêter au chantage.

Elle était donc au courant de ça aussi.

Elle soupira qu'elle avait tout fait pour me protéger. Pourquoi étais-je le seul incapable de le reconnaître ? Son ton implorant, sa posture de victime étaient indescriptibles.

Je lui retournai tranquillement sa question : qu'est-ce qu'elle voulait, elle ?

Elle répondit non moins tranquillement :

– Je veux vivre votre vie.

C'était une affirmation claire, simple, évidente. L'affirmation d'une folle.

J'entendis la supplication dans ma voix quand je tentai d'être autoritaire :

– C'est impossible.

Elle me regarda, son visage empreint d'une tristesse inexprimable.

– Vous n'avez pas le choix.

Elle ouvrit son sac, en sortit un petit enregistreur de poche, appuya sur le bouton et j'entendis ma voix interroger :

« Les coutures sont droites ? »

Le bobineau déroula la scène du 2 novembre 2002 dans ma loge, à partir de l'arrivée de Manchot jusqu'à ma sortie, le bruit de la clé dans la clenche, mes pas qui s'éloignaient.

– Vous n'avez pas pensé à fouiller les poches de mon père. Il enregistrait tout. Il suffirait que je donne la bande à Mangin. C'est tout ce dont il a besoin.

Maintenant que les cartes étaient sur la table, je pensais la voir sortir de son rôle d'ange de pureté. C'était mal la connaître. Pourquoi l'avais-je contrainte à cette extrémité ? Elle n'avait jamais songé à utiliser l'enregistrement jusqu'à ma trahison, comme elle appelait l'incompétent Braconnier. Il aurait suffi que je lui fasse confiance, entière confiance. Comme elle avait eu entière confiance en moi.

Sa version du 2 novembre était que son père devait la rejoindre au théâtre après m'avoir vu. Il ne lui avait jamais montré ni les photos ni les lettres. Après le spectacle, elle l'avait attendu sur le trottoir, elle m'avait vu sortir avec les autres, le concierge avait fermé les portes et elle était restée sur la petite place jusqu'au matin, à guetter. Les portes du théâtre avaient rouvert. Elle m'avait vu arriver.

Elle avait hésité longtemps en face de l'entrée des artistes. Elle avait fini par entrer, il n'y avait personne dans la loge vitrée. Elle s'était aventurée dans l'escalier, elle avait entendu ma conversation avec Henriette. Le monte-charge descendait. Elle était allée voir. Elle avait soulevé le couvercle de la panière. Elle avait vu son père et récupéré le magnétophone dans sa poche.

Son court récit factuel me fut adressé tranquillement. Puis elle en observa les effets sur moi. Un nœud coulant s'enroulait autour de mon cou. Le bourreau remplissait sa fonction sans état d'âme.

Son portable sonna pendant cet interminable néant et elle répondit. Oui, c'était un rôle court mais riche et elle était reconnaissante à Gabriel de lui avoir donné sa chance...

Elle était déjà en promo.

Elle raccrocha et son sourire s'effaça pour faire place à la mélancolie.

– Je ne vous en voulais pas. Je ne vous en veux pas. C'était un sale type, un pauvre type. Le monde est mieux sans lui. Mais la malle est dans ma cave, rue Myrha. Je l'ai récupérée au moment des travaux. Je ne vais pas renoncer à ce qui fait ma vie juste au moment où tout commence. Je ne suis pas folle, je n'avais rien calculé. Nous devions nous rencontrer, c'était écrit. Ni vous ni moi n'y pouvons rien.

– Rien calculé ? C'était écrit, inscrit au grand livre du destin ? J'ai été d'une naïveté et d'une connerie sans nom, je vous l'accorde, mais à ce stade... Et Steve ? La lettre à Steve ? Qui a pu la fournir à votre père à part vous ? Ayez au moins la décence d'assumer la vérité et arrêtez de vous abriter derrière une dévotion inexistante.

J'aimerais arriver à décrire le visage de Juliette à ce moment-là. Impassible et noyé en même temps. Son regard hypnotique s'élargissait, ses traits s'y fondaient. Je pense maintenant qu'elle croyait profondément, intimement, à ce qu'elle disait. Sa conviction insensée niait toute raison. Telle une fanatique, l'intensité de sa foi avait force de loi. On aurait dit que son seul problème était de trouver le moyen de convertir un incroyant particulièrement récalcitrant.

Elle essaya encore :

– J'ai une certitude, celle d'avoir trouvé ma place. À vos côtés. Vous comprendrez un jour, peut-être. Vous comprendrez en quoi nos intérêts sont liés. Vous avez le choix entre me supporter spontanément ou par contrainte. Vous n'en avez pas d'autre. À vous de voir.

Je l'écoutai, je la regardai. Elle se leva, reprit son enregistreur, son sac, et sortit.

Je ne sais pas à quoi Juliette occupa sa journée, je restai prostré dans ma chambre. Cela n'avait aucun sens. Je retournai sa phrase dans tous les sens : « Je veux vivre votre vie. » Elle s'en était emparée, elle ne m'y laisserait aucune place.

Je finis par appeler Bruno qui était sur répondeur.

Puis Yves, très excité, car il était sûr maintenant que nous allions à Cannes. Au fait, avais-je vu Juliette ? S'était-elle calmée à propos du détective ? Est-ce que je voulais qu'il arrête les filatures ?

Surtout pas.

Je ne sais pas ce que j'espérais encore. J'étais à terre.

Me dénoncer. En finir. N'y avait-il pas d'alternative ?

Juliette assista comme prévu à la représentation d'*Hamlet*. Je n'imaginais pas la voir après le spectacle mais, quand je sortis de ma loge, je découvris sa silhouette de dos, près d'une fenêtre au bout du couloir étroit qui menait à l'escalier et je fus terrorisé.

C'est inimaginable, cette sensation d'être possédé par un démon, de ne plus s'appartenir, d'être condamné à subir, comme l'ombre du corps s'efface mais revient toujours, une personne qui détient un droit de vie ou de mort sur vous.

Je n'imaginais pas encore d'issue à part des aveux complets que je me refusais à passer tant que je n'avais pas essayé au moins une autre voie. Mais quelle voie ?

Elle se retourna.

Ses yeux lui mangeaient le visage, elle était pâle, elle me parla, ses mots dévalant la pente de son émotion. Elle était incapable de formuler un commentaire à la hauteur de ce qu'elle avait vu. J'étais prodigieux, presque effrayant. Elle était si heureuse de voir que mon travail n'avait été en rien affecté par ses révélations.

Elle imaginait bien que je ne souhaiterais pas la voir davantage, elle allait rentrer à Paris, mais elle souhaitait assister au spectacle une deuxième fois. C'était tellement stimulant, j'étais prodigieux.

Sa sincérité était sans équivoque, ce qui la rendait encore plus effrayante.

Nous parlerions à Paris. Elle s'expliquerait. Elle avait des projets précis. Rien qui puisse me nuire. Que je me rappelle cela surtout : rien qui puisse me nuire. Au contraire.

Et elle se détourna, marcha rapidement jusqu'au bout du couloir, avalée par la pénombre et la brume qui obscurcissaient l'air dans lequel elle se déplaçait.

Le lendemain, Prudence assistait à la représentation et, comme chaque fois, nous réunit sur le plateau après le spectacle. Elle bousculait régulièrement nos habitudes, variant un déplacement, proposant une nouvelle couleur. Sans cesse elle nous déséquilibrait, détruisait toute certitude.

Avec moi, à ce stade, c'était du gâteau. Était-ce la fiction ou la réalité qui déterminait mon interminable chute dans un trou sans fond ? Sur scène au moins, j'avais de quoi tenir ou me retenir de la perte totale.

J'avais le support d'un texte écrit, de consignes de jeu, l'espace réduit où Hamlet à travers moi rejouait indéfiniment son histoire tragique, en délimitant son aire, donnait un cadre stable à mon corps, à ma voix, à mes sentiments.

En dehors, il me semblait ne plus avoir ni contour ni prise sur rien.

J'étais un fantôme.

Ce n'est qu'en quittant le plateau que j'aperçus Juliette assise dans la salle au cinquième rang.

Non seulement elle avait osé rester mais en plus elle avait obtenu de Prudence l'autorisation d'assister au rituel des notes d'après spectacle qui se déroule normalement à huis clos.

Je n'étais pas loin d'attribuer à Juliette un pouvoir quasi magique mais, aujourd'hui, je crois plus simplement que Prudence, qui avait longtemps affiché sa liaison avec une grande comédienne de la scène anglaise, n'était pas insensible au charme de ma prédatrice.

Je n'arrivai même pas à être courtois avec Juliette quand elle rejoignit notre petit groupe dans les coulisses. Peu importe, tout ce qui n'était pas conforme à son attente glissait sur elle.

Prudence nous invita à dîner, Juliette accepta et j'essayai en vain de contrecarrer ce projet-là au moins. Je prétextai une grosse fatigue qui n'était que trop justifiée pour décliner l'invitation, tandis que Juliette se déclarait flattée de dîner en compagnie de mon metteur en scène.

Tandis que nous nous dirigions vers la sortie, Prudence demanda à Juliette ce qu'elle faisait dans la vie. Juliette répondit d'un air modeste qu'elle venait de tourner pour la première fois.

– Dans un film ?

C'était un vrai faux pas. Prudence avait prononcé le mot comme on lâche une grossièreté. Elle méprisait cette industrie du prémâché qui annihile toute intelligence à force de simplification et d'émotions mécaniquement provoquées.

Juliette, en réponse, répéta le mot :

– Dans un film, oui.

Glacé, j'entendis dans ces quelques syllabes la même ferveur qu'elle avait eue autrefois en parlant de moi. Il s'y mêlait de la révérence, de l'éblouissement. En un seul mot elle évoquait la toile magique et ses images projetées, irréelles et fugaces, où l'on se perd et compense les déceptions de la vraie vie.

Prudence la considéra un moment puis dit :

– Alors vous voulez faire l'actrice, vous aussi. Un couple d'acteurs ! Bon. Comme disait Euripide : « Il est beau de tenter des choses impossibles. »

Impossible.

Je les quittai, le mot martelé dans ma tête. J'étais dans une situation impossible, je ne pouvais pas prolonger le faux-semblant de mon métier dans ma vie, je deviendrais fou.

Il fallait trouver une issue, aussi radicale soit-elle. Je devais me débarrasser de Juliette comme je m'étais débarrassé de son père.

Cette idée se trouva singulièrement renforcée quand, la veille de mon retour, Juliette m'apprit par mail qu'elle venait d'accepter une proposition au théâtre.

Inutile de dire que je rentrai à Paris comme on va à l'abattoir. Même ma maison ne m'appartenait plus. Je rentrais chez Juliette. En dehors de ma détermination issue du désespoir, je n'avais pas l'ombre d'une solution pour y parvenir.

Bruno m'attendait gare du Nord. Il siffla en voyant l'amoncellement de bagages sur mon chariot, m'annonça qu'il y avait la queue aux taxis. J'avais commandé une voiture avec chauffeur.

– Je comprends mieux Juliette. Elle a goûté à tout ça et elle en redemande !

Je n'avais pas envie de rire. Je lui avais tout raconté au téléphone.

Il me prit par les épaules, il avait réfléchi, on allait en parler.

Une fois installés dans la voiture, je lui demandai s'il voulait bien m'accorder l'hospitalité pendant quelques jours. Sinon, j'irais à l'hôtel. J'étais incapable de voir Juliette.

Il me soutint qu'au contraire, je devais occuper le terrain. On pouvait faire escale chez lui mais, après, il me conseillait de rentrer dans ce qui restait ma maison.

Il demanda au chauffeur de fermer la paroi de séparation.

– J'ai réfléchi. Tu as deux solutions.

Le chiffre me parut énorme.

– Soit tu tues Juliette.

Je jetai un œil dans le rétroviseur. Le chauffeur n'avait apparemment pas entendu.

Donc Bruno pensait comme moi.

Il sourit :

– Évidemment, le problème est qu'il faut que tu la tues, toi. Un tueur, ce serait risqué et ce n'est pas un service que je suis prêt à te rendre. Détends-toi, Michel, c'est une blague. Je blague parce qu'il faut que tu changes de point de vue sur toute cette affaire. Moi, je trouve que tu t'en es remarquablement bien sorti jusque-là, alors apprends à compter les petites bénédictions de la vie au lieu de transformer un accident de parcours en tragédie sans issue.

– Un accident de parcours, un chantage au meurtre par une femme à qui j'ai ouvert ma vie en grand !

– Attends, dans une négociation, pas d'interruption, please, dans une négociation il faut considérer le point de vue de l'autre. Juliette t'a menacé très directement parce que tu l'y as acculée.

– Dans cinq minutes, ce sera de ma faute.

– Tu me demandes conseil et tu ne me laisses pas parler.

Je me renfonçai dans mon siège et regardai droit devant moi.

Savoir écouter est un des talents essentiels de l'acteur. Je n'en pensais pas moins mais je l'écoutais.

Il était convaincu que Juliette ne mettrait jamais sa menace à exécution parce qu'elle avait tout à y perdre. C'était du bluff. Selon lui, le terrain était incertain de tous les côtés. Un meurtre difficile à prouver, la cassette n'aurait aucune valeur légale, un scandale nuisible aux deux parties... La question qu'il fallait éclaircir, c'était ce que voulait Juliette.

– Elle veut tout.

– C'est-à-dire ?

– Elle veut moi, elle veut ma vie.

– Elle est si géniale que ça, ta vie ? Laisse-moi m'expliquer. Je peux te parler franchement ? Bon. La Juliette que je côtoie depuis que tu es parti ne ressemble en rien à ce que tu décris. Elle te vénère. Si, elle te vénère. Tu ne l'as pas entendue parler de ton Hamlet. À croire qu'avant toi il n'y a pas eu d'acteur digne de ce nom. Avec mon aide, elle a détruit toute la rénovation de ta maison qu'elle avait entreprise avec un soin inimaginable. Bon, c'est toi qui as casqué, il n'empêche. Voyons les faits. Mangin la soupçonnait d'avoir fait disparaître son père. Si ce fameux enregistrement existe, il lui suffisait de le produire pour s'innocenter. Elle s'en est bien gardée. Tu sais ce qui la ronge, ce qui la tue littéralement ? C'est qu'elle n'existe pas à tes yeux. Son truc d'actrice n'est que ça. Accorde-le-lui.

C'était ça, sa solution ? Juliette gagnant sur tous les tableaux ? Et moi ? Je restais marié à une sangsue qui me vidait de mon sang, je faisais d'elle une vedette, au point où on en était, autant voir grand et nous coulions une vie heureuse, deux stars sur orbite pour le restant de leurs jours ? Autant décider de marcher désormais sur la tête.

Au contraire, il me proposait d'arrêter de marcher sur la tête. Quand même, n'avais-je pas été parfaitement satisfait de ma vie avec Juliette jusqu'à ce que je découvre qu'elle m'avait menti sur deux points qui n'étaient pas si inexplicables ?

Et au pire, si je tenais à ce divorce à tout prix, n'avais-je pas intérêt à la propulser comme actrice et une fois qu'elle aurait fait son trou, c'est-à-dire qu'elle aurait autant à perdre que moi, à entamer une procédure ?

– D'autant, si mes souvenirs sont bons, qu'une femme ne peut pas témoigner contre son mari.

Juliette n'était pas une femme comme les autres, c'était une folle, une manipulatrice, prête à tout. Est-ce qu'il ne pouvait pas comprendre que la cassette prouvait qu'elle avait été de mèche avec son père ?

– Que tu as obligeamment assassiné pour qu'elle puisse ensuite s'introduire dans ta vie ?

Je compris alors qu'il ne croyait pas un mot de mon histoire.

Je n'avais même pas à m'inquiéter de lui avoir fait confiance. Il ne risquait pas de me trahir. Il pensait tout simplement que j'avais tout inventé.

Et je ne devais pas tarder à apprendre pourquoi.

Je renonçai à faire escale chez lui. Je le remerciai, j'allais réfléchir à tout ça.

Sa flèche finale aurait pu être mortelle :

– Tu devrais reconnaître que vous n'êtes pas si différents tous les deux. C'est peut-être cela qui te dérange et te fascine. Tu as trouvé ton double.

Juliette était absente quand je pénétrai dans ma maison. Ma maison. Ce ne serait jamais plus ma maison. Oh, elle n'était plus aussi dissemblable de ce qu'elle avait été, mais ma main n'avait pas jeté les coussins sur le canapé, le fauteuil n'avait pas été installé près de la fenêtre pour mon confort, jusqu'à la cuisine où j'avais du mal à localiser les verres, les assiettes, les casseroles. L'ordre de Juliette régnait. Pas le mien.

Absente, invisible, elle était partout.

Je montai mes bagages dans ma chambre, le seul lieu qui m'appartienne encore en propre. Je voyais vaguement se dessiner un plan aussi cinglé que la situation que je vivais. C'était peut-être là la solution.

Bruno m'en avait fourni la clé.

Yves allait en donner le premier tour.

J'étais arrivé à l'agence avec un but, obtenir au moins qu'Yves cesse de représenter Juliette.

Je n'eus pas le temps de lui en donner l'ordre. Excité comme une puce, en pleine effervescence, il m'annonça sa bonne surprise : Juliette s'était révélée « miraculeuse » à l'écran.

Une fois le film monté, sa prestation brillait comme un diamant et la rumeur de son talent, le talent de Mme Leman, en plus, ce qui redoublait l'intérêt de la presse, s'était répandue dans le petit monde du spectacle, ce Saturne toujours prêt à dévorer de nouveaux enfants.

Du coup, Yves l'avait poussée à tenter ce détour par le théâtre qui assiérait sa réputation. Il m'avait préparé le dossier définitif du détective qui remplissait un gros classeur rouge vif mais m'invitait à réfléchir à cette histoire de divorce. Je pouvais utiliser les informations qu'il contenait pour tenir Juliette à sa place en cas de débordement, mais puisque je n'étais pas amoureux d'elle... Il ne voyait qu'intérêt à laisser les choses en l'état. Son intérêt.

– Que ce soit avec ou sans moi, avec ou sans toi, cette fille fera son chemin. Elle est très déterminée, mais surtout, capable d'assurer. En plus, depuis son retour de Londres, elle ne parle que de toi, de ton génie. Cette fille t'admire, elle te vénère. Tu es limite injuste avec elle. Surtout qu'elle continue à bosser pour toi. Et toi à être content de ses services. Regarde ce Bruno dont tu t'es entiché. C'est quand même elle qui l'a déniché.

Pas une seconde je ne m'étais méfié. C'est à Yves que j'avais demandé de me trouver un assistant mais il s'était tranquillement déchargé de cette corvée sur Juliette. C'est par elle que Bruno était entré dans ma vie. Ou plutôt, qu'il y avait été placé comme un pion ennemi.

Elle avait réussi à instrumentaliser jusqu'à mon agent.

Au point où j'en étais, je ne sais pas ce qui aurait été susceptible de me surprendre.

Yves enchaîna avec mes essais prévus à Los Angeles pour le film américain, il voyait cela comme un gros succès personnel. Les agents ont parfois tendance à confondre leur rôle avec celui de leurs clients. De toute façon, tout ce qui me permettrait de quitter Paris était bon à prendre.

Si je voulais que mon plan fonctionne, j'avais intérêt à le mettre au point avec la même précision d'orfèvre que celle de Juliette.

Dans le taxi, j'ouvris l'enveloppe en annexe du rapport du détective. Elle contenait des photos. Elles étaient intéressantes, photos de paparazzi, pas toujours nettes, prises au téléobjectif avec des passages flous incongrus. Je reconnus Bruno sur l'une, puis sur une autre. J'accélérai. Il la tenait par le cou. Il lui tapait sur les fesses en riant.

Puis je feuilletai les rapports pour en arriver aux dates qui m'intéressaient.

Pendant mon séjour à Londres, Bruno et Juliette étaient déjà amants.

Il travaillait pour elle. Elle lui avait vendu sa version de l'histoire. J'étais seul et bien seul.

C'était la fin du troisième acte.

Les deux derniers seraient les miens.

J'allais devoir être aussi patient que Juliette, aussi tenace, organisé qu'elle. C'était pratique, j'avais le modèle sous les yeux. J'avais commencé d'esquisser les grandes lignes de mon projet. Le cadre en était un mariage sincèrement conclu, la difficulté d'une jeune femme à trouver sa place aux côtés d'un mari, les encouragements de ce dernier face aux velléités artistiques de sa femme et le déséquilibre de plus en plus apparent de celle-ci. Le coup de grâce viendrait en dernier. La mort de Juliette, une mort justifiée par avance.

Dans la fiction, comme dans la vie, ce sont les détails qui comptent. Les grandes lignes n'étaient rien sans une armature concrète.

Le seul crédit que je continuais d'accorder à Juliette, c'était sa capacité à se mentir à elle-même. Elle se croyait sincèrement dévouée à moi. En son âme et conscience. Peut-être. C'est ce qu'elle donnait à croire à tout le monde.

Je pouvais donc miser là-dessus.

Comme aux échecs, je devais anticiper les coups de mon adversaire, en l'occurrence, jouer de la façon qu'elle attendait pour mieux la surprendre ensuite.

Je savais qu'elle ne me lâcherait jamais. Elle préférerait se saborder que me perdre. Je le savais.

Mais j'étais acteur. Je pouvais faire semblant aussi bien qu'elle. Mieux, en principe.

Dans un premier temps, j'allais combler ses rêves, j'allais lui donner tout ce qu'elle voulait. En exigeant une contrepartie, bien sûr. Sinon, elle n'y croirait pas. Or il était essentiel qu'elle continue de se croire maîtresse de la situation.

Égale à elle-même, pleine de tact et de discrétion, à mon retour de Londres Juliette se transforma en femme invisible. Elle n'apparaissait qu'à ma commande.

J'aimerais trouver les mots pour décrire Juliette avec justesse.

Par exemple, cet après-midi de nos retrouvailles après Londres. On était en mai, le soleil souriait, la femme de ménage venait de partir et je sirotais un espresso dans mon jardinet.

Juliette, toujours invisible, vaquait dans son demi sous-sol.

Je laissai ma tasse sur le rebord de la fenêtre et descendis. Je toquai une fois, entrai.

Elle était devant son écran d'ordinateur.

Elle se retourna, laissant à peine le reflet de l'ombre d'un sourire détendre ses lèvres. Une façon d'indiquer qu'elle attendait que je donne le *la*.

Ses cheveux châtains étaient désormais éclairés de fines mèches claires. Ils étaient rejetés en arrière, dans un mouvement souple, à peine ondulé. Son teint restait pâle, son visage long et fin manquait un peu de structure osseuse mais le contour était fermement dessiné, la bouche étroite, un papillon étiré à l'horizontale, était assez bombée pour adoucir ses traits, le nez, droit désormais, était un peu trop près des yeux et les yeux... les yeux étaient vraiment son atout majeur, sombres et changeants, grands, un peu écartés.

Elle n'était pas belle selon les normes mais son étrangeté était captivante.

Oui, ce jour-là je la regardai avec attention comme si l'inversion de nos rôles me permettait de la considérer sinon avec bienveillance, du moins avec neutralité et curiosité.

Elle restait incroyablement mince, en dépit d'un appétit qui n'avait jamais faibli, comme en témoignait l'énorme brioche aux raisins secs dont les tranches étaient placées à portée de sa main.

Je ne donnai aucun indice de mon humeur, elle resta donc, entre gravité et sourire, dans une manière de garde-à-vous.

J'avais à lui parler ?

Elle se mit en posture d'écoute, pivotant sur son fauteuil pour me faire face comme je m'asseyais sur son petit divan dur.

J'étais assis plus bas qu'elle. Je souhaitais qu'elle se sente en position de supériorité.

Désormais, tout allait compter.

Elle devait comprendre, commençai-je, que ses révélations londoniennes allaient influer sur nos rapports. Certes, je considérais, comme elle, que notre mariage devait perdurer un temps raisonnable. Mais pas au-delà.

Ce temps raisonnable, dont j'espérais que nous le bornerions d'un commun accord, devait lui permettre de faire ses preuves comme actrice. Pour accélérer le processus, je l'épaulerais de mon mieux, ensuite elle ne pourrait plus s'opposer au divorce.

– Vous me haïssez ?

– Pas du tout. Vous m'êtes parfaitement indifférente.

– Je sais bien que ce n'est pas vrai. Vous avez besoin de moi. Ce n'est pas de l'indifférence, cela.

– Jules, je vous propose un contrat, les sentiments n'ont rien à voir là-dedans.

– C'est à cause de la cassette ?

Elle était sidérante. Je gardai un ton calme.

– Entre autres, oui.

Elle sembla évaluer diverses hypothèses avant de se dire à elle-même :

– Je n'avais pas d'autre solution.

Puis, directement à moi :

– Il y a peu de chances que vous changiez de sentiment ?

– Statistiquement, je dirais que les chances sont nulles.

Elle se leva alors, fit les cent pas.

Elle portait un pantalon noir étroit, un pull fin qui descendait sur les hanches, noir également. Une tarentule, longue et indifférente, poursuivant implacablement son chemin, parce que c'est sa nature. Je n'avais plus peur d'elle.

Quand elle arrêta sa déambulation, son expression m'évoqua la façon dont elle avait affronté mon architecte et l'entrepreneur, en femme d'affaires sans états d'âme. Néanmoins, elle n'hésita pas à la mâtiner d'un pathos sans pudeur.

Elle m'avait toujours dit que tout ce qu'elle faisait était pour moi, pour mon bien. Elle allait me le prouver. Elle ne m'imposerait pas éternellement une présence haïssable. Elle acceptait le divorce comme fin ultime. Bref, elle acceptait ma proposition, mais, dans mon intérêt exclusivement, elle proposait d'en fixer clairement les étapes, car il était possible, après tout, qu'elle n'ait pas l'étoffe d'une actrice et qu'en dépit de mon aide, elle ne parvienne pas à réaliser son ambition.

– Auquel cas je vous verserai bien sûr une pension de dédommagement.

– Je vous fais confiance, vous avez toujours été généreux.

La façon dont elle déroula son programme de campagne sans marquer de pause me démontra qu'elle l'avait mûri de longue date.

Cela donna donc...

Concrètement, je devrais l'imposer dans des rôles importants sur trois films. Et la mentionner dans chaque grande interview que je donnerais pendant cette période de son lancement. En insistant sur l'évidence de son talent.

Au moins, cela fixait une échéance dans le temps.

En échange, elle s'engagerait à ne jamais me nuire en rien. Et si je tenais encore au divorce, une fois la sortie du troisième film assurée, elle s'y soumettrait.

Elle réfléchit et me dit :

– On va faire un contrat.

Pour le coup, je tombais des nues. Ce type de contrat n'existait pas, il n'avait rien à voir avec la loi.

J'étais bien naïf, selon elle.

Elle affirma qu'un bon notaire pourrait nous goupiller cela. Ou Yves.

Je ne voulais pas qu'Yves soit au courant du chantage dont j'étais la victime.

Le mot la choqua. Il n'y avait pas de chantage et le document ne mentionnerait pas l'origine de l'affaire. Ce serait le contrat de mariage que nous n'avions pas établi.

J'avais eu une bonne idée, elle y souscrivait. Elle allait y réfléchir, elle rédigerait un projet et me le soumettrait.

Avec une sincérité proprement désarmante, elle me confia son soulagement que nous restions complices et associés. Son désespoir l'avait contrainte à utiliser ce levier indigne mais si quelqu'un pouvait comprendre que sa vie même était en jeu, c'était bien moi, non ?

À hypocrite, hypocrite et demi, je validai son argument spécieux.

Puis, pressée sans doute de mettre notre accord en œuvre, elle me demanda si je voulais bien lire la pièce qu'elle devait jouer et lui donner mon avis.

Mais comment donc, ce serait un plaisir.

Juliette repoussait les limites du cynisme hors de la stratosphère.

Je remontai chez moi en me demandant combien de temps je tiendrais à ce régime. Il faudrait bien pourtant.

J'appelai Bruno, l'informai de ma décision qu'il trouva raisonnable et satisfaisante pour les deux parties. J'avais décidé de continuer à traiter Bruno comme un confident. Sûre qu'il avait ma confiance, Juliette croirait tout ce qu'il lui relaierait.

Il me demanda si mon départ pour Los Angeles était confirmé. Je devais être soulagé de limiter ma cohabitation avec Juliette. J'affirmai qu'au contraire, cette cohabitation ne me gênait plus, il avait eu raison. Juliette savait rester à sa place. Et c'était ma maison. Surtout maintenant qu'elle avait retrouvé son atmosphère d'origine.

Ce qui lui rappela l'aspect financier, en cas de séparation. Il faudrait me protéger. Est-ce que j'avais un bon avocat ? Non ?

Il allait me trouver quelqu'un.

Et il aimerait passer prendre les rapports du détective, on ne sait jamais. Est-ce que j'avais eu le temps de les consulter ?

Non ? C'est Yves qui m'en avait donné les grandes lignes ? Eh bien, il les lirait, lui, et me ferait un rapport détaillé.

Et il espérait que je ne le prendrais pas mal, mais mon affaire l'avait remis sur pied. Sa collégienne l'avait appelé sous un prétexte futile et il l'avait envoyée promener, après avoir mis cinq minutes à se rappeler qui elle était.

– Vexée comme un pou. Je n'aurais pas pu faire mieux comme vengeance. Maintenant elle va revenir en rampant et je n'en ai rien à cirer. Désolé, mais je n'ai pas pu m'empêcher de vous bénir, tes tracas et toi.

On prit rendez-vous pour dans deux jours, le temps qu'il dégotte le bon avocat. Je lui apporterais les rapports.

J'allais devoir codifier ma vie, la soumettre à une tyrannie qui s'étendrait à mon métier. En même temps, je devenais partie prenante d'une conspiration à laquelle je faisais semblant d'adhérer bien que j'en sois la victime annoncée tout en en étant l'opérateur caché.

Jusqu'où peut-on pousser le paradoxe de l'acteur ?

Dans un premier temps, je décidai de rester dans mon domaine de compétence. Je demandai à Yves d'organiser une projection du film de Janteau et j'entamai la lecture de la pièce qu'on proposait à Juliette.

Au moins, elle avait de l'instinct. Cette fille inculte lisait étonnamment bien. Je m'étais attendu à un boulevard de pacotille, c'était un texte contemporain sur le pouvoir, écrit par blocs de monologues. Son personnage, le seul personnage féminin, essayait de trouver sa place dans un monde d'hommes et se faisait broyer progressivement.

C'est le type de théâtre le plus difficile à interpréter. Il ne repose pas sur la psychologie mais sur le corps et les mots. Il y faut une maîtrise technique et un engagement absolus.

Étant donné notre accord, je pensais que Juliette s'attendait de ma part à une sincérité et une honnêteté totales. Je dus vite déchanter.

Alors que je venais de lui expliquer franchement pourquoi je pensais que ce projet, intéressant au demeurant, était casse-gueule pour une débutante comme elle, elle resta un moment à secouer la tête, incrédule.

– On a dû mal se comprendre. Si votre intention, c'est de saper ma confiance à la première occasion, si votre rôle, c'est de me décourager avant même que je démarre, on est mariés pour la vie, moi je vous le dis ! Notre accord ne peut pas tenir sur des bases pareilles.

Elle avait conclu avec un naturel et sur un ton de plaisanterie plus inquiétants qu'une menace. Elle me demanda ce que je pensais de la pièce.

Beaucoup de bien.

Elle me demanda ce que je pensais du rôle.

Passionnant.

Eh bien voilà, le reste, comme apprécier sa performance par avance, n'était pas de mon ressort.

Pour échapper à la démence de son aberrante dialectique, je n'avais plus d'autre choix que d'avancer.

À ma demande, Yves organisa la projection du film de Juliette dans la petite salle de la SACD. Je demandai à être seul. Je connais mon agent par cœur, il aurait tout fait pour influencer ma vision, soit en murmurant des commentaires, soit en réagissant à chaque minuscule effet.

Le film n'était pas mauvais. Un de ces objets honnêtement fabriqués dont on sait néanmoins que le cinéma et son public auraient pu se passer. Je préfère un film ambitieux raté avec des fulgurances qu'un film médiocre parfaitement réussi.

En l'occurrence, il y avait bien une fulgurance et je devais en convenir, en dépit de mes secrets désirs, c'était Juliette.

Elle était maladroite, il lui faudrait apprendre à s'approprier les mots des autres, cela s'acquiert. Mais elle avait ce qui ne s'enseigne pas. Non seulement la caméra l'aimait, captait sa lumière, mais elle savait rentrer dans le cadre, y trouver sa place.

L'acteur principal essayait grossièrement d'occuper l'espace dans le seul but d'être aussi visible que possible. Ce ne serait jamais un grand acteur. Juliette aimantait le regard par son intensité opaque. Elle savait écouter et ne produisait rien de mécanique.

Tous les débuts prometteurs distillent une part de magie. Il y a là quelque chose d'irrésistible.

De toute façon, je devais m'appuyer la réalité. Ce que j'avais vu, les autres le verraient.

La situation s'en trouvait simplifiée. Bien guidée par mes soins, Juliette avait les moyens de s'imposer en trois films. C'est à peu près la durée d'attrait de la profession pour la nouveauté. Livrée à elle-même, elle ne tiendrait pas au-delà. De toute façon, elle ne tiendrait pas au-delà.

On pouvait commencer avec le petit polar qui m'était proposé, où nous ne ferions pas couple. Elle aurait un rôle secondaire important, le réalisateur n'était plus un jeune cabri galopant mais un professionnel efficace dans les scènes d'action et les ambiances noires. Je le connaissais assez pour lui suggérer Juliette sans avoir à jouer des muscles.

Ensuite il fallait que je sois engagé par les Américains, ce qui m'éloignerait obligatoirement de Paris et m'éviterait la cohabitation avec Juliette.

Je reprendrais le *Hamlet* à New York. Il me resterait à dénicher un autre tournage pour elle. Sans moi. Yves aurait des idées. Solidaire et attentif, j'établissais par avance mon innocence.

Au bout du chemin était ma liberté, ma totale liberté. J'étais prêt à le raccourcir par tous les moyens.

Je rencontrai l'avocat de Bruno qui ne sembla pas du tout surpris de la teneur du contrat qu'il devrait rédiger. Il n'y était pas question de meurtre ni de chantage et rien ne l'empêcherait de me dénoncer après la séparation, si elle le souhaitait. Je ne m'en inquiétais pas.

Je n'y aurais pas pensé tout seul, mais ce contrat pouvait servir mes intérêts, preuve, a posteriori, que je n'avais rien à gagner à la mort de Juliette.

Je chargeai Bruno de me représenter pour la rédaction finale.

Elle m'avait déposé son propre projet. Nous étions d'accord sur les grandes lignes et, comme l'avocat de Bruno était forcément le sien, des problèmes de dernière minute ne risquaient pas de surgir.

Je me mis même à envisager très sérieusement un exil prolongé en Californie. Si mon film marchait comme prévu. Laisser le passé derrière.

Une fois l'affaire Juliette réglée, bien sûr. Les Américains ne rigolent pas avec les affaires de mœurs, encore moins avec les affaires criminelles.

J'étais remonté sur mon petit nuage qui m'élevait loin au-dessus des contingences.

De toute façon, il me faudrait de la hauteur pour mener à bien mon projet. Si je savais éviter le crash. Le risque est toujours à la hauteur de l'entreprise.

La vie semblait m'approuver. Mes débuts californiens furent idéaux.

Je n'avais jamais mis les pieds aux États-Unis et commencer par la Californie se révéla une bonne idée. Le climat était idéal. J'adorais la décontraction générale de l'habillement comme des rapports humains.

J'avais été accueilli à l'aéroport par un chauffeur de

la production, en uniforme, qui m'ouvrit la portière de la plus longue limousine que j'aie vue de ma vie.

Je n'avais pas une suite mais j'étais à l'hôtel Château Marmont.

Le réalisateur décida de diriger lui-même mes essais qui se déroulèrent dans un studio plutôt banal, à ma grande déception. Une part de moi rêvait de décors de western et de girls emplumées fumant des cigarettes sur des perrons en bois.

J'abordai les essais de la seule façon qui m'intéresse, je travaillai. Je ne recherchai pas le résultat mais essayai des approches différentes pour voir si elles ouvraient sur une impasse ou sur un boulevard. La vedette de « liste A » qui devait jouer le rôle principal ne s'était, bien sûr, pas déplacée pour les essais avec le petit « Frenchie », une jeune actrice compétente et professionnelle me donnait la réplique.

J'étais certain d'avoir accroché le réalisateur et je passai les quatre jours suivants à me balader seul et content de l'être.

Je ne communiquai pas avec Juliette pendant mon séjour américain.

Tout s'enchaîna vite, ensuite.

De retour à Paris, je m'occupai de la postsynchronisation du film chinois. Il y en avait peu, Weizhuang préfère le son direct. Ce que je vis m'éblouit. Tout acteur rêve d'être un jour partie prenante d'un grand film, d'un film dont on est certain qu'il fera date. C'était le cas et les rumeurs, absurdes comme toutes les rumeurs, nous donnaient déjà la Palme d'or à Cannes alors que la sélection n'était pas encore annoncée et que personne, en dehors du comité de sélection, n'aurait accès au film jusqu'à sa présentation officielle.

Je ne voyais pas du tout Juliette. Elle répétait. Son metteur en scène exigeait la présence de toute la troupe en permanence.

Enfin si, je la croisai pour la signature du fameux

contrat qui stipulait précisément ce que je devais faire pour accompagner la carrière de Juliette Manchot, à qui j'accordais le droit d'utiliser mon nom. Il était entendu qu'en tout état de cause notre divorce serait conclu d'un commun accord, au bout de cinq ans, mais qu'il pourrait intervenir plus tôt sur consentement des deux parties, Juliette aurait alors droit à une pension raisonnable mais sans prestation compensatoire ni partie de mon patrimoine quel qu'il soit à la date du divorce.

Je signai avec entrain. Juliette me rappela qu'elle m'accompagnerait à Cannes, vitrine irremplaçable.

Je lui demandai poliment comment se passaient les répétitions. Elle était ravie, le travail était ardu et passionnant. Elle avait adopté le vocabulaire et le ton de sérieux des comédiens débutants. Elle parlait de sincérité, mentionnait Stanislavski et Grotowski dans le même souffle. Persuadée de se trouver entre les mains d'un génie et d'être à l'orée d'une reconnaissance évidente, elle m'épargna son enthousiasme de néophyte mal dégrossie pour le reste des répétitions.

Elle assurait le gros de ses tâches et j'étais trop content de retrouver une relative solitude pour me plaindre de sa moindre assiduité.

J'arrivai à la première de son spectacle dans un état de neutralité bienveillante. Sincèrement.

Sa confiance, paradoxalement, serait son talon d'Achille.

Je n'imaginais pas que le miracle cinématographique puisse se renouveler sur scène. Mais comme elle allait m'être associée pour le meilleur ou pour le pire, j'avais intérêt à ce qu'elle s'en sorte correctement.

Je lui avais fait livrer des fleurs, comme me l'avait suggéré Bruno qui m'accompagnait.

Que je les aime ou pas, les gens de théâtre sont ma famille. J'embrassai bon nombre de collègues, échangeai les blagues habituelles.

Je remplis ma part du contrat, annonçant qu'effectivement j'avais un projet avec Juliette. Un polar bien fichu, amusant. Tourner ensemble restait le meilleur moyen de se voir, pour un couple d'acteurs. À force de le répéter, cela arriverait bien aux oreilles de Mangin.

Bruno me sembla un peu nerveux. Il n'était pas de la même étoffe que sa maîtresse, le double jeu l'engonçait.

Dès le deuxième tableau du spectacle, il s'endormit. Un effet de son inquiétude sans doute. Les acteurs aussi s'endorment avant d'entrer en scène quand le trac les possède.

Quand Juliette apparut, je réveillai Bruno d'un coup de coude.

Avant de prendre la parole, elle devait traverser le plateau silencieusement, lentement, en ondulant.

Sa peur la faisait trembler, sollicitant, d'abord, la sympathie de la salle attentive et respectueuse. Malheureusement, plus son trac s'atténuait, plus sa présence s'aplatissait.

Le pire était à craindre. Il arriva. Quand elle entama son monologue, je sus que c'était fichu. Elle était monotone, s'écoutait parler, elle était ennuyeuse. La salle dont l'attention était déjà volatile se dispersait, s'agitait, les toux se multipliaient. Les spectateurs n'étaient pas tenus.

J'en voulais atrocement à Juliette. Pas parce qu'elle portait mon nom ni parce que je devrais soutenir sa prestation, mais parce qu'elle n'avait pas eu l'humilité de se poser la question de sa légitimité.

Bruno me murmura :

– Elle s'en rend compte

Je ne compris pas tout de suite ce qu'il avait si vite décelé. Juliette était suffisamment actrice pour savoir qu'elle n'était pas bonne. Elle sentait le public lui échapper et elle essayait de le rattraper en haussant le ton, en exagérant les effets, accélérant son rejet quand il aurait fallu, au contraire, disparaître, murmurer au lieu de clamer, rentrer en elle-même, casser le rythme arbitrairement pour, au moins, exciter une certaine curiosité à défaut de la satisfaire.

La salle se vida de moitié à l'entracte et les commentaires gênés des uns et des autres confirmèrent la débâcle.

Bruno et moi figurâmes parmi les rescapés qui applaudirent sans conviction le spectacle enfin terminé.

J'entraînai Bruno dans les loges que je connaissais bien.

La porte de Juliette était fermée.

– C'est vous ? demanda-t-elle d'une voix blanche avant de me dire d'entrer, seul.

Face au miroir, très pâle, les yeux pleins de larmes, le dos courbé, elle se regardait en ennemie. Elle me jeta un regard par miroir interposé.

– Vous avez le droit de triompher.

– Vous me connaissez décidément mal.

– Vous... voyez une solution ?

Elle ne serait jamais une comédienne de théâtre. De cela j'étais certain. La scène est aussi implacable qu'un dieu primitif arbitraire.

Juliette le savait aussi.

J'hésitai. Franchement, j'hésitais salement.

D'un ton dubitatif, je lâchai :

– On peut essayer.

Sa tentation était de rentrer se cacher sous ses couvertures, disparaître.

Je lui expliquai qu'il fallait d'abord s'imposer, marquer sa place et ne pas se dérober au rituel du dîner de première.

Le souper fut très gai. En bons soldats, la troupe resserra les rangs.

Bruno, qui n'avait jamais festoyé avec des comédiens de théâtre, s'amusa cent fois plus que pendant le spectacle.

Puis j'endossai l'habit de coach. J'appris à Juliette à laisser venir sans vouloir de résultat. À entamer un monologue en cherchant humblement le sens des mots tandis qu'ils se succèdent. Je lui donnai des points d'appui concrets pour ses longs passages silencieux. Elle fut docile, disciplinée.

Le lien inattendu qui se créa entre nous me servait.

Notre cessez-le-feu spontané me laissait anticiper à mon égard la même bienveillante neutralité que je lui avais manifestée dans ce moment difficile.

Je retournai voir le spectacle une semaine plus tard.

Juliette n'était pas remarquable, ni en bien ni en mal. C'était déjà un gros progrès.

Les critiques furent si consternés qu'ils ne prirent pas la peine de faire du détail. Elle s'en sortait sans trop de dommages.

J'avais oublié qu'il est beaucoup plus facile d'être créditeur que débiteur. Jusque-là, Juliette, dans sa perversité, avait considéré que notre relation reposait sur un échange équitable. Cette fois, je l'avais sortie du feu alors qu'elle venait d'utiliser une arme lourde contre moi.

Minuscule compensation : sa médiocrité théâtrale désormais avérée, au moins je restais seul monarque de ce royaume-là.

J'abordai la prochaine étape, le tournage de notre film noir, l'esprit serein. Je conseillai à Juliette de faire confiance au réalisateur, très fiable, affirmai-je. Jouant moi-même dans le film, il était hors de question que je la prenne en charge.

Elle affirma le comprendre. Elle s'efforçait de se comporter en professionnelle, comme si le flacon était plus déterminant que son contenu.

Je me gardai bien de la prévenir que notre réalisateur était un médiocre directeur d'acteurs.

Comme prévu, les Américains me voulaient. Yves avait des dollars dans les yeux.

Bruno venait parfois dîner. Je cultivais notre intimité. Il était agent double à son insu.

Il me demanda, un jour, la vérité.

J'aurais pu rire, vu la disparition de cette notion entre nous trois.

Il voulait avoir mon avis sur les chances de Juliette. Professionnelles. Elle pouvait s'en sortir ? Elle valait quelque chose ?

Je sus alors que Juliette s'inquiétait.

Je ne forçai pas la dose et livrai un diagnostic sincère. Elle possédait un petit arpège intéressant mais sa partition resterait toujours limitée. Il lui aurait fallu un pouvoir de séduction bien supérieur pour compenser ces limites.

Bruno affirma me trouver injuste. Il avait souvent observé qu'elle excitait la curiosité, qu'elle attirait les regards. Elle avait un truc. Même Mangin en pinçait pour elle. Il en était convaincu.

Ainsi, Juliette avait réussi à lui vendre cette hypothèse hautement improbable.

Il promit de veiller au grain pendant ma longue absence, c'est-à-dire de garder un œil sur ma femme et, pourquoi pas, de venir me rendre compte en personne à Los Angeles.

Au milieu de cet imbroglio, Bruno gardait une forme d'innocence qui le sauvait à mes yeux. Je commençai à me demander s'il ne pourrait pas, ultérieurement, remplir le rôle de Juliette.

Nous n'en étions pas là.

Ma reine et mon fou devaient rester à portée de ma main. Je demandai à Yves de salarier Bruno à mon service.

Le tournage du film policier fut bouclé en cinq semaines. Ambiance professionnelle, sans débordement.

Le réalisateur était un homme de grande culture. Les repas à la cantine étaient éblouissants, le filmage nettement moins. La direction d'acteurs, selon lui, consistait à bien les choisir. Après, il ne s'en mêlait plus. Juliette pataugea un peu mais finit par sauver sa mise. Elle avait compris cette vérité première : il est plus payant de ne rien faire à l'écran que de faire à côté. Il fallut la doubler pour une scène de baignade. Elle savait conduire mais pas nager.

Un jour où elle n'était pas là, je terminais de déjeuner à la cantine quand une ombre me fit lever la tête, c'était Mangin.

Il s'assit en face de moi avec un : « Vous permettez ? » péremptoire.

Je me montrai froidement courtois. Il n'en avait rien à faire.

Le régisseur, persuadé que c'était mon invité, demanda au cuisinier de lui servir à manger et Mangin me remercia avant d'attaquer les œufs-mayonnaise et son escarmouche du jour.

– Votre Jules fait un joli parcours. Comédienne maintenant, en couverture de *Paris Match* avec vous ! J'ai du mal à reconnaître la petite beur, agressive et efflanquée, d'il y a quatre ans. Un vrai conte de fées. Les feux de l'amour. Je comprends que la presse ne se lasse pas de votre couple. Il ne vous reste plus qu'à vivre longtemps et faire beaucoup d'enfants. Remarquez, c'est drôle, j'avais senti son ambition. Elle en avait beaucoup plus que son pauvre père. Il était davantage un boulet à ses pieds qu'un escabeau, c'est sûr. Pas du tout transformiste, le gars.

– Vous êtes cynique mais les acteurs sont sentimentaux.

– Bien sûr, le sentiment est votre outil. Un de vos outils. C'était un bon prof, cette Diane Cartier ?

Sa tactique du coq-à-l'âne me laissait désormais paisible.

– Une excellente défricheuse.

– Et Steve, il était doué ?

– Il n'est pas resté assez longtemps au cours pour en juger.

– Vous savez que les anciens élèves de Diane ont créé un site à sa mémoire ? C'est là que j'ai vu cette photo où vous êtes avec lui. On sent une vraie intimité, c'est drôle.

– Vous pouvez aller dans n'importe quel cours, c'est comme le reste, du jeu. Vous allez nous poursuivre longtemps, ma femme et moi ?

– Vous trouvez que je vous poursuis ? Désolé. Vous m'êtes devenus tellement familiers que je me vois plutôt comme un ami de la famille.

Je ne fis même pas semblant d'apprécier son humour. Pourquoi ne lâchait-il pas prise ? Comment lui faire définitivement lâcher prise...

Lui continuait à pérorer sur tout et rien, monotone comme un dimanche de pluie.

– C'est une question qui m'intéresse. Vous y croyez, vous, à ces couples d'acteurs ? Je suis bête, évidemment que oui. C'était donc ça le rêve secret de Mlle Manchot. Et vous devez y trouver votre compte, forcément. D'après ce que j'ai compris, elle ne risque pas de vous faire d'ombre au théâtre. Vous me direz, à l'écran non plus. Je n'y connais rien mais j'ai l'impression que votre lumière l'éclaire davantage que la sienne propre...

Pendant qu'il continuait à jouer le gros matou placide qui, du bout de sa patte, agace la souris, je réfléchis au problème.

Il travaillait sur des supputations et agitait le tamis en espérant voir surgir la pépite. Il bluffait. Mais je pouvais peut-être l'inclure dans mon plan de bataille. Si je lui fournissais une coupable plausible, je faisais d'une pierre deux coups. D'une fiction, deux effets réels.

La mort de Juliette établirait sa culpabilité et ma liberté.

J'allais enchaîner plusieurs mois d'absence. Ce seraient de vraies vacances studieuses. Je fourmillais d'idées. Trop. Il fallait que je me montre rigoureux.

À New York, je retrouvai mes compères anglais avec bonheur. Nous étions exilés loin de chez nous, je n'étais plus le seul étranger.

Je dînais un soir chez des amis américains d'un membre de la troupe, sur la terrasse d'une maison de ville dans l'East Side quand un énorme rat se posa placidement à proximité pour nous regarder manger.

Notre hôte me dit d'un air d'insouciance :

– Oh, c'est juste un écureuil, on en a plein ici.

L'animal avait peut-être une queue en panache mais il évoquait davantage un monstre mutant que les petits écureuils roux de nos campagnes.

New York me sembla d'une douceur incroyable. La ville était propre, ses habitants courtois, je m'étais attendu à une mégapole cacophonique et découvrais des quartiers comme autant de villages juxtaposés.

En revanche, je ne m'habituai jamais à l'omniprésence de ces rongeurs insolents qui filaient dans les rues, frôlaient les jambes des passants, occupaient la ville comme des citoyens légitimes et envahissants.

Répugnants.

Dangereux.

Tellement visibles qu'on ne les voyait plus.

Une métaphore de ma vie avec Juliette ?

Prudence s'était étonnée de l'absence de ma compagne pour ma première new-yorkaise. Elle se montra curieuse de ses débuts au théâtre, je restai mesuré dans mes commentaires.

– Il y a longtemps qu'elle veut être actrice, non ?

– Pas que je sache.

Prudence semblait vouloir en dire davantage, mais, à l'image de son prénom, elle hésitait.

Nous étions dans un de ces chinois new-yorkais, véritables foires d'empoigne où il faut annoncer ses choix à toute vitesse avant d'aller partager une grande table en bois avec d'autres clients. Peu propice aux confidences.

Elle finit par dire :

– En tout cas, ta Juliette, quand elle y va, elle y va ! Avec un minimum de talent, elle a son avenir assuré. Moi, j'aime bien ce côté prête à tout. Rien à perdre. C'est souvent l'indice d'une fragilité énorme.

Fragile, Juliette ?

Et pourquoi non ?

Juliette s'était inventé un personnage pour pénétrer dans ma vie.

Il me fallait fouiller cette idée. Le principe même de mon offensive en gestation était de retourner ses propres armes contre elle. Faire d'elle quelqu'un d'autre, à son insu, voire avec sa complicité.

C'est Prudence encore qui m'ouvrit la voie.

Nous avions dans la troupe un comédien rigide qui avait du mal à sortir de son parcours établi et familier. Il jouait Horatio. Avec un sérieux sans faille.

Prudence lui proposait, en vain, des chemins de traverse. La première approchait.

Un jour de filage, elle se précipita sur le comédien :

– C'était génial, ton regard en coulisses !

Du bruit en coulisses l'avait déconcentré, mais il était trop tentant d'endosser l'adjectif flatteur. Horatio prit donc l'air entendu.

Après, ce fut comme d'appuyer sur la touche Envoyer de l'ordinateur, le message passa instantanément :

– En fait, c'est comme si tu entendais des bruits, comme si l'idée même du fantôme te rendait nerveux jusqu'à l'incohérence. C'est vers ça qu'il faut aller. Oh merci, merci.

Persuadé d'en être l'inventeur, l'acteur composa un Horatio conforme aux vœux de Prudence. Son comportement aberrant incitait mon Hamlet à douter de lui.

Autant d'eau à mon moulin.

New York bouda un peu le spectacle mais je n'avais pas perdu mon temps et je fus content d'abandonner le prince du Danemark dont les interrogations existentielles commençaient à me courir.

Je fus ravi de partir pour Los Angeles, ravi de replonger dans la légèreté d'un tournage où j'allais essentiellement faire le con.

Je n'avais pas anticipé le monde à hiérarchie variable mais sans souplesse dans lequel j'allais pénétrer.

À Hollywood, je n'étais personne.

Quand je réussis enfin à rencontrer ma partenaire, vedette en vogue dont j'avais gobé l'image publique de simplicité joyeuse, je me trouvai face à un basilic au regard qui tue. Enfin, face à une horde de basilics car Minette ne se déplaçait qu'avec un entourage encombrant et bruyant.

Elle avait le pouvoir. Son cachet était monstrueusement supérieur au salaire du réalisateur et nul ne l'ignorait.

Pendant que je préparais mon rôle, ma partenaire avait fait vérifier la taille de ma caravane et exigé que la sienne fasse le double. Tous les symboles du pouvoir comptent. La taille de la douche, le jacuzzi en plus, le lit *king size* pour se reposer entre deux scènes...

À Hollywood, on ne cache pas le coutelas qu'on a entre les dents, au contraire, on l'exhibe. Les signes extérieurs de pouvoir se mesurent. Littéralement.

J'appris à encaisser les coups et à faire des caprices.

Pour me maquiller, on m'avait collé une sous-fifre qui me donnait un teint faussement bronzé hideux quand Minette avait droit à une des vedettes de la profession.

Je tentai le tout pour le tout et annonçai que je ne tournerais pas une scène de plus si mon maquilleur préféré, Sylvio, n'était pas engagé séance tenante.

J'étais sûr que mon bluff serait dénoncé. Il n'en fut rien.

Le vieux maquilleur arriva de Milan, ravi, et travailla comme l'artiste qu'il était. Minette s'en rendit vite compte comme de la qualité de mon jeu. Ce qui restait, à ses yeux, le nerf de la guerre.

Chieuse peut-être, épouvantable, narcissique, ambitieuse, dure, mais Minette bossait comme dix. Elle avait l'œil sur chaque détail. Non seulement elle vérifiait la lumière sur elle, miroir en main, plan après plan, mais elle n'hésitait pas à renforcer un petit rôle pour nourrir une séquence qui s'étiolait et son timing était impeccable.

Imperceptiblement, mon statut changea, au point que je fus même convié à partager la salade bio de la vedette dans son mobil-home de cent mètres carrés.

Je la fis rire, elle me trouva rafraîchissant. On commença à se fréquenter hors plateau.

Un soir où nous dînions en tête à tête et où je réussis à lui faire boire un peu de vin, elle redevint celle qu'elle était au fond, une gamine d'origine chicano, pauvre et sexy, qui ne serait jamais ni assez blanche ni assez riche pour vaincre les préjugés qu'elle avait subis si violemment qu'elle les avait repris à son propre compte.

Elle s'était exposée, elle ne me le pardonna pas, et le lendemain nous étions à nouveau séparés par la muraille de Chine.

Je pus me remettre à plancher sur ma vie comme une fiction.

Juliette m'écrivait à nouveau régulièrement. La différence est qu'elle me parlait de plus en plus d'elle, de moins en moins de moi.

Elle avait vu un prémontage de notre film policier qui fonctionnait très bien. J'étais très beau, disait-elle, très sexy, et mon retournement de voyou en justicier jusqu'à la mort finale me rendait vulnérable et touchant. On avait peur tout du long. Elle se disait pleine de doutes sur sa propre prestation mais rassurée par les commentaires et réactions divers dont elle me donnait le détail sur deux pages. Yves et elle cherchaient un scénario qui nous mette en scène en couple, ce qui nous assurerait une bonne publicité.

Mais oui, bien sûr, qu'ils cherchent, ils n'étaient pas près d'avoir mon accord. Partager la vedette avec elle, il y avait des limites !

J'étais en train de boire mon apéritif du soir, avec le vague projet d'aller zoner du côté de Sunset Boulevard, quand la lumière se fit.

Un scénario. Sur mesure. La rouée venait innocemment, même si le mot était le plus impropre à qualifier Juliette, de me livrer une pièce maîtresse de l'échiquier : quasi une deuxième dame.

Je proposai à Bruno de me rejoindre à Hollywood. Il s'en montra ravi.

J'étais encore incertain du rôle que j'allais lui attribuer. Je tâterais le terrain, je voulais avant tout l'éloigner de Paris.

Deux jours après l'arrivée de notre ami commun, j'appelai Juliette. J'étais excité, je parlais vite comme si je craignais d'être interrompu.

En repensant à un film sur mesure pour elle et moi, j'avais eu une idée. Une idée baroque mais, après tout, elle savait, comme moi désormais, que nous pratiquions un métier de récupération. Notre histoire, la vraie, précisai-je en souriant, ferait un scénario magnifique dont nous serions les protagonistes naturels. Jouer son propre rôle l'aiderait à s'affirmer comme actrice. Il suffisait de changer le contexte. Faire de moi un peintre, par exemple, qui tuerait son maître chanteur sous le coup de la colère. Il faudrait trouver un motif au chantage. Et une fin heureuse, bien sûr.

Je savais qu'elle n'était pas scénariste mais elle pourrait suivre l'écriture, comme conseillère par exemple. Je lui suggérai quelques noms de bons professionnels. Ce serait, selon la formule : scénario de X ou Y d'après une idée originale de Juliette Leman.

J'avais préparé mes arguments, je n'eus pas besoin d'y avoir recours.

Son enthousiasme fut spontané. Au cœur de l'intrigue, elle voyait déjà une magnifique histoire d'amour.

Très bonne idée, confirmai-je, et c'est l'amour qui propulserait le peintre vers la gloire

D'ailleurs, ce serait magnifique... si le personnage de Juliette, la fille du maître chanteur, était, en réalité, responsable de la mort de son père. Pour protéger l'homme qu'elle aime. Mais il est accusé et elle se dénonce.

Il y eut un temps. Puis, d'un ton hésitant, Juliette se demanda à haute voix si ça ne devenait pas un peu compliqué.

Peut-être. Mais des rebondissements étaient nécessaires.

D'ailleurs Juliette avait raison. Il ne fallait quand même pas que son personnage devienne le pivot de l'histoire... Le mieux serait de fournir les idées en vrac à un scénariste inventif, non ?

Pourquoi pas... En tout cas...

Je crus que la communication était coupée tellement son silence dura.

Puis elle dit de cette voix grave qu'elle affectait pour marquer une grande émotion :

– Michel, je suis tellement heureuse. J'espérais, je savais qu'à la fin nous nous retrouverions en plein accord, soudés, comme on peut l'être après une grosse crise passagère comme en connaissent tous les couples. Et... je suis si heureuse.

Le plus étant l'ennemi du bien, j'annonçai que le room service arrivait et raccrochai.

Je me rappelai sa phrase : « Si vous tenez encore au divorce, alors nous divorcerons. »

Mon intuition était validée. Elle n'avait jamais eu l'intention de se soumettre aux termes du contrat.

Ma relation à Bruno avait évolué d'une façon que je n'arrivais pas à analyser.

Tout d'abord je retrouvai le joyeux compagnon de Shanghai. Concret, sympathique, normal à en mourir, il s'ébahit sur mes conditions de tournage, et l'histoire des caravanes en compète le fit mourir de rire.

Je lui exposai ma science nouvelle des rapports de force qu'il jugea grotesque.

Je l'emmenai à un ou deux barbecues autour de piscines somptueuses, dans des maisons de rêve, et le laissai se dépatouiller, histoire qu'il comprenne ce que c'était que la jungle et sa sélection pas du tout naturelle.

Il était beau mec, intelligent, charmant, parlait parfaitement anglais. Ni timide ni complexé, il se présentait, entamait des conversations.

Personne n'en avait rien à faire. Dans ce monde de réseaux et de renvois d'ascenseur, il ne pouvait rien pour personne. Il n'existait pas.

À une soirée chez un de mes producteurs où une féministe agressive lisait des extraits de son dernier essai au milieu de femmes refaites et d'hommes trop bronzés, il finit par se coller contre un mur et se contenta de rafler les coupes qui passaient à sa portée sur des plateaux d'argent.

Il m'attendit pour partir, se tut dans la limousine qui nous ramenait et, d'une voix pâteuse, me proposa un dernier verre au bar de l'hôtel.

Il avait assez bu comme ça, j'étais fatigué. Il me jeta un regard désabusé.

– Putain, ce que t'as changé ! Tu te la pètes, tu t'en rends même pas compte. Allez, viens...

Je me dis qu'une explication simplifierait nos rapports, voire accélérerait son retour en France. Décidément, je ne savais pas quoi faire de lui. À me demander s'il m'était encore utile à quelque chose.

Je continuai au whisky.

Bruno commanda un Perrier et me demanda d'une voix forte si j'avais l'intention de me calquer sur tous ces gens qu'il voyait depuis son arrivée, les pires modèles qu'on puisse imaginer, des produits formatés jusque dans les rapports humains.

– On dirait que tu es passé entre les mains d'un chirurgien esthétique. Chez toi, ce n'est pas encore une transformation physique comme toutes ces femmes qu'on vient de voir et qui se ressemblent avec leurs peaux lisses, leurs yeux en amande, leurs grosses lèvres figées dans des sourires comme des rictus mais c'est une transformation intérieure. Tu étais un artiste chiant, fragile, sensible, exigeant, et tu es devenu un caniche qui fait le beau en essayant juste de lever les pattes plus haut que les autres. C'est un désastre, Michel, tu es un désastre. Tu es en train de te perdre et tu ne t'en rends même pas compte.

Une accumulation de clichés. Bruno ne connaissait rien à rien. Incapable d'évaluer le nouveau monde qui me fêtait, il voulait me ramener à son niveau d'insignifiance.

Le pire est qu'il semblait sincère. À moins qu'il ne soit en service commandé, chargé de me ramener au niveau d'insignifiance de Juliette, hypothèse plausible

Je me retins de lui rappeler qui payait l'hôtel de luxe et les billets d'avion qui lui permettaient de cracher sur un monde dont il profitait pourtant. Au contraire, je le remerciai de sa franchise qui m'aiderait toujours à garder un pied dans le réel.

Depuis que mon étoile grimpait au firmament, j'avais remarqué cela : pour nier la distance sidérale qui nous sépare, le péquin moyen s'autorise des libertés qu'il ne s'octroierait jamais avec son semblable.

Oui, nous sommes différents, oui, nous vivons dans un autre monde, et il nous faut continuer à faire semblant d'être ordinaires pour ne pas être lynchés.

Changeant abruptement de sujet, je l'interrogeai sur le projet d'écriture de Juliette et m'étonnai qu'elle ne lui en ait pas parlé. Elle venait de m'en soumettre l'idée et je me demandais si elle était sérieuse dans son entreprise.

Il baissa la tête en enfant buté et marmonna qu'il la voyait peu ces derniers temps.

– Vous êtes fâchés ?

– Non, mais elle aussi a changé. Elle m'appelle « mon petit Bruno », m'utilise comme coursier...

– Vous couchez toujours ensemble ?

Il ne fit pas semblant d'être étonné. Il savait forcément que j'avais vu les photos du détective. Ou peut-être, en vrai représentant du monde réel, était-il incapable de faire semblant.

Il n'aurait jamais la souplesse de Juliette. Ou son hypocrisie.

Retors, il m'aurait été plus utile, mais je l'aimais sans doute aussi de ne pas l'être.

– Tu ne m'en veux pas ? Je suis une vraie pute, tu sais, je couche avec tout le monde. Alors maintenant elle veut jouer les scénaristes, c'est dingue.

– Oui, ça m'a un peu sidéré.

– Finalement, c'est peut-être toi qui avais raison. Son appétit est sans limite. Elle utilise tout le monde et jette après usage. Ou alors c'est moi, j'ai l'impression que c'est l'histoire de ma vie.

Je l'écoutai patiemment tandis qu'il me parlait de son angoisse de la cinquantaine approchant, de son adolescence prolongée, de son désir de revenir peut-être à l'enseignement, de se caser, de rentrer dans le rang.

Je fus attentif, compassionnel, le laissai s'embourber dans sa déprime inquiète.

Il n'avait pas résisté à son brusque plongeon dans la brutalité hollywoodienne où l'individu n'est mesuré qu'à l'aune de son pouvoir. L'industrie du cinéma, toujours aux avant-postes des transformations de la société, nie le temps, nie la mort. Gratification immédiate, course aux profits, célébrité soudaine et capricieuse, culte de la jeunesse. Tant pis pour ceux qui tombent du train lancé à une vitesse assez furieuse pour brouiller les paysages traversés. Plus le temps de voir, plus le temps de construire, la mémoire réduite à l'instant nie le passage du temps et prétend à l'immortalité.

Je n'essayai pas d'expliquer cela à Bruno mais fis appel à sa sentimentalité alcoolisée. J'avais besoin de lui, j'avais besoin de son bon sens, j'avais surtout besoin qu'il reste dans l'intimité de Juliette.

Il finit dans les larmes par me remercier de ma confiance, m'assurer de sa fidélité, de son affection. S'il y avait quoi que ce soit qu'il puisse faire pour moi...

Il y avait. J'hésitai. Je ne voulais pas le mettre dans une situation impossible.

Oui, il s'agissait de Juliette.

Je n'avais pas l'intention de revenir sur mes engagements, mais cet enregistrement qu'elle tenait comme une épée de Damoclès au-dessus de ma tête me hantait.

S'il pouvait ne serait-ce que savoir où elle le conservait.

Il promit de faire son possible.

Pour me faire plaisir ou sincèrement, je ne le savais pas encore. Je brûlais de lui demander comment il avait connu Juliette mais je n'étais pas encore assez sûr de lui.

Son séjour ne se prolongea pas. Trois jours plus tard, il s'envolait pour Paris.

Le tournage se poursuivit, tout prenait dix fois plus de temps que chez nous. J'étais abasourdi par les moyens mis en œuvre pour cette comédie légère. Je me mis à vivre, comme les autres, mon mobile à oreillette branché en permanence. L'essentiel de ma vie sociale avait lieu au téléphone.

Le réalisateur m'invita pour un pique-nique dominical et familial autour de sa piscine. Il avait épousé une vedette anglaise adorable qui lui avait fait deux enfants qu'ils élevaient très mal. Ils disposaient de deux nounous, cinq domestiques, et essayaient de donner l'impression d'une vie normale.

Je ne les jugeai pas. Le bonheur consiste parfois à le jouer selon l'imagerie proposée par la publicité et les magazines féminins.

Je n'ai jamais cru au bonheur. Je ne crois pas qu'il soit à même de justifier l'existence.

Je pense que Juliette aurait été d'accord avec moi. Sur

ce point au moins nous nous ressemblions. Si elle avait recherché le bonheur, elle n'aurait pas choisi ma vie.

Pour le scénario, je lui avais laissé carte blanche.

Je lui avais suggéré de m'en faire la surprise. Je ne voulais pas de trace écrite de ma participation à l'affaire.

Elle m'écrivait donc, assez régulièrement encore, pour me parler du reste, le travail, les problèmes d'intendance. À chaque mail elle rehaussait mon piédestal, l'enjolivait de nouvelles flatteries. Je n'étais plus dupe de rien.

Elle préparait notre futur séjour à Cannes par un travail de relations publiques digne de moi. Je n'avais pas joué Shakespeare dans le texte, ni tourné avec la vedette américaine la plus hot du moment, ni assumé le premier rôle d'un film qui ferait date sans que les retombées ne pleuvent pas des roses sur ma carrière.

Elle devait commencer à se prendre pour un écrivain et avait la métaphore audacieuse jusqu'à l'absurde. Il me restait à prier le ciel qu'elle ne se mêle pas des dialogues de notre prochain film.

Elle regrettait qu'il n'y ait pas de rôle pour elle dans un projet qui me concernait : un réalisateur autrichien à l'univers glacé et pervers écrivait pour moi, autour de moi. Un acteur allemand que j'admirais infiniment jouerait mon père.

Professionnellement, j'avais tout pour être heureux et pourtant j'avais peur, une peur qui montait en moi subrepticement et commençait de me faire douter.

Je me voyais comme un perchiste. Une fois la barre passée, inéluctablement elle va être hissée un peu plus haut et plus elle est haute, plus il semble impossible de la franchir.

Un processus sans fin qui aurait pu servir de métaphore à notre profession.

En décidant de vivre ma vie comme un simulacre, je jouais avec le feu, je risquais de perdre toute définition. On ne bâtit pas un rôle sur du vide.

Je croyais encore, j'espérais de toutes mes forces que, débarrassé de Juliette, je pourrais être à nouveau moi-même. Ce qu'il en restait. Ce qu'il en resterait alors.

En attendant, il fallait faire illusion, à tout prix. Je ne pouvais baisser ma garde avec personne.

8

DE RETOUR à Paris, je fis semblant sur tous les fronts. Semblant d'être super-content de mon séjour et de mon tournage américains, semblant d'avoir été formidablement apprécié par mes nouveaux maîtres et, réciproquement, semblant d'être surexcité d'aller à Cannes, je fis semblant d'avancer main dans la main avec Juliette. Je fis semblant jusqu'à la nausée.

Le jeu de la vie commença dès l'aéroport où Juliette était venue me chercher en compagnie d'une photographe.

Je franchis plusieurs fois l'espace des douanes jusqu'à ce que la photographe soit satisfaite de nos retrouvailles conjugales, Juliette émue aux larmes, moi joyeux et réconfortant.

La frontière entre fiction et réalité était définitivement abolie. Nous étions donc en phase avec la normalité de notre monde de fous.

J'avançais avec la sensation de pédaler au-dessus du vide sur la seule impulsion de ma lancée. Il fallait tenir à tout prix.

Nous devions être à Cannes une semaine plus tard, j'étais en plein décalage horaire.

J'assumai courageusement la suite du reportage sur le couple idéal que nous étions supposés former, les premiers entretiens de prépromotion du film de Weizhuang s'accumulaient, le scénario de Juliette serait prêt à notre retour du Festival.

Juliette, aux petits soins pour moi, réglait mon emploi du temps pour que je ne sois pas assommé d'obligations. Je passais pourtant mes journées dans un état proche du K-O.

Puis ce fut Cannes, la folie de Cannes.

Parlons d'irréalité. La foule, les photographes, les interviews, les fêtes. Difficile, la première fois, de ne pas se laisser griser, de ne pas y croire à fond. C'est irrésistible de se sentir exister à la puissance mille. Le pouvoir politique doit produire ce genre d'effet. Dans l'état de déliquescence où je me trouvais, cette agitation m'électrisa comme une piqûre d'adrénaline.

Ma première vision du film, que je découvris en même temps que le public du palais des Festivals, ajouta à la confusion de mon existence. Weizhuang avait produit une œuvre somptueuse, lancinante, hypnotique. J'étais beau, tragique et émouvant mais je compris, confronté à la continuité de l'œuvre, que j'avais été un pantin entre les mains du réalisateur omnipotent. Un pantin aux articulations phénoménales, à la souplesse exceptionnelle mais un pantin : rien de ce que Teddy exprimait à l'écran ne m'appartenait en propre, même mon visage, redessiné par des jeux de lumière, ne me ressemblait pas. Je transmettais les sentiments et les émotions déterminés par le réalisateur. Il n'avait gardé de moi que l'enveloppe après l'avoir froissée.

Ovation debout.

Rarement ai-je dit des choses aussi peu intéressantes sur un film que lors des interviews qui suivirent. Ce n'était pas mon film. Je ne pouvais qu'aligner les mêmes clichés que la presse subjuguée.

Juliette décida de rester deux jours de plus. Je quittai Cannes, accompagné d'Yves, sans photographes ni flonflons. Yves reconnut que j'avais l'air fatigué, il me recommanda une thalasso avec Juliette, qui, elle-même, n'avait pas ménagé ses efforts. La thalasso était une bonne idée mais sans Juliette.

– J'avais l'impression que cela allait mieux entre vous.

– On a fait notre boulot. C'est tout.

– Ah.

Puis, après un long silence, il poursuivit :

– Quand même, tu as du nez. Elle est étonnante. Moi, j'y crois beaucoup à son scénario.

– *Son* scénario !

– Enfin, votre prochain film, elle ne l'a pas écrit mais c'est son idée. Et l'idée de départ, c'est toi ! Vous faites équipe !

– C'est ce qu'elle t'a dit ? Mais je ne suis pour rien dans ce projet. Je suis, encore une fois, mis devant le fait accompli. Comme pour son premier film, comme pour notre mariage, comme pour tout ce qui la concerne. Est-ce que tu peux te mettre dans la tête que Juliette ment ? C'est sa seconde nature. Parfois sans raison, parfois parce que ça la sert... il n'y a pas de logique, avec elle. Tu sais ce qui m'inquiète le plus ? Je crois qu'elle est gravement déséquilibrée.

Ce n'était pas l'avis d'Yves. Pas encore.

Il ne voyait qu'une chose : le scénario était vraiment très bon. Un super-mélodrame à sortir les mouchoirs. Un scénariste professionnel avait mis de l'ordre dans les idées surabondantes de Juliette et maintenant, de l'intrigue aux personnages, tout tenait drôlement la route. La preuve, le financement s'était fait sans coup férir. Mon nom y était certes pour quelque chose mais pas seulement.

Yves me le fit porter dès notre retour de Cannes. Les auteurs étaient nommés sur la couverture, un scénario de Juliette Leman et Alain Romani d'après une histoire originale de Juliette Leman.

J'étais François, architecte, elle était Clara. À quelques détails près dont je comptais obtenir la rectification, il était conforme à ce que j'avais souhaité. Jusqu'au suicide du personnage de Juliette qui concluait le mélodrame de façon poignante.

J'avais de quoi être satisfait.

L'entreprise n'en restait pas moins vertigineuse. Nous allions rejouer notre histoire à travers des personnages qui nous ressemblaient comme des clones. J'étais lancé. Impossible de faire machine arrière. Je devais garder le regard sur le lointain si je ne voulais pas risquer de trébucher. Chaque pas me rapprochait de mon but.

J'avais encouragé Juliette à rester à Cannes. Je voulais avoir le champ libre.

Quand je descendis fouiller ses appartements, pour la première fois je ressentis ce qu'avait d'inhumain l'ordre qui régnait dans son domaine. Il était affolant de rigueur. Je ne parle pas de l'ordre que j'avais su apprécier, qui en faisait une assistante efficace, mais de l'organisation sans faille qui gérait jusqu'au plus petit détail.

Sur la coiffeuse, dans sa chambre, son parfum, une brosse et un peigne impeccables, parallèles, une trousse de manucure et, dans une série de boîtes gigognes en loupe disposées en ordre décroissant, les fonds de teint et les blushes, les poudres, les crayons, les mascaras exactement alignés.

Je trouvai la même régularité hallucinante dans son placard à vêtements, dans son rangement de chaussures, de bijoux. Rien ne dépassait nulle part. Un ordre aussi contraint et rigide révélait un désordre intérieur qui devait être contenu à tout prix.

Il ne devrait pas être si difficile d'ouvrir la brèche qui libérerait la folie de Juliette, visible par tous.

Dans une armoire métallique, je découvris l'ensemble de ma carrière mise en forme. Les textes des pièces, les scénarios, les photos témoins de chaque prestation, depuis la toute première, ma scène de flic déjanté dans l'épisode d'une série.

Sur l'étagère du bas, presque vide, elle avait commencé à répertorier ce qui la concernait, elle. Depuis les reportages sur notre couple, les articles sur notre mariage, les plus rares sur elle seule, les deux scénarios qu'elle avait tournés, les photos de plateau, jusqu'au manuscrit de sa pièce de théâtre saturé de notes manuscrites. La béance des trois quarts de l'étagère évoquait l'avenir ouvert, prêt à être rempli, tel qu'elle se l'imaginait.

Tout était tellement rangé, présenté, offert qu'il ne me fallut pas longtemps pour vérifier que la cassette n'était pas là.

L'appartement de Juliette ressemblait à un décor de sitcom. Il ne disait rien. Il semblait n'avoir été habité par personne de réel. Aucun secret ne pouvait s'y dissimuler. Les secrets étaient ailleurs.

Bruno n'avait rien déniché qui puisse me mettre sur la piste. Il restait, je crois, dubitatif sur cette histoire de cassette. Il avait émis quelques hypothèses, davantage pour m'amadouer que par conviction. Un coffre bancaire, par exemple. En cherchant dans le dossier Banque, je ne trouvai que des relevés de compte courant et un Codevi régulièrement approvisionné.

Peut-être gardait-elle la cassette toujours sur elle ?

Trop risqué.

Il faudrait quand même vérifier.

Elle aurait pu la dissimuler dans ma partie de la maison, sur le principe de la lettre cachée. En exposant à la vue ce qui devrait s'y dérober, on s'assure que ce ne sera pas trouvé.

Improbable et, là aussi, risqué.

J'avais encore du temps devant moi, une bonne moitié du tournage, mais je ne pouvais pas envisager de passer aux actes avant d'avoir détruit l'enregistrement.

J'invitai Bruno au La Pérouse dans un salon privé où nous serions tranquilles.

Il voulut tout savoir sur Cannes, les vedettes, les cadeaux dans les chambres, les petits déjeuners. Je fournis. Sans enthousiasme.

Je décrochais souvent de la conversation, faisais effort pour y revenir.

La Palme pour Weizhuang ? Peut-être. Je ne savais pas. Je m'en souciais peu.

Nous avions commencé au champagne et il s'envola dans sa propre bulle délirante sur le thème : le film qui a eu la Palme d'or à Cannes, j'y étais. Il resta à un doigt du « j'en étais ».

Il finit tout de même par m'interroger sur ma nervosité et mon visage soucieux.

Immédiatement, je lui demandai s'il avait lu le scénario de Juliette.

Non, elle avait souvent mentionné la difficulté de l'entreprise mais c'était toujours : Michel doit lire d'abord, Il faut être sûr que ça plaise à Michel. Pourquoi ?

Je dévidai alors la liste de mes inquiétudes.

Juliette avait basculé. Elle avait raconté notre histoire à peine transposée.

Mon personnage, François, était architecte. Il s'appropriait les plans de son ancien maître pour un projet de musée. Le vieil homme était assassiné. On soupçonnait l'architecte. En vérité, la coupable était la fille du mort. Elle se dénonçait à la fin.

Bruno se perdit un peu dans mon récit. Tout ce qu'il voyait c'est que ce n'était pas la même histoire.

Je lui racontai des scènes qui collaient précisément à des scènes de la vraie vie que je lui avais racontées. Les deux personnages principaux nous ressemblaient trait pour trait.

– Évidemment, puisqu'ils ont été écrits pour vous. Par Juliette.

J'en fis peut-être un peu trop dans l'affolement, son regard se mit à vaciller chaque fois qu'il croisait le mien. Il recommençait à douter de moi, il me voyait en mythomane qui tisse sa vie imaginaire.

Comment pouvait-il accorder davantage de crédit à la vraie cinglée qu'était Juliette qu'à moi qui lui avais toujours dit la vérité ?

Comme on fait face à un délire qu'on ne sait pas comment gérer, il essaya d'être rationnel tout en entrant dans mon raisonnement. Il ne voyait pas l'intérêt de Juliette à monter une combine aussi compliquée et aléatoire. Qu'avait-elle à gagner avec cette histoire ? Elle avait obtenu ce qu'elle voulait. Que pouvait-elle espérer de plus ?

C'était bien ce qui m'inquiétait.

Il suggéra que je refuse purement et simplement le projet.

C'était trop tard, la production était lancée.

Après deux bouteilles de bordeaux appelées à la rescousse de la première, je réussis à l'entraîner sur la voie des spéculations.

Mon leitmotiv était la perversité de Juliette. Elle était pathologiquement perverse, comme certains tueurs qui agissent sans mobile autre que leur plaisir malade.

Bruno se rangea à mon avis, avec cette conviction de plus en plus catégorique que procure l'abus d'alcool, ou peut-être qu'il affecta de m'emboîter le pas pour mettre un terme à notre course de relais.

Nous avions atterri dans un bar de Belleville où il avait ses habitudes. Totalement rincé, incapable de rentrer chez moi, j'acceptai d'aller dormir chez Bruno qui habitait tout à côté.

Et je m'effondrai sur son vieux canapé, plus confortable qu'il n'en avait l'air, tandis qu'il se gardait son grand lit pour lui.

Avant de sombrer, je me demandai si Juliette, elle, avait eu droit au lit conjugal.

Probablement.

Quand je me levai, Bruno était parti, me laissant un mot et un pot de café que je n'eus même pas besoin de réchauffer.

Il habitait, au premier étage, un appartement mal

fichu mais sympathique. Très haut de plafond, trois pièces en commande, un beau parquet mal entretenu et bruyant, des fenêtres immenses qui laissaient entrer l'air, même fermées, et un désordre invraisemblable, journaux, bouquins, CD empilés par terre, sur des chaises, une série de tours de Babel arrondissant les planches de sa bibliothèque trop rapidement montée.

Au milieu du fatras, une petite tête asiatique en ivoire, un tableau horriblement encadré représentant une rue de Paris dans un style précubiste intéressant, un montage de Polaroid où figuraient ses amis passant la porte de sa maison, bref, toutes sortes d'objets inattendus évoquaient le propriétaire des lieux et donnaient du charme à son capharnaüm.

Je m'allongeai sur le lit de Bruno avec mon café, et rêvassai, la tête à l'envers, en attendant que l'Aspégic fasse effet.

Je n'avais même pas songé à rétablir mon portable. J'étais bien, hors du temps, hors de la réalité comme de la fiction, impression fugace et illusoire d'être mon propre maître, sinon le maître de ma vie.

Dehors, ne m'attendaient que des conflits, des problèmes et des désagréments. Qu'ils attendent.

Je me sentais si bien que j'envisageai sans rire de laisser Juliette cité Boulard et de m'installer là le temps du tournage. Le confort crasseux de l'appartement, le charme naturel d'une vie sans apprêt me semblaient le comble du luxe.

Je m'endormis sur cette pensée réconfortante et fus réveillé par le téléphone insistant.

Je décrochai.

Bruno eut du mal à cacher sa consternation de me trouver encore sur les lieux.

Je l'écoutai d'une oreille distraite, parce que, dans le monceau de vêtements et de bouquins qui encombraient l'abord du lit, je venais de reconnaître le rouge franc d'un dossier familier et commençais de l'extirper de la masse.

Bruno s'excusait de me parler aussi franchement.

Je n'avais rien écouté, pouvait-il répéter ?

J'ouvris le dossier. Oui, c'était bien le rapport du détective privé qui avait suivi Juliette.

Bruno allait revenir avec quelqu'un. Pouvais-je libérer l'appartement rapidement, merci ?

Adam chassé du paradis terrestre par l'autorité divine. Même pas en état de protester, et au nom de quoi, d'ailleurs ?

Ma vie, pour peu que j'en aie une, était ailleurs, inutile de me leurrer.

J'embarquai le dossier et rentrai chez moi pour trouver un répondeur clignotant, ouvris mon mobile qui m'annonça un nombre inhabituel d'appels.

C'était en vrac et à tour de rôle Yves, le Festival, Juliette.

Je devais impérativement me trouver à Cannes pour la remise des prix le soir même, ce qui ne pouvait signifier qu'une chose : un prix pour le film de Weizhuang, un prix d'interprétation, m'assura Yves qui hurlait pratiquement dans le téléphone. Je ne l'avais jamais vu dans cet état.

Quant à Juliette, toujours sur place et déjà au courant, ayant épuisé son stock de tenues, et n'aimant rien de ce que les stylistes sur place lui proposaient, elle me demandait si je voulais bien lui apporter la robe qu'Hermès pourrait déposer chez nous dans l'heure.

Chez nous !

J'avais quand même réussi à zapper complètement le Festival et je peux sincèrement affirmer que, dans cette conjoncture de folie, l'annonce d'une récompense prestigieuse pour un rôle dont je me sentais si peu responsable me laissa de marbre.

Mon portable sonna alors que je n'avais pas encore tout écouté. Yves, extrêmement soulagé, car l'idée qu'il pût ne pas me joindre à temps avait commencé de prendre la consistance d'un cauchemar, me redit tout ce qu'il m'avait déjà dit par répondeur interposé, ses suppositions, son excitation, mon horaire de vol et comme il était content pour moi et comme je l'avais mérité.

Il partait avec moi.

J'essayai de ne pas penser que Bruno était en train de s'envoyer en l'air dans le monde confortable de la réalité où je n'aurais jamais ma place, j'essayai de ne pas anticiper la journée du lendemain et les efforts surhumains qu'il me faudrait accomplir pour la traverser avec la grâce requise.

Le dossier rouge sang attirait mon regard. Je n'eus même pas le temps de l'ouvrir.

Dans l'avion, Yves s'inquiéta de savoir si j'avais préparé quelque chose, un discours de remerciement ? Non ! Il me conseilla de profiter du vol et de sa présence pour faire, au moins, quelques brouillons.

Je finis par écrire, sous sa dictée, trois versions dont l'une était assez amusante.

Je retrouvai Juliette dans notre suite à deux chambres. Elle était survoltée, transportée aux portes d'un royaume enchanté dont on venait de lui remettre les clés.

Par contradiction instinctive, je restai froid et indifférent, au point qu'elle s'étonna de mon peu d'émotion devant un événement aussi considérable.

Puis elle haussa les épaules. Elle avait mieux à faire qu'à me comprendre, surtout choisir entre le fourreau d'Hermès et deux robes parfaitement ravissantes qui lui avaient été prêtées.

Je tranchai pour le fourreau. Elle approuva, remercia et alla s'enfermer avec le maquilleur et la coiffeuse dont j'avais refusé les services.

J'en profitai pour fouiller rapidement dans ses affaires.

C'eût été trop simple, la cassette n'y était pas.

Le reste de la soirée est encore nimbé du brouillard

dans lequel je me déplaçais depuis le moment où j'avais retrouvé Yves à Roissy.

Je montai les fameuses marches, Juliette me tenant tendrement par la main et saluant la foule de l'autre. Comme le prouvèrent les photos, il était loin le temps où elle n'avait d'yeux que pour moi. Elle ne regardait désormais plus que les objectifs et le public.

La cérémonie fut rapide. J'obtins la palme d'interprétation masculine et, oubliant les brouillons d'Yves, j'improvisai un petit discours en l'honneur de Weizhuang. Si un comédien changeait de peau à chaque rôle, il était rare qu'il ait l'opportunité de changer radicalement de culture, d'univers et de traditions. M. Weizhuang, le magicien, avait aboli les frontières. C'était la démonstration que les frontières n'avaient que la réalité qu'on voulait bien leur prêter et je terminai, dans une certaine confusion, par un éloge vibrant du cinéma européen en devenir.

Weizhuang reçut la Palme d'or. Le triomphe était complet.

On se retrouva en scène, jurés, récipiendaires et prestataires confondus. Une très belle comédienne espagnole me murmura son numéro de chambre à l'hôtel, j'en suis à peu près certain, ou alors c'était son code de carte bancaire mais c'est peu probable.

Le souper me sembla interminable et ennuyeux, entre un ministre de la Culture qui s'efforçait de ne rien dire qui puisse ressembler à une opinion et une vieille actrice à qui je parlai en m'adressant à son épaule, incapable de faire face à son visage sans rides, plus remonté d'un côté que de l'autre.

Je rentrai à l'hôtel, comme il convenait, en compagnie de ma tendre épouse qui me reprocha gentiment de l'avoir laissée en carafe toute cette soirée de mon triomphe.

N'étais-je pas content ? N'avait-elle pas eu sa part dans ce succès ? Ne méritait-elle pas d'en recueillir quelques miettes ?

Je rétorquai que sa rédaction du contrat aurait dû être plus pointilleuse mais qu'en tout cas, je ne me rappelais pas avoir lu que je dusse lui servir d'aboyeur pendant les dîners officiels et que, à ce que j'avais observé, elle avait tiré un excellent parti de la soirée, je n'aurais pas pu mieux faire.

– Ah bon ? Vous trouvez vraiment ?

Elle semblait sincèrement ravie de ce qu'elle prenait pour un compliment.

Je la fixai un long moment, au moins aussi perplexe qu'Œdipe face au Sphinx.

La voir surfer à la surface d'une vague comme s'il ne s'agissait pas d'un raz-de-marée en action était proprement hallucinant.

Avant que le silence ne débouche sur un éclat, elle me demanda ce que j'avais pensé du scénario. Du bien. Je la félicitai. Mais elle, se sentait-elle d'attaque pour reproduire une situation si proche de sa vie ? S'interpréter elle-même, vu la complexité de nos rapports, ne serait pas une mince affaire.

Elle réfléchit un moment puis me dit :

– Oh, Clara n'a plus grand-chose à voir avec moi, je crois. C'est comme François, c'est un peu vous, mais en plus simple quand même. Non, ce sera amusant, je pense. Un lien supplémentaire entre nous.

Elle m'embrassa sur la joue pour me souhaiter une bonne nuit, hésita un moment contre moi. Je restai raide.

Puis elle disparut dans sa chambre et j'allai m'enfermer dans la mienne, me jetai sur mon lit où je commençai à sangloter comme un enfant. Trop d'émotions, trop de fatigue, cette accumulation inhumaine pouvait justifier que mes nerfs lâchent d'un coup.

Quand je me réveillai, épuisé encore, j'étais cramponné au dessus-de-lit en satin broché tout froissé sur lequel j'avais dormi. Mon smoking bleu nuit sentait la sueur et la peur. Autour de moi, tout n'était que luxe, calme et volupté. Je n'étais plus du tout à ma place. Je n'étais plus à ma place nulle part.

Il ne manquerait plus que je bascule avant d'avoir fait chuter Juliette.

Je pris une douche glacée, quittai la suite comme un voleur, pris un taxi pour l'aéroport, attendis le prochain vol pour Paris en avalant un café sans arôme et un croissant mal décongelé.

C'était la fin du quatrième acte.

Il restait à écrire le dernier.

Encore un acte à tenir. Il le fallait.

9

QUAND le taxi me déposa rue Boulard, le chauffeur se tourna vers moi.

– Je vous ai reconnu. Vous êtes Michel Leman. Bravo pour votre prix, je vous ai vu à la télé hier. Vous arrivez de Cannes ? Vous avez fêté ça, je vois.

Je balbutiai un remerciement et compris sa remarque en découvrant mon visage dans le miroir de l'entrée.

J'avais une tête à faire peur, cernes creusés, teint blafard.

J'hésitai entre la douche et le remontant. Pas longtemps. Le whisky rétablit une relative verticalité.

J'essayai de me rappeler quand Juliette devait rentrer. En fin de journée ? Elle avait proposé qu'on prenne le même avion. Moi parti, elle rentrerait peut-être plus tôt.

La cohabitation n'était plus tenable. Je ne pouvais pas tourner notre histoire, jouer mon rôle et elle le sien et me trouver enfermé avec elle, soir après soir, entre quatre murs.

Il me suffirait de proposer un arrangement. Au nom de la conscience professionnelle. En affirmant, en tout cas, que, pour moi, c'était vital.

Le dossier rouge était resté sur le comptoir de la cuisine.

Je sortis une bouteille de vodka du frigidaire.

Il était temps que je le lise vraiment. Je l'avais parcouru à la recherche de ce que je voulais savoir.

Maintenant il me fallait tout savoir.

Je ne m'attendais pas à être fasciné à ce point.

Ma lecture ouvrit une parenthèse inattendue et bienvenue dans le chaos ambiant.

La vie réduite à des horaires, des déplacements, des dépenses, des rencontres, à laquelle manquait ce qu'on croit l'essentiel, les paroles échangées, les émotions ressenties, était captivante. Les quelques conversations enregistrées étaient d'une banalité sans nom. À croire que les trois quarts du temps, on parle pour ne rien dire. L'enchaînement des actes, les comportements, la fréquence des rencontres, c'est par là que se racontait l'histoire.

Et puis, il y avait les photos, regroupées en catégories plus ou moins compromettantes.

Comme celles où Juliette était chez Bruno, écoutant attentivement, son téléphone contre l'oreille, à moitié allongée sur le canapé, nue comme on est habillé. Lui enfilait son jean, visage sombre, ignoré.

C'était le premier signe flagrant qu'il avait pu être utilisé à son insu.

Avec Gabriel Janteau, l'entreprise de séduction était flagrante. Elle lui avait fait tirer la langue et lui avait réussi à baiser la femme de la vedette. De haute lutte. Là aussi, c'était une photo qui parlait. Ils étaient dans le salon, chez moi, tous les deux nus. Gabriel, face à un miroir, essayait mon chapeau Barbour tout cabossé avec l'air de la plus béate satisfaction.

J'examinai Juliette attentivement. Elle était belle dans son indifférence, ses longues jambes filiformes, pas très galbées, ses hanches étroites, sa toison pubienne dessinant un triangle parfait et très fourni, ses petits seins, ses épaules carrées et ce visage long, presque flou, à part son contour précis. Les traits eux-mêmes étaient changeants, d'un instant à l'autre.

D'une journée à l'autre. Exactement comme elle n'avait cessé de me proposer des visages différents.

Je notai aussi qu'à la terrasse de cafés, dans ses moments de solitude cité Boulard, elle avait été surprise écrivant sur des grands cahiers à couverture en papier que je n'avais jamais vus.

Les transcriptions de conversations au téléphone étaient sans surprise.

Elle s'occupait des travaux, de mes affaires. Il n'y avait pas de relevés de son mobile.

Puis je revins en arrière, repartis en avant, à la recherche d'un détail qui m'avait soudain étonné.

Voilà.

Il y avait des trous. Des pages manquaient.

Je fermai les yeux.

Bruno avait récupéré le dossier en prétendant m'aider par une lecture exhaustive.

Juliette l'avait là encore téléguidé. J'en étais sûr. Elle avait voulu consulter le rapport.

Pour faire disparaître ce que je ne devais pas savoir ?

Mais quoi ?

Les feuilles manquantes avaient dû être détruites.

Je me maudis de ne pas avoir été plus sérieux.

Je concoctais un plan machiavélique et je n'étais même pas fichu de m'assurer une ou deux bases solides.

Qu'avais-je à perdre ?

J'appelai Bruno.

Il répondit spontanément à toutes mes questions.

Il avait bien commencé à lire le dossier mais les photos illustrant les coucheries de Juliette le reléguaient à la place d'un des nombreux amants qu'elle collectionnait pour faire avancer ses affaires. Écœuré, il n'avait pas voulu aller plus loin.

Si Juliette, elle, l'avait consulté ?

Pas devant lui, mais oui, elle était venue chez lui depuis qu'il l'avait. Pourquoi est-ce que je posais cette question ?

Oh, pour rien. Je me demandais...

– Dis donc, tu viens d'obtenir la Palme et tu te plonges dans un rapport qui n'a rien à t'apprendre que tu ne saches déjà... t'es sûr d'aller bien ? Hé, au fait, c'est génial. Je suis fier. De toi, de te connaître. Hé, tu vas pas prendre la grosse tête pour de bon ? Ouf, tu me rassures. On va fêter ça bientôt, j'espère.

Je répondis faiblement que oui, bien sûr. Mais après le tournage, parce que là, j'avais un taf énorme devant moi. Comme il s'en doutait.

– Maintenant que tu as la Palme, je ne vois pas ce qui pourrait te faire peur. Et Juliette, elle ne doit plus en pouvoir, non ? C'est à croire qu'elle te porte chance. Moi, à ta place, je la garderais sous la main.

Il n'était pas à ma place. Dieu merci. On était déjà deux sur le coup, à trois on passait de la simple schizophrénie à la personnalité multiple.

Je ne le lui dis pas.

Je reposai l'appareil très doucement pour ne pas fracasser le combiné sur son socle.

Pour attendre Juliette, je passai au gin qui aiguise l'esprit. Je voulais rester clair, posé et convaincant pour établir la feuille de route des semaines à venir.

C'est Yves qui me réveilla.

Je reconnus sa voix en même temps que je voyais la silhouette de Juliette découpée à contre-jour.

Je ne savais plus si c'était encore la nuit ou déjà le matin. J'avais mal au corps, atrocement soif. Yves me fit avaler un café salé, me poussa jusqu'à la douche où je vomis, crachai et finis par recouvrer un peu mes esprits.

Puis il me parla brutalement.

Si je continuais comme ça, je ne serais plus en état de tourner *L'Usurpatrice*, ni plus rien d'ailleurs.

Il allait m'organiser un rendez-vous dès demain avec un psy intelligent et efficace qui pouvait m'aider.

– Michel, nous sommes sérieusement inquiets, Jules

comme moi. Tu es entré dans une phase d'autodestruction qu'il faut stopper net.

C'était donc la nouvelle carte inattendue que Juliette s'amusait à jouer.

J'étais groggy de sommeil, la tête concassée. Je n'étais pas en état de m'insurger mais je n'en pensais pas moins.

Je les laissai me monter dans ma chambre et me mettre au lit.

Je dormis profondément jusqu'en début d'après-midi, m'accordai une rasade pour faire la soudure et, une fois douché, rasé et caféiné, j'appelai Juliette que j'entendais vaquer en bas.

Elle eut l'habileté d'éviter toute allusion au désordre de la nuit, elle évita même de scruter ma physionomie à la recherche de je ne sais quels ravages.

Elle se contenta de nous préparer deux espressos serrés qu'elle nous servit au comptoir de la cuisine. Je lui demandai, très calmement, d'aller habiter ailleurs pendant la durée du tournage. Je lui fis la proposition sous forme d'une nécessité professionnelle, de ma part au moins.

Entièrement d'accord sur le principe, elle posa une seule objection qu'elle exprima sous forme d'inquiète sollicitude. Je sortais à peine d'une période de grand surmenage. Étais-je vraiment en état de rester seul pendant des semaines ?

Peut-être Bruno pourrait-il s'installer ici pendant cette période ?

Pourquoi pas, ma foi ?

Elle m'apprit que j'avais rendez-vous avec le docteur Follin le matin même. Je me rappelais la proposition d'Yves ? Évidemment que je m'en souvenais.

J'avais pris une cuite hier, parce que les circonstances étaient exceptionnelles, mais je maîtrisais parfaitement la situation.

Elle hésita : on devrait peut-être retarder le début du tournage...

D'un ton condescendant je lui rappelai que l'énorme machine qu'un tournage met en branle ne se déplace pas comme une valise à roulettes.

Elle redescendit sans plus de commentaires.

Le docteur Follin était un homme d'une cinquantaine d'années, très maigre, les yeux enfoncés dans leurs orbites.

Je m'étais préparé pour notre entretien.

Ce ne fut pas une séance difficile, il se contenta de m'écouter.

Je reconnus que j'étais épuisé, lui racontai l'enchaînement de plusieurs rôles, de voyages, dont le point culminant avait été la Palme à Cannes.

Il ne me félicita pas. C'était un professionnel.

Je reconnus que j'avais un peu abusé de l'alcool qui me semblait moins nocif que les somnifères pour calmer le jeu. Je confessai que le fait de jouer dans un film, écrit par ma femme pour nous deux, suscitait chez moi une certaine appréhension.

Puis je me tus et lui aussi.

J'avais mille choses plus importantes à faire, mais, étrangement, je n'osais pas me lever tant qu'il ne m'en aurait pas accordé la permission.

L'entretien serait terminé quand il l'aurait décidé.

Il prit quelques notes sur un bloc devant lui.

Puis il me prépara une ordonnance pour un très léger antidépresseur qui me soutiendrait sans m'abrutir. À condition que je m'abstienne totalement de consommer de l'alcool pendant le traitement.

Si j'éprouvais la moindre difficulté, le moindre trouble, que ce soit au niveau du travail ou de ma vie, il me laissait son numéro de portable, je devais me sentir libre de l'appeler à tout moment. Il m'aiderait. Je pouvais absolument compter sur lui. Un parfait inconnu que je n'avais même pas choisi. Je le crus.

Puis il se leva, m'accompagna jusqu'à la porte et me serra la main.

Quand je rentrai chez moi, je déposai l'ordonnance sur le comptoir et montai me reposer dans ma chambre.

Je devais réfléchir au calme.

La prochaine étape était une conversation que je tenais à avoir avec Mangin. Restait à déterminer si j'attendais le démarrage du tournage ou si j'allais le voir au plus vite.

J'examinai de près le plan de travail. Le tournage dans la Creuse aurait lieu la cinquième semaine. Il fallait impérativement que j'aille repérer les lieux avant. Juliette avait deux jours de tournage sans moi. Je décidai de convoquer Mangin pendant ce laps de temps.

La voix douce de Juliette monta jusqu'à moi.

Pouvait-elle venir me voir ?

Elle entra, portant un plateau sur lequel reposaient un verre blanc opaque et deux comprimés.

Elle s'approcha sans me quitter des yeux.

J'étais allongé mais j'eus l'impression de m'enfoncer au-delà du lit, de descendre et je m'agrippai au matelas.

Juliette ne fit aucun commentaire. Quand je rouvris les yeux, elle avait déposé le plateau. Elle était allée à la pharmacie avec l'ordonnance de Follin. Je devais prendre un Revia et un Seresta par jour. Je réussis à avaler le liquide sans avaler les comprimés. Elle remporta le plateau. Je recrachai les médicaments.

Je revoyais dans *Soupçons* la scène où Cary Grant apporte à sa femme le médicament dont elle est sûre qu'il va l'empoisonner.

Hitchcock avait tourné une fin très noire, le mari était bien un assassin, mais il tourna une deuxième version qui innocentait Cary Grant contre toute logique. La production choisit le *happy end.*

J'avais lu la trouble menace dans le regard de Juliette.

Vivre ma vie pouvait aussi signifier me l'ôter. Littéralement.

Je devais la prendre de vitesse à ce petit jeu-là aussi.

Je me montrai si docile et raisonnable, ne buvant qu'en cachette et me prêtant volontiers aux interviews de prétournage, que j'obtins de rester seul chez moi.

J'avais revu Follin qui avait dû se rendre à l'évidence : j'étais en parfaite possession de mes moyens. Pour cela, au lieu de les avaler j'escamotais mes tranquillisants au rythme de un par jour.

Juliette déménagea sans me laisser d'adresse. Nous avions déterminé, à ma demande et d'un commun accord, de nous en tenir à des rapports de partenaires de tournage.

Les affaires courantes attendraient.

Le tournage commença en extérieurs par des petites séquences de transition où l'on me voyait marcher, boire un coup, regarder, attendre. C'était une bonne entrée en matière parce que ces scènes s'échelonnaient sur toute la durée de l'intrigue, exigeaient donc des humeurs différentes selon l'état de dégradation progressive de mon personnage.

Je n'avais pas autant travaillé que d'habitude, pas le temps, pas de vrai moteur non plus. Ce film ne verrait jamais le jour. Il fallait tout de même donner le change et je me proposai d'employer le tournage à explorer une nouvelle méthode de travail.

Chaque soir j'évaluais le contexte de la scène du lendemain et arrivais sur le plateau sans intention de jeu. Mon seul effort était d'inventer un François bien distinct de moi pour ne pas risquer de me confondre avec lui. Cela, en revanche, était vital.

Ma notoriété nouvelle, ma palme cannoise et mon début de renommée internationale impressionnaient suffisamment Roziès, le réalisateur, pour qu'il intervienne peu et seulement sur des détails concrets de rythme ou de place dans le cadre. Son regard est fin, son filmage élégant.

J'avais rarement été aussi détendu sur un tournage. C'était une bonne surprise.

J'avais obtenu de Juliette qui, décidément, acquiesçait

à toutes mes demandes, qu'elle n'assiste pas aux rushes, contrairement à moi.

Après cette modeste mise en bouche, nous allions tourner le gros de l'histoire chronologiquement. Ce qui ne me plaisait pas. La continuité psychologique m'obligerait à revivre mon histoire pas à pas. Il me semblait que les mêmes scènes, tournées dans le désordre, auraient moins fait écho à ma vraie vie.

Aux rushes, Juliette me sembla un peu trop neutre. Je n'eus donc rien à inventer quand je la mis en garde sur son absence à l'image. Comme prévu, elle en fut perturbée, d'autant que le réalisateur ne lui disait jamais rien à part : « On la refait. »

Arriva le jour de notre première scène ensemble, le vernissage de l'exposition où nous étions entourés d'une foule de figurants.

La méthode de Juliette consistait à se chauffer en se nourrissant de ses partenaires, pendant les répétitions.

Je répétai donc de façon mécanique. Je travaillais sur les déplacements, le rythme des répliques et puis, dès la première prise, je prenais vie, improvisais.

Clara, son personnage, errait dans la galerie, ne connaissant personne, et laissait tomber un foulard que je ramassais, ce qui devait lui fournir le prétexte pour m'aborder. Quand elle tendit la main pour récupérer son bien, j'enroulai le foulard autour de mon cou. Elle resta main tendue, désemparée, ne sachant comment récupérer l'objet, comment récupérer la scène telle qu'elle avait été prévue.

Le réalisateur coupa. Il arborait le regard joyeux des infirmiers qui ont une pilule amère à faire avaler.

– C'était une proposition intéressante mais qui laisse Juliette en carafe. Ce serait bien d'en revenir à ce qu'on avait répété, qu'est-ce que tu en penses ?

Juliette intervint alors pour dire que c'était à elle de s'adapter et qu'elle préférait reprendre à ma façon. Elle tripotait nerveusement le petit revolver de tournage qui lui servait de grigri. Un accessoire qui ne risquait pas de la sauver.

Les rushes me confirmèrent ce que je voyais sur le plateau : une actrice maladroite face à un virtuose.

Le réalisateur, conscient du déséquilibre croissant, essaya de rectifier le tir. Il accumulait les contrechamps sur Juliette et les mouvements de caméra en général pour essayer de lui donner un espace d'existence. Juliette restait docile et appliquée. Elle ne déjeunait jamais à la cantine mais prenait des plateaux dans sa loge. Son isolement faisait murmurer. Mon entreprise de déstabilisation portait ses fruits.

Un jour, le réalisateur lui rappela qu'elle avait le droit d'intervenir en tant que scénariste mais elle affirma que c'était l'actrice qui était là, une personne qui n'avait rien à voir avec l'écriture. Toute l'équipe était présente, sa voix disparut en bout de phrase. Vite, elle tourna les talons et partit s'enfermer dans sa loge tandis que j'échangeais un regard perplexe avec Roziès.

En époux attentionné, j'allai m'entretenir avec elle. Elle devait s'affirmer davantage, elle ne pouvait constamment rester en retrait. Elle était là pour jouer, qu'elle joue donc.

Elle eut cette phrase étrange sur laquelle je ne m'attardai pas :

– Vous jouez pour deux.

Au bout de trois semaines, je passai au montage visionner un petit quart d'heure de film. Ce tournage était devenu une source de plaisir comparable à celui qu'on éprouve à gratter une plaie : pas vraiment satisfaisant, mais irrésistible.

La salle fut plongée dans le noir et la scène du foulard commença. Le monteur avait fait de son mieux avec le matériel à sa disposition mais la vérité était là, éclatante, choquante et inattendue : j'étais mauvais, mauvais comme un bonimenteur qui ne cesse de monter le ton et les propositions jusqu'à l'absurde pendant qu'en face, sur la continuité, bout de scène après bout de scène trouvant sa juste place, Juliette rayonnait d'un éclat retenu et constant, touchante, perdue et mystérieuse. Ce qui est la clé à la fin. Donner au spectateur, à chaque instant, l'envie d'en savoir plus. Tout en finesse, dans un filigrane très lisible, Juliette volait scène après scène, tandis que, selon sa formule, je jouais pour deux.

Je sortis de la salle K-O. Je comprenais la réticence du monteur et l'insistance du réalisateur qui avait souhaité que je mesure l'étendue du désastre. Il était hors de question d'aborder la question de face mais le message était passé.

Je rentrai chez moi, le silence était insupportable. Je mis de la musique à pleins baffles. Le rock m'agressait, la musique arabe m'irritait, Bach me désespérait.

Je laissai tomber.

Que faire ? Comment faire ?

J'avais beau savoir que le film ne sortirait jamais, l'information filtrerait.

Et Roziès avait pu constater que Juliette l'emportait face à moi sur l'écran.

Il le lui dirait. Elle s'en trouverait confortée, cela ne m'allait pas du tout. Je ne pouvais pas lui laisser gagner la bataille sur mon terrain, j'y perdrais toute confiance, je n'aurais plus l'élan nécessaire à la suite. Je devais rétablir l'équilibre.

Je réfléchis, scénario ouvert devant moi, crayon à la main. Je m'étais laissé aveugler par la situation réelle, laissant de côté la narration fictive. Même si les deux se rejoignaient. Nous entrions dans la phase du scénario où la paranoïa de mon personnage montait face à l'ambiguïté grandissante de celui de Juliette.

Il fallait à tout prix que j'arrête de confondre les deux plans, Michel-Juliette et François-Clara.

Je m'agitai tout le dimanche, esquissant des plans, maniant la règle et l'équerre, ébauchant des postures de travail, des tics professionnels, je cherchais désespérément des appuis concrets, les seuls encore à ma portée.

Toute cette activité eut un effet à la fois rassurant, après tout je travaillais et quand on travaille bien, on sera forcément récompensé, et en même temps angoissant, je mélangeais tout, j'allais trop vite, j'étais fiévreux, désordonné.

J'avais réussi à me persuader que j'allais m'en sortir, j'étais un grand acteur, j'avais de la ressource et une expérience suffisante pour rétablir la situation.

Elle empira.

Pendant quelques jours, je niai la réalité. J'évitai de voir le machiniste détourner le regard pour ne pas croiser le mien après un travelling. J'évitai d'entendre que l'ingénieur du son ne parlait pas technique quand il me signalait que ma voix était détimbrée. J'évitai d'interpréter l'interminable préparation du chef opérateur réglant ses lumières sur moi. Il cherchait un rayonnement que je ne lui rendais plus.

J'étais devenu un trou noir.

Alors je me ridiculisai davantage, me préparai ostensiblement à grands coups de gueule, à déhanchements exagérés pour assouplir le bassin, à exercices de respiration forcenés, avant de me mettre en place. Je fis même, pour la première fois, ce geste que j'exècre de lever la main comme un tennisman déconcentré avant le service de son adversaire, pour interrompre le fatidique « Moteur, ça tourne, cadré, action » qui n'avait autrefois marqué que mon impatience à entrer dans l'arène.

En face de moi, Juliette s'épanouissait en même temps que son personnage s'affirmait dans l'histoire.

Je vis arriver mes deux jours de relâche avec soulagement.

Ne plus aller sur le plateau, ne plus me confronter à moi-même et surtout agir, agir sur la réalité. Avancer mon plan.

J'avais appelé Mangin assez à l'avance pour m'assurer de sa disponibilité.

Il n'était apparemment pas surmené. Mon jour et mon heure furent acceptés sans discussion.

Il serait ravi de revoir ma belle maison.

J'avais préparé mon rendez-vous avec Mangin beaucoup plus assidûment que le tournage de *L'Usurpatrice.* J'étais quand même nerveux.

Deux heures avant son arrivée, mon échauffement consista à avaler deux verres de gin sec.

Quand il arriva, la machine à espresso chauffait, la porte-fenêtre du salon était grande ouverte sur le jardinet ensoleillé. J'étais pieds nus, en jean et tee-shirt. La composition d'un rôle passe aussi par le vêtement.

Lui portait un costume un peu large, la cravate mal nouée.

En ouverture, je prononçai la phrase magique supposée camoufler le mensonge à venir : « Je ne vous cacherai pas... »

Je ne lui cacherais pas donc que j'étais très perturbé ces derniers temps et que je comptais sur lui pour m'aider à y voir clair.

– J'en serai ravi. Il est bon, ce café. J'hésite toujours à acheter une de ces machines. L'appareil est abordable mais leurs dosettes valent une fortune. J'ai toujours peur de me faire avoir. Ça doit tenir à mes origines prolétaires, même si le mot n'est plus dans l'air du temps.

Je n'avais pas le temps de le suivre sur des chemins de traverse. J'attaquai direct.

Je voulais savoir s'il avait vraiment et sérieusement considéré que Jules, Juliette, pouvait réellement être... responsable... avoir eu une part active, dans le, dans la disparition de son père.

Sans attendre sa réponse, je poursuivis.

J'expliquai l'initiative de Juliette, l'élaboration de ce scénario dont nous avions commencé le tournage. Il y était question d'un père maître chanteur qui menaçait l'avenir d'un jeune architecte prometteur. De sa fille qui, par amour pour l'architecte, tuait son père, mais de ce fait même mettait en danger l'homme qu'elle aimait.

L'architecte comme la jeune fille étaient directement inspirés de Juliette et moi et, depuis le début du tournage, je trouvais ma femme étrange, nerveuse, comme si elle était dépassée par ce qu'elle avait elle-même mis en branle. J'en arrivais à me demander si elle n'avait pas espéré je ne sais quelle catharsis, une manière d'exorciser ses démons en les exposant. En me les exposant.

– Je ne reconnais plus ma femme. Et c'est affreux car mes doutes vont grandissant. Je l'aime, voyez-vous, et l'idée que... c'est dévastateur pour moi. J'ai été à deux doigts de rompre le contrat mais ç'aurait été irresponsable. Tout cela doit vous paraître aberrant. J'en suis conscient mais je me suis dit que vous pourriez m'aider ne serait-ce qu'à éliminer l'hypothèse d'une éventuelle culpabilité de ma femme. Et me convaincre que mon imagination débordante s'exprime à la place de mon intelligence.

Je n'avais pas regardé Mangin pendant que je parlais. Mon regard voletait, comme incapable de se poser. Je terminai par un « Voilà » que j'accompagnai d'un front plissé par l'inquiétude et d'un coup d'œil brouillé par l'angoisse.

En retour, j'eus droit à un regard précis, limpide, tranchant. Mangin a des yeux bleus d'une intensité de glacier.

Avec son formidable talent pour la tonalité anodine donnée à des mots qui ne le sont pas, il me dit d'abord :

– Honnêtement, je ne vois pas très bien le lien que vous établissez entre le scénario et votre vie. Vous m'avez assuré que Manchot ne vous avait jamais fait chanter. Que vous ne l'aviez même jamais rencontré. C'est déjà une énorme différence avec l'histoire que vous m'avez racontée. Quant au fait que votre femme utilise un événement traumatique de sa propre vie pour en nourrir un récit de fiction, c'est ce que font la plupart des auteurs, non ? Vous ne m'en feriez pas un autre, s'il vous plaît ?

Je restai stupidement interdit, jusqu'à ce qu'il soulève sa tasse. Il voulait parler d'un espresso.

– C'est vrai que vous avez l'air perturbé... Si cela doit vous aider, je peux toujours vous parler de votre épouse à l'époque de la mort de son père mais vous la connaissez sûrement mieux que moi. Enfin, j'espère ! Ah, c'est une femme fascinante. Forte. J'ai du mal à la reconnaître dans la personne déstabilisée que vous décrivez.

Il parla longtemps sans besoin de relance.

Je n'ai pas fréquenté beaucoup de policiers dans ma vie mais assez pour reconnaître que Mangin n'était pas un représentant type de sa profession.

Quand même, il possédait cette qualité de l'enquêteur qui consiste à baser ses raisonnements sur des faits, sur du concret. Ce qui néanmoins finit par m'étourdir dans son récit, c'est que le monde des Manchot rejoignait le mien à plus d'un titre.

Ainsi, il commença par le père et, pour la première fois, ma victime commença à prendre consistance à travers ses mots.

Mangin était persuadé que Manchot avait vécu sa vie hors de toute réalité. Il avait observé le phénomène chez nombre d'indicateurs. Pour justifier sans doute des agissements peu louables, ils se prenaient pour des héros de l'espionnage, par exemple. Ils enjolivaient de détails romanesques les informations qu'ils possédaient. Quand ils ne les inventaient pas. Une bonne partie du boulot, pour le flic en face, était de démarquer le vrai du faux.

Manchot adorait mettre en scène leurs rendez-vous, proposer des codes, inventer des boîtes aux lettres. Il demandait à n'être abordé que s'il avait un exemplaire du *Parisien* sous le bras. Il connaissait tous les immeubles de Paris à double entrée, s'imaginait facilement être suivi.

Comme dans un film.

D'ailleurs, il faisait souvent de la figuration sur les tournages. Il y avait emmené la petite Juliette quand elle était encore enfant. Le monde du cinéma le fascinait. En plus de la coïncidence des Marivaux, c'est ce qui avait alerté Mangin quand j'avais épousé Juliette.

Il avait même découvert que les Manchot, père et fille, avaient figuré dans un de mes premiers tournages. *La Bande des douze*. Pour la télévision. Je n'étais pas le seul comédien qu'ils aient ainsi côtoyé de loin mais j'étais le seul que la fille avait épousé ! Elle avait fait un sacré chemin, depuis le moment où il l'avait rencontrée, fermée, combative, affichant une souveraine indifférence à la disparition de son père, dont elle disait être enfin débarrassée tout en s'insurgeant que Mangin puisse la soupçonner alors que l'enquête officielle l'avait concrètement innocentée. Il était sûr d'une chose : que ce soit par réaction ou par instinct de défense, Juliette, contrairement à son père, était de plain-pied dans la réalité. Elle n'en esquivait aucune manifestation. La vie lui avait pourtant été rude.

En bon chien de chasse, Mangin s'était obstiné à remonter le cours de son existence, certain qu'il dénicherait deux ou trois événements éclairants.

– La police est une bureaucratie parfois exaspérante mais elle garde trace de tout. En double, voire triple exemplaire. Rien ne se perd dans cette masse de témoignages accumulés. C'est notre force. C'est ce qui m'a permis de retrouver celui de Juliette sur la mort de Steve Gooch.

Il me demanda à brûle-pourpoint si le scénario était bon.

J'affirmai que oui, avec force.

Il était enchanté. Cela ne l'étonnait pas. Il avait bien senti, chez la jeune fille difficile, une intelligence, une volonté hors du commun. Sa formule de conclusion, inattendue, me choqua :

– Vous n'avez pas fait une mauvaise affaire, vous

savez. Enfin bon, pour en revenir à son éventuelle culpabilité, pardonnez mes détours avant d'arriver à votre question de départ, non, je ne crois pas qu'elle ait délibérément tué son père. Mon intuition est qu'elle a joué un rôle que j'ignorerai sans doute toujours, qu'elle sait des choses qu'elle refuse de dire, mais son alibi est en béton. Ma curiosité, finalement, tient plus à sa personnalité, cette volonté, inhabituelle pour le moins, qu'elle a mise à changer de vie, à aller contre son destin annoncé. Je ne la perdrai jamais totalement de vue, je pense. Enfin, à votre place, je ne me mettrais pas martel en tête. Votre femme sait ce qu'elle fait. Et elle ne s'exposerait jamais comme ça, bêtement, si elle avait quelque chose à se reprocher. Vous aviez d'autres questions ?

– Au point où j'en suis... Elle n'est pour rien dans la mort de Steve, vous pouvez me l'affirmer ?

– Pour rien. Elle était là au mauvais moment et une overdose provoque ce qui ressemble à un sommeil agité. Il est rare qu'un junkie meure d'autre chose que de son addiction.

Je le remerciai.

Je n'étais plus du tout sûr que mon initiative me soit utile, je pus croire qu'elle ne risquait pas de me desservir jusqu'à ce qu'il prenne congé devant mon portail et me lance cette dernière flèche :

– Au fait, je ne vous ai pas félicité pour votre récompense. Bravo pour la Palme. Vous êtes décidément un très grand acteur.

Il avait l'art de remettre de l'ambiguïté au moment où je me croyais sorti d'affaire.

Quand même, il m'avait dit quelque chose d'utile que je m'empressai d'utiliser.

Dès qu'il fut parti, j'appelai Braconnier, le détective privé.

Ce fut réconfortant de résoudre un problème sans me heurter au moindre obstacle.

Effectivement, Braconnier conservait un double de tous ses dossiers et ne voyait aucun inconvénient à me laisser consulter celui que j'avais commandité. Il précisa qu'il ne m'en coûterait rien, c'était inclus dans le forfait. Il me le fit porter par coursier.

Le mystère fut vite éclairci. L'unique point commun à toutes les pages manquantes, c'était la rue Myrha.

Je ne m'étais jamais posé la question mais Juliette avait gardé son ancien appartement et s'y rendait souvent. Une fois sur deux, elle s'arrêtait pour faire des courses au supermarché proche et ressortait de la rue Myrha les mains vides.

Or, elle vivait déjà cité Boulard à ce moment-là.

Je me rappelai la lumière à sa fenêtre quand je l'avais ramenée, son refus de me laisser entrer chez elle. Quelqu'un habitait là. Un complice, un parent, un amant ou les trois ensemble ?

Une autre idée me vint alors. Pour en avoir le cœur net, j'appelai la régie de *L'Usurpatrice*. J'avais un courrier à faire suivre à Juliette. J'avais besoin de son adresse pendant le tournage.

Elle me fut promptement donnée : c'était le 12, rue Myrha. C'est là qu'elle logeait.

C'est là que j'avais des chances de retrouver la cassette, j'en fus instantanément convaincu.

Est-ce par un effet de sa malignité secrète que le destin avait placé à quelques jours de là l'unique scène de cul entre Juliette et moi ?

Tourner nu ne me pose aucun problème. À Juliette non plus. Cela m'avait frappé pendant une scène où elle sortait de la douche. Au mot « Coupez », l'habilleuse s'était précipitée pour lui proposer un peignoir qu'elle avait refusé, se contentant d'une serviette qui s'était dénouée sans qu'elle songe même à la ramasser.

Comme moi, elle n'avait pas la pudeur des gens ordinaires. Nous n'étions pas des sujets, mais des objets. Peut-être plus proches de l'animal que de l'humain.

Les scènes de lit ne me posent pas davantage de problème. Les gestes de l'amour sont autant de mouvements mécaniques précis accomplis par deux partenaires qui pensent à l'image d'abord, c'est-à-dire à l'effet de leurs mimiques sur le monde extérieur. Le contraire, j'imagine, de ce qui se passe entre deux adultes concupiscents qui s'abandonnent, faisant fi de tout souci esthétique.

L'enjeu, cette fois, rendait cette scène particulièrement redoutable.

La perte de mes moyens me terrorisait et jouer une scène d'intimité avec la femme dont je préparais la perte me pétrifiait. D'autant qu'aux yeux de tous nous formions un vrai couple, dont les corps devaient être familiers l'un à l'autre.

Nous sortîmes de nos loges respectives, vêtus de peignoirs que nous gardâmes pour les premières répétitions.

J'avais besoin d'elle. Je devais absolument m'assurer sa complicité sous peine de perdre définitivement la face.

Une fois sous les draps, je lui chuchotai à l'oreille : « On n'attend pas la caméra. »

Elle comprit sans hésitation puisqu'elle émit un rire de gorge complice et s'appuya contre ma poitrine pour que je l'entoure de mon bras, pendant que le chef opérateur finissait ses lumières.

Le réalisateur avait décidé de nous laisser une liberté de mouvements maximale. Il comptait travailler en très gros plans, isolant des bouts de nous, apparemment innocents. Notre seule limite était imposée par les lumières. Nous n'avions pas intérêt à déborder du cadre du lit ni à descendre trop bas.

Une rapide mise en place détermina nos marques en début et en fin de séquence : un gros plan sur le visage de Juliette que je rejoignais à l'image, et la fin comme un écho, un gros plan sur nos deux visages post-orgasmiques dont Juliette sortait, me laissant seul dans le cadre.

Comme souvent pendant les scènes de lit, l'équipe, autour de nous, multiplia les lapsus, chutes de clap et autres signes d'un trouble collectif.

Juliette et moi jouions, plutôt bien, le couple détendu, moqueur et bien assorti.

Nous nous détachâmes. Juliette, à son habitude, ne semblait pas se concentrer particulièrement, elle avait appelé sa maquilleuse pour une tache invisible sur le bras, moi je fermai les yeux et rassemblai mes esprits.

Ce n'est qu'après coup que je réalisai à quel point j'étais détendu. L'absence de texte, peut-être, le fait d'être déjà dans le jeu avant même que la caméra ne se déclenche. Pour cette scène au moins, il me semblait retrouver mes moyens.

J'avais une ou deux idées. Je laissai quelques secondes d'occupation du plein écran à Juliette et j'entrai dans le cadre, par en bas, lui effleurant le menton, le nez, vers les oreilles, les paupières, la commissure des lèvres, puis au moment où ses lèvres s'entrouvraient pour le baiser annoncé, je descendis sur ses seins, remontai à sa bouche, puis la hissai doucement pour la mettre face à moi, nos jambes se chevauchant.

Comme autrefois, Juliette m'obéit au doigt et à l'œil. Nous évoluions en danseurs professionnels, la cavalière se coulant dans les pas de son cavalier. C'était extraordinaire d'entendre nos halètements professionnels, soupirs et exclamations, alors que nos corps restaient froids. À croire que nous mettions un point d'honneur à bien marquer, l'un et l'autre, l'un pour l'autre, que tout cela était pour de faux à égalité l'un de l'autre. Et puis soudain, une vague de désir involontaire, inattendue, monta en moi, une manifestation palpable de ma virilité que Juliette ne pouvait pas ignorer. Je ne sais pas si l'autosuggestion provoquée par une concentration détendue en était la cause mais quelque chose passa entre nous. Le visage de Jules s'arrondit, perdit de sa définition, ses yeux s'agrandirent, béants. Je fermai les miens sur un trouble qui me déconcertait. Mon corps, ce traître.

Des larmes de dépit ou d'incompréhension perlaient. Je décidai de retourner la situation à mon avantage, la caméra était en place pour le gros plan final. Je me plaçai face à elle tandis que Jules glissait hors cadre. Je comptai jusqu'à quatre avant de relever mes paupières sur mes yeux mouillés de larmes.

Une émotion puissante, quelle qu'en soit la véritable origine, prendra à l'image le sens que lui donne le contexte de la scène.

Le réalisateur annonça « Coupez » d'une voix de stentor. La température avait monté de plusieurs degrés dans la chambre. Il y eut un moment de silence. Le cadreur nous regarda avec un sourire complice, on avait bien travaillé tous les trois.

Je fis voler le drap au-dessus de Juliette et moi pour nous couvrir entièrement et annonçai à la cantonade qu'après ces joyeux préliminaires, il était temps de nous laisser un peu de vraie intimité. Tout le monde se mit à rire. Je ris à l'unisson mais l'idée que j'aie pu désirer Juliette ne titillait en rien mon sens de l'humour.

Nous repartîmes avec nos peignoirs pudiquement fermés et, arrivée aux marches de sa loge, Juliette m'effleura la joue et murmura « Merci ».

Je fus incapable de répondre. J'étais mortifié, ma détermination d'avancer dans l'action violemment renforcée.

Une fois habillé, je profitai de la suractivité générale pour me faufiler dans le camion de l'accessoiriste. L'accessoiriste, c'est le Mac Gyver du tournage. Il doit pouvoir trouver l'introuvable instantanément, tout ce qui n'a pas été écrit dans le scénario mais dont le réalisateur éprouve le besoin impératif et soudain : un coffret à bijoux qui fait de la musique en s'ouvrant, un journal jauni années quarante, une selle de cheval, un ballon gonflable, il doit pouvoir fabriquer du faux champagne, fournir du sang, un étron, un coffre-fort à roulettes, etc.

Et réparer, bricoler, résoudre tous les problèmes du monde, comme, par exemple, ouvrir une porte fermée à clé.

J'escamotai le passe.

10

LE SOIR de mon deuxième meurtre, planqué sous un porche de la rue Myrha, à la nuit tombée, je vis Juliette monter dans un taxi avec sa valise à roulettes.

La lumière brillait au deuxième mais on ne voyait ni ombre ni mouvement.

J'attendis assez longtemps pour ne pas craindre son retour intempestif.

Je montai, appuyai sur la sonnette qui ne marchait pas. Je cognai doucement à la porte, puis plus fort.

Rien, pas un bruit, pas de réponse.

La serrure joua sans difficulté, je poussai la porte et passai une frontière, sitôt franchi le minuscule vestibule.

J'étais en pays arabe. Une ampoule nue pendue au plafond éclairait les tapis qui se chevauchaient sur tout le sol. Le long des murs, des divans bas recouverts de tissus chatoyants et de coussins bariolés, des tables rondes en bois découpé ponctuaient les assises. Au mur, deux chromos criards représentaient, l'un une troupe de cavaliers en burnous brandissant des fusils fumants au-dessus de leurs têtes dans une atmosphère de liesse, l'autre un chameau dans le désert.

L'écran d'une télé allumée montrait des images de pêcheur à la ligne encore plus incongrues que le reste. La télé était posée sur une planche accrochée en hauteur à l'angle de deux murs. Captivée par l'écran magique, l'occupante des lieux m'accorda un bref regard d'indifférence.

Avant et après ce minuscule mouvement, son immobilité était telle que sa présence était indécelable.

C'était une femme arabe sans âge. Sur sa nuque frisottaient ses cheveux rougis au henné débordant de son foulard noué serré par un petit nœud au-dessus du crâne. Elle portait un caftan brodé d'or, ses yeux étaient cernés de khôl et de minuscules tatouages bleus décoraient son front tandis que ses mains étaient couvertes d'un dessin de dentelle orange.

Elle avait dû être très belle, à en juger ses yeux sombres et brillants, son nez droit, sa bouche sinueuse et la noblesse de son visage et de son port.

Sous une des mains appuyées contre un coussin, je devinai une télécommande.

Je parlai fort en articulant, malgré le silence de la pièce où dominait, léger, le ronron de moteur de la télé. J'étais désolé, m'excusai vraiment, j'avais cru l'appartement vide.

J'étais le mari de Juliette.

Elle eut un geste de la main vague en ma direction et dit quelque chose comme :

– *Ouara, ouara.*

Je demandai :

– Juliette ?

Elle me répondit quelque chose comme *yala* qui pouvait être oui ou non ou peut-être, l'expression en tout cas d'un fatalisme, comme quoi les choses étant ce qu'elles sont, il était inutile de seulement les nommer.

Sa main s'agita plus précisément en direction de la porte dans le mur du fond.

J'entrai d'abord dans une petite chambre, meublée d'un grand lit défait, d'une lourde table de nuit ancienne et d'une housse-placard en plastique à glissière à moitié ouverte.

Je jetai un œil dans la housse, ouvris la table de nuit.

Je crus entendre quelques mots en arabe mais la femme n'avait pas bougé.

C'était sa chambre.

Je franchis une deuxième porte en enfilade et tombai dans une pièce petite et aveugle dont les murs étaient couverts d'affiches de mes films.

C'était la chambre d'une groupie adolescente.

Un crochet au mur faisait office de portemanteau. Le lit consistait en un matelas sur sommier et une petite planche, tachée d'encre et de gras, était posée sur deux tréteaux.

À peine entré, j'étouffai dans cette pièce sans air, que les affiches saturaient de ma présence, j'étouffais dans cet appartement aberrant.

J'entendais, à travers les fines cloisons, la pauvre femme soliloquer de sa voix à peine audible.

Imaginer que tout ce temps du tournage Juliette avait vécu là m'étreignit le cœur. Un accès d'émotion auquel je ne m'attendais pas, que je ne refusai pas.

Tout semblait à vue dans cette pauvre chambre, chaque détail exposait la misère dont Juliette était issue.

Je lui devais, je nous devais de repartir avec mon butin.

Un cambrioleur tombe sur les traces de la vie qu'on n'expose jamais aux regards étrangers, une culotte jaunie, une lettre d'amour abandonnée à mi-feuille, des rognures d'ongles...

Que mon viol de l'intimité de Juliette serve au moins à quelque chose.

Mon entreprise avait beau me sembler vaine, il fallait avancer, toujours avancer, même sans y croire. Faute d'autre possibilité, je soulevai le matelas de mousse fine. Un foulard froissé, plié, se détacha du matelas. La fine soie s'ouvrit.

La cassette était là.

Déjà ça.

Elle m'échappa des mains, sitôt saisie.

En m'abaissant, j'aperçus, bloquant l'espace sous le sommier sur pieds, un bout de cahier à couverture de papier.

À quatre pattes, je tirai vers moi le cahier, puis un carton où j'en découvris d'autres, plus petits, bien rangés en piles régulières. Tout au fond, une grosse enveloppe épaisse. Je soulevai le rabat le temps de découvrir la première photo que j'avais envoyée à l'*Annuaire du cinéma*.

On verrait cela plus tard.

Je glissai le bras plus avant, balayai le sol poussiéreux avant de toucher du plastique. J'eus un peu de mal à extirper un sac-poubelle fermé par le double nœud d'une ficelle étroite.

Je ne trouvai rien d'autre. J'avais hâte de filer. J'examinerais mon butin chez moi.

Je repassai dans le salon, saisi à nouveau par son atmosphère répugnante d'enfermement, de solitude et d'étrangeté.

Je posai le carton et le sac-poubelle près de la porte, j'avais enfoui la cassette dans ma poche, et, je ne sais pas pourquoi, la présence de cette femme m'en imposait sans doute malgré moi, je m'approchai d'elle pour la saluer, lui pris la main droite pour la serrer, découvrant au passage que ses doigts n'étaient pas crispés sur une télécommande mais sur un téléphone mobile. Je lui dis que j'étais désolé, je devais partir, je reviendrais, j'emportais tout ça pour Juliette.

À quoi elle répondit à nouveau *yala*, sans quitter des yeux l'écran sur lequel le pêcheur immobile regardait fixement le point où sa ligne pénétrait la surface de l'eau.

Je calai le carton sous mon bras, saisis le sac, refermai la porte derrière moi. Mon cœur cognait, j'étais oppressé. Je soufflai un coup avant de me diriger vers l'escalier.

Je descendis précautionneusement car la lumière ne fonctionnait toujours pas et je perçus, sans m'en inquiéter, le raclement de la porte de l'immeuble contre le carrelage de l'entrée.

J'entendis sa voix avant de reconnaître sa silhouette découpée contre le mur de l'escalier dont elle avait déjà gravi quelques marches :

– Qu'est-ce que vous lui avez dit ? Qu'est-ce que vous avez dit à ma mère ?

Je constatai « Tiens, c'est sa mère », comme une constatation, une information supplémentaire sans conséquence. Le récit poignant de Juliette sur la disparition de Leïla Manchot n'avait été qu'une duperie supplémentaire.

Elle tendit la main.

– Rendez-moi ça.

Je me contentai de raffermir ma prise, serrant le carton et le sac contre ma poitrine.

Juliette s'était interposée à mi-étage et me barrait le passage. Elle essaya de saisir le carton, je remontai une marche mais restai face à elle car c'est encore un autre visage d'elle que je découvrais, le genre de visage auquel on n'a pas envie de tourner le dos.

Elle monta une marche, ses doigts lancés en avant, crochus comme des serres. Je remontai d'un cran à reculons. J'étais encombré par mon chargement mais je n'allais pas y renoncer, pas à ce stade-là.

Notre étrange danse se poursuivit. Je tentai un passage en force, elle réussit à attraper deux cahiers qui avaient glissé sur le sol.

Changeant de tactique, je tournai les talons et montai vers les étages. Espérais-je trouver un terrain plus favorable ? Je n'en sais rien. Je n'avais pas vraiment le choix.

Le souvenir qui me reste de cette course-poursuite puis de cet affrontement, parfaites représentations symboliques de notre relation, est celui d'un temps immobilisé par un mutisme partagé, ponctué de respirations et de halètements qui n'étaient pas sans évoquer notre faux coït du tournage. Pas d'ambiguïté, cette fois.

Je restai arrimé à mon carton. J'étais certain de tenir littéralement mon destin entre mes mains. Il fallait déguerpir et, comme elle m'interdisait l'accès à la rue, je continuai vers le haut.

Une fois parvenu à l'étage de ce qui avait dû être des chambres de bonne, je me trouvai dans un cul-de-sac. Une porte dégondée découvrait des toilettes puantes, un petit lavabo tout sec garnissait l'angle en face.

J'étais seul. Je n'entendais plus rien.

Juliette m'attendait peut-être en bas.

Puis un craquement m'avertit qu'elle approchait. Je me dis qu'un coup de pied bien ajusté au moment où elle serait en haut des marches, en déséquilibre, la ferait tomber en arrière et que je pourrais me faufiler et disparaître. Je renonçai illico à cette solution en voyant le museau d'un petit revolver argenté précéder son avancée.

Elle le tenait de la main droite, me faisait signe de la main gauche de lui donner le paquet. Je reculai... Tirerait, tirerait pas ? Dans un flash de lucidité retrouvée, je reconnus l'arme de jeu qui ne quittait pas son sac.

– C'est un faux. Laissez-moi passer, je n'ai pas envie de vous faire du mal.

J'avais regardé l'arme, ses mains, l'espace qui nous séparait, je montai enfin vers son visage. Les yeux pleins de larmes, la voix rauque, étouffée, elle me dit :

– C'est ma vie. Vous ne pouvez pas l'emporter.

Un spectateur moins averti se serait peut-être laissé toucher mais, remis de ma faiblesse passagère, j'étais redevenu le vieux singe qui connaît toutes les grimaces de la terre.

Le coup du revolver lui avait fait gagner du temps.

Elle était maintenant sur le palier, hésitait. Elle jeta un œil vers son arme. Elle était à un pas de la cage d'escalier, c'était jouable. Je reculai pour prendre de l'élan, j'entendis l'arme tomber par terre, rebondir avec la légèreté du plastique, le luisant du métal était bien imité, j'évaluai simultanément l'espace qui nous séparait et découvris une lame apparue dans sa main droite comme par enchantement. Fine. Dangereuse.

Une part de moi ne pouvait y croire, elle n'allait pas me tuer, cela n'avait pas de sens, puis je me dis qu'elle avait toujours dominé la situation et qu'en perdant le contrôle des événements, elle avait peut-être perdu aussi celui qui tenait sa folie en respect.

Cette fois je posai tout mon fardeau derrière moi et, sans plus attendre ni réfléchir, me jetai sur elle, je n'eus aucun mal à la désarmer, le cutter tomba à son tour, un joli bruit métallique cette fois. Elle résista pourtant. Je ne m'étais jamais battu avec une femme, cela ne me plaisait pas. Elle compensait son absence de technique par une énergie nerveuse et acérée, littéralement, puisqu'elle me laboura la joue de ses ongles, tenta de me donner un coup de poing. J'immobilisai ses deux bras en une prise, la giflai de toutes mes forces. J'aurais voulu l'anéantir. Elle me regarda d'un air de défi. Je la giflai une deuxième fois, j'entends encore le bruit retentissant qui me fit plisser des yeux. Je ne sais pas, emporté par la rage, j'avais dû légèrement relâcher ma prise, elle dut se dégager au moment où le coup partait, je la vis tituber en arrière, battre l'air des bras et, trouvant le vide à la première marche, tomber raide, ses bras s'affolant à rechercher un équilibre introuvable. J'entendis le corps heurter les marches puis plus rien.

Juliette avait les bras en croix, un filet de sang coulait de sa bouche. Je l'avais tuée. En légitime défense, peut-être, mais je l'avais tuée. Et la vérité est que cela me sembla le comble de l'injustice : meurtrier malgré moi pour la deuxième fois.

Pas une seconde je n'envisageai que c'était pourtant bien ce que j'avais eu l'intention de faire.

La réalité de l'acte avait un impact bien différent que mes plans machiavéliques dont je mesurais seulement maintenant ce qu'ils avaient eu de chimérique.

Je n'étais pas un assassin.

Je n'étais pas un assassin ?

J'avais tué deux fois pourtant.

Malgré moi. J'avais tué malgré moi.

Ce que je fis ensuite n'a rien de raisonnable, je le reconnais, et est à l'origine de tout ce qui s'ensuivit. Je ne peux m'en prendre qu'à moi-même.

L'immeuble était clairement désert. La vieille femme qui, en réalité, ne devait pas être si vieille n'avait pas bougé malgré le bruit de notre course-poursuite. Mon hypothèse était qu'elle ne sortirait pas davantage maintenant que le silence était revenu mais l'idée qu'elle trouve le cadavre de sa fille me parut inacceptable. Je ne suis pas un monstre. À cet étage, aucune porte n'ouvrait, comme je le vérifiai rapidement. D'où ma décision instinctive de descendre le corps à la cave.

Je frôlai le cadavre de Juliette pour aller me placer plus bas, le saisis par les épaules et tirai. Ses jambes plièrent, entravant la descente. Je dus me résoudre à l'attraper à bras-le-corps. C'était difficile. Elle était molle, elle était morte. Je la tenais sous les fesses, son torse basculé par-dessus mon épaule gauche. Elle portait un petit manteau en satin qui glissait horriblement.

J'entamai la descente. Ses bras bringuebalaient, sa tête appuyait contre mon cou, sa chair tiède s'écrasait contre ma peau. Prudemment, j'avançais le pied, tâtant chaque marche avant d'y prendre appui. Ses pieds cognaient mes tibias. Elle était interminable. La descente fut interminable.

Dans l'entrée, je pris appui contre le mur, examinai la situation. Il n'y avait pas moyen de bloquer la porte sur rue, il ne me restait qu'à prier pour que personne n'entre.

L'accès à la cave n'était pas fermé à clé mais le battant résistait, ce qui était bon signe. Il n'était pas utilisé depuis longtemps.

Je pensai aux rats qui, forcément, pullulaient dans les profondeurs invisibles. C'est pourquoi je ne descendis pas le corps jusqu'en bas. Pour elle. Pas pour moi.

Je la déposai en travers des marches, retournai tout en haut, ramassai le revolver et le cutter en me servant de ma chemise et les glissai dans son sac que je récupérai au deuxième étage avant de le jeter dans la direction du cadavre.

Je remontai une dernière fois, récupérai mon carton, le sac-poubelle, les deux cahiers tombés sur les premières marches.

Le silence régnait toujours derrière la porte de chez Juliette. J'imaginais sa mère, femme fantôme, privée désormais de son dernier soutien. Je m'en occuperais du mieux que je pourrais, mais qu'avais-je fait ? Mon Dieu, qu'avais-je fait ?

Une grosse poubelle verte puait sur le trottoir.

Je sortis la cassette de ma poche, la pulvérisai d'un coup de talon et enfouis les débris dans un plastique mal fermé.

Je partis vers le boulevard, les yeux baissés pour éviter de croiser le regard des passants cependant rares à cette heure de la nuit.

Perdant toute prudence, j'arrêtai le premier taxi en maraude. Ma chemise était déchirée, je tenais le vieux carton contre moi, des effilures piquaient ma joue et une envie de pleurer me gonflait la poitrine à la faire éclater.

Le chauffeur allait me reconnaître, il se souviendrait de cette course avec l'étrange acteur.

J'étais fatigué, j'étais au bout du chemin, je n'avais pas encore pris ma décision mais quelque chose en moi était sur le point de renoncer, dans le taxi qui me ramenait dans ma jolie maison, ce havre illusoire de mes débuts enchanteurs.

Une fois rentré, j'appellerais Yves et je lui dirais tout. Bruno aussi peut-être. Ils sauraient me conseiller. De toute façon, il fallait qu'on s'occupe du corps de Juliette, je ne pouvais pas le laisser là. Ils allaient vite se bouger sur le tournage.

Pourquoi était-elle revenue, d'ailleurs ? Sa mère avait dû l'appeler. Elle avait quitté la gare en catastrophe. En prévenant quelqu'un ? Si elle était avec quelqu'un. Ce qui était probable. Et sa valise ? Je ne l'avais vue nulle part.

Et puis les choses s'enchaînèrent.

Le chauffeur, un très jeune type, ne m'avait pas reconnu, j'en étais sûr. Soit il ne me connaissait pas, soit il ne m'avait pas regardé, soit il n'en avait rien à faire, ou les trois à la fois.

C'était un signe. En ma faveur.

Chez moi, je déposai le carton sur la table, allai me regarder dans la glace. Je n'avais qu'une mince égratignure sur la joue.

Pourquoi appeler Yves ? Il serait temps que j'apprenne à agir pour moi par moi-même. Si j'étais assez grand pour tuer deux fois, n'étais-je pas assez grand pour prendre mes responsabilités ?

De toute façon, personne ne pouvait se mettre à ma place. Personne.

Juliette aurait pu. Peut-être. Juliette n'était plus là. Je montai prendre une douche, une douche interminable. Il n'y avait pas urgence. Il fallait laisser faire, laisser agir. Quand on m'appellerait pour me signaler la disparition de Juliette, j'aviserais.

L'espoir commençait déjà de se faufiler : et si, une seconde fois, je passais au travers ? J'avais voulu me débarrasser de Juliette. J'avais rêvé de reprendre ma vie d'avant.

J'y étais, non ? Était-ce si illusoire de vouloir faire table rase du passé ?

Mais d'abord, connaître celui de Juliette, comprendre.

11

Il y avait urgence à ralentir le temps, à le border, en quelque sorte.

J'enfilai un peignoir, je me fis un café. Je fermai ma porte à clé, tirai les rideaux de toutes les fenêtres et m'installai sur la grande table.

Je commençai par déchiqueter le sac-poubelle et le vidai sur la surface en verre.

J'en éparpillai le contenu, mes yeux filant d'un document à l'autre, s'affolant de reconnaître le fatras caractéristique d'un mort décidément mal enterré.

Je pris une de mes lettres et m'obligeai à la lire dans son entier.

Chaque mot me faisait frémir parce que chaque mot me rappelait ce que j'avais été capable d'éprouver : la terreur absolue de la perte comme une terreur de mort et de destruction. L'abandon total entre les mains d'un autre, dont on sait bien pourtant qu'il sera un vainqueur cruel, qu'il utilisera cette reddition sans condition pour humilier davantage. Ce désastre absolu qu'est la chute dans un amour absolu.

J'étais exposé à nu, à cru, dans ces lettres que Juliette avait lues, que son père avait lues.

Un bref instant, je me réjouis sauvagement que les deux soient morts emportant mon secret avec eux. Mais ils avaient également emporté le leur.

Sur les Photomaton, nos visages à Steve et à moi rivalisaient de grimaces enfantines. Je repoussai un garrot éclaboussé de sang, une lettre de sa mère, apparemment lue et relue, un trousseau de clés, du papier à cigarettes, l'écriture de Diane sur une carte postale, quelques phrases brutales, définitives, mon nom et une ultime et vaine supplique.

Je ne voulais rien savoir de tout ça, je ne voulais pas revisiter le passé, ce noyé revenu à la surface pour hanter son meurtrier.

Le téléphone sonna et je faillis tomber de ma chaise, saisi de terreur. Un mort serait au bout du fil, accusateur et omniscient.

Je décrochai, raccrochai, me levai. Pour aller où ?

La sonnerie à nouveau.

J'essayai de résister à la panique, décrochai sur une impulsion, me tus. Silence.

Je finis par interroger, la gorge sèche :

– Jules ?

Je me raclai la gorge.

– Michel ?

Un oui comme un croassement.

– C'est Laurent, l'assistant stagiaire. Pardon de te déranger à cette heure...

Un ton d'embarras rempli d'hésitation. Cette fois, ça y était, on avait découvert Juliette.

Ma voix ne sortait pas, je me détournai pour tousser. Allez, ce serait juste un mauvais moment à passer.

– Non, non. Vas-y.

Je m'assis, fermai les yeux, concentré, tendu, incapable de décider comment réagir. Laisser faire. Laisser faire. C'était fini.

– Juliette est là ?

– Non.

Gros soupir.

– Ç'aurait été trop beau.

– Quoi ?

Interloqué. Rester concentré. Ne rien dire. Écouter.

– Non, je veux dire, je n'arrive pas à la joindre sur son portable. On a dû changer d'hôtel et je dois la prévenir. Je lui ai laissé un message mais tu connais Éric. Tant que je ne pourrai pas lui assurer qu'elle est prévenue, que je lui ai parlé, il ne me lâchera pas.

Je commençais à retrouver mes esprits. Essayer d'éclaircir déjà ce mystère-là.

– Je croyais qu'elle prenait le train ce soir ?

– Oui, mais personne ne sait où elle allait. Elle voulait profiter de ses deux jours de liberté pour faire un break. Seule. Franchement, on croyait tous que vous vouliez vous retrouver en douce. Mais bon. Elle finira bien par écouter sa messagerie, mais si tu l'as ou si tu la vois, tu lui dis de me rappeler, OK ?

– OK.

– Désolé, hein, bonne nuit. À jeudi.

Je raccrochai.

Deux jours. Je disposais de deux jours.

Si personne ne s'aventurait dans la cave, ce qui était probable, je disposais de deux jours. Deux jours pour quoi ? Pour comprendre, pour essayer de comprendre. Pour essayer de relier trois morts à mon destin.

J'allai dans la cuisine et m'appliquai à composer un gin tonic, un tiers deux tiers. Découpai un citron, sortis des glaçons. Je bus mon premier verre sans précipitation. En préparai un deuxième.

Je déroulai un sac-poubelle noir solide. Il fallait être organisé.

Je commençai par les objets. Il n'y en avait pas beaucoup. Ce que Steve ne perdait pas, il le vendait un jour ou l'autre.

Ensuite j'attaquai le paquet de photos d'où était issue celle dont Manchot m'avait menacé.

J'avais une certitude : Steve n'aurait jamais joué les maîtres chanteurs. Trop paresseux. C'était un artiste théorique. Son seul passage à l'acte avait consisté à enduire sa bite de peinture ocre et à la presser sur un tissu taché, un saint suaire du sexe. Peut-être avait-il envisagé un montage de photos porno, comme une geste provocante.

Je figurais sur quelques-uns des clichés-souvenirs sans intérêt : Bruxelles, Londres, Rome, autant de séjours commencés dans l'euphorie et achevés dans la douleur.

Est-ce là ce qu'on appelle l'amour ? Ou m'étais-je simplement fourvoyé à exacerber des sensations inventées pour faire semblant de vivre ?

J'étais arrivé à mi-gin quand j'attaquai les courriers. Tout ce qui ressemblait à mon écriture atterrit directement dans la poubelle. Trois lettres de la mère de Steve disaient chacune à peu près la même chose, c'est-à-dire rien. Décrire un quotidien inusable comme s'il pouvait faire office d'ancrage. Un unique mot du père proposait laconiquement un billet d'avion retour.

Je me demandai s'ils avaient été informés de la mort de leur fils.

Quelques cartes postales au contenu banal et un carnet d'adresses sans révélation bouclèrent mon tour de table. Ce qu'il reste d'une vie.

Est-ce qu'avant d'attaquer la mienne, Juliette avait voulu s'emparer de celle de Steve ?

Je vidai tout dans la cheminée, répandis un peu de térébenthine et regardai brûler ce que j'intitulai dans ma tête l'insignifiance de l'être.

J'étais bourré.

Je pus le constater quand je tentai de me lancer dans la lecture des cahiers de Juliette. Les lignes se brouillaient, les mots se déplaçaient. Je refermai, m'écroulai sur mes bras croisés et me mis à sangloter.

Je me rappelai à l'ordre des deux jours. Ils étaient longs mais n'en étaient pas moins courts.

Je me levai, me rattrapai au coin de la table, titubai en direction de l'escalier et m'effondrai sur le canapé dans lequel je me réveillai quelques heures plus tard.

Il faisait jour. Ça puait le mauvais brûlé. Je me rappelais que j'avais encore du taf. C'est tout. Il fallait se lever. Ce que je fis.

Le téléphone sonna et je fis un geste de dénégation dans sa direction.

Alors seulement je me rappelai, dans l'ordre, Laurent, le gin, la rue Myrha, et me laissai retomber dans le canapé, épuisé.

Café.

Je partis d'un pas d'automate vers la cuisine et vis les cendres dans la cheminée, le carton sur la table, la bouteille de gin qui avait fini de se vider sur le sol.

Traces.

L'espoir fait vivre. Je pense que ça veut dire, au fond : l'espoir absurde de ne jamais mourir autorise seul la vie.

Quelques bols de café plus tard, l'instinct de vie, l'espoir donc, avait retrouvé sa place. Je descendis chez Juliette. Et si elle y était ?

Je pus vérifier rapidement qu'elle n'y était pas.

Je ne sais pas si c'est mon état vaseux, mon haleine lourde, le désarroi de mes vêtements froissés, la débandade générale de ma personne mais le contraste entre ces deux pièces sans âme et la misère de sa chambre de jeune fille me renvoya à une double image de moi, Michel Parfond et Michel Leman, l'un, quoi que j'en aie, inséparable de l'autre.

Ce fut le début de ma culpabilité et, je dois le reconnaître, de mon chagrin. Dans la mort, Juliette devenait mon miroir et faisait naître simultanément une curiosité d'elle qui ne pourrait jamais être assouvie.

C'était à se taper la tête contre les murs.

Il me restait maintenant à plonger dans les cahiers de Juliette et j'étais déterminé à les lire systématiquement sans raccourci ni survol. J'avais toujours deux jours.

Les cahiers étaient rangés par ordre chronologique. J'ouvris le premier.

Il en tomba un Polaroid.

Patrick Manchot et Juliette, très reconnaissables,

posaient, souriants, dans des costumes années quarante, au milieu d'un décor d'école d'autrefois.

Au dos, une main d'enfant avait inscrit : *La Bande des douze.*

Mangin n'avait pas menti.

Je la retournai, face contre table, pour échapper au regard limpide de l'adolescente.

L'écriture du cahier était appliquée et régulière. L'enfant avait écrit au Bic bleu, laissant très peu de marge et numérotant chaque bas de page.

Le préambule annonçait en termes solennels que toute personne qui lirait ce cahier sans autorisation serait atrocement punie par la vie (dents pourries, calvitie, avanies, sorcellerie) et brûlerait en enfer jusqu'à ce que mort s'ensuive.

La première entrée était datée du 12 septembre 1991.

Je déteste le collège. La sixième, c'est horrible. Les élèves sont horribles. Ils me détestent tous. Je n'ai pas la moitié des fournitures. J'ai fait comme papa a dit, j'ai dit que maman était morte. Ça fait drôle. La prof principale, Mme Leroux, trouve que je suis trop sérieuse. J'ai décidé de jouer les orphelines à fond. Je les emmerde tous.

Le ton était donné.

Il était rare que davantage de lignes soient consacrées à une journée, il y en avait souvent moins.

C'était la vie d'une écolière rebelle et bonne élève, écorchée vive et fière.

De temps en temps elle notait simplement : « scène ». Je compris vite qu'il s'agissait d'une dispute conjugale violente.

Quand c'est la dèche, fréquemment, elle est envoyée représenter le père auprès du proprio. Parfois le père revient de quelques jours d'absence des billets plein les poches.

Jamais de vacances, aucune présence familiale hors parentale, aucune vie sociale.

À la fin de l'année scolaire 1992, elle exprime une rancœur horrible envers sa mère, « l'Arabe » qui ne s'habille plus qu'en djellaba. Jamais elle ne sortira avec elle dans la rue. SERMENT SUR MA VIE !

Deux ans plus tard, en quatrième, troisième cahier, elle annonce que ça y est, ça lui coule entre les jambes, tu parles d'un événement !

Au fil de 1994, sa mère est devenue « elle » et son père « Patrick ».

Elle parle très peu d'eux.

Elle note en abrégé les intrigues de tous les films qu'elle voit et précise la distribution.

C'est une élève médiocre, chaque année elle passe dans la classe supérieure de justesse. Elle s'en fiche.

Elle a quatorze ans, elle commence à faire de la figuration aux côtés de son père et elle note parfois : « Service Patrick, cinquante francs. »

C'est le soir, je suis fatigué, les yeux douloureux, je poursuis ma lecture. On est en 1995 et je tombe sur :

Tournage Bande des douze. *Michel Leman m'a abritée du soleil sous son parapluie. Patrick peut aller se faire foutre.*

Je lis et relis les deux lignes.

Je me laisse aller contre le dossier, le dos douloureux, ferme les yeux.

Je n'en ai aucun souvenir, mais elle l'a écrit.

Était-il possible que tout soit parti de là, d'un simple petit coin de parapluie spontanément partagé ?

Je repris le cahier, tournai la page, puis l'autre, revenant inlassablement à la petite phrase : *Michel Leman m'a abritée du soleil sous son parapluie.*

Après, j'avançai rapidement pour arriver à notre déjeuner à la cantine du tournage, boulevard de Clichy.

À partir de notre rencontre, racontée en toutes lettres quoique succinctement, *Déjeuner avec Michel Leman, haricot de mouton, il me demande mon numéro, j'y ajoute mon nom,* je n'eus plus qu'à suivre le déroulé d'une histoire qu'au fond je connaissais.

Aucun état d'âme affiché, la relation simple et concrète des événements et parfois, rien.

Au 2 novembre, étaient inscrits deux simples mots : *enfin libre.* Puis. *Pour lui.*

Je dormais quelques heures, y retournais, je ne suivais plus la chronologie mais ouvrais au hasard et retombais sur les mêmes passages que je relisais, comme si, à force, ils devaient me délivrer leur secret, une clé.

J'étais troublé de retrouver dans l'écriture sommaire de Juliette la chronique de notre intimité distante. De toutes ces pages, de tous ces mots, émergeait une personne qui n'avait rien d'un monstre, dont aucun détail ne laissait deviner la détermination, l'ambition et la folie. À se demander si je n'avais pas inventé une Juliette née de mes propres peurs.

Je relus tous ses mails enregistrés sur mon ordinateur. Je me dis et redis qu'elle avait fait preuve, me concernant, d'une perspicacité et d'une pénétration confondantes, mais que d'elle il n'était, de fait, jamais question. Même quand elle s'était mise à faire l'actrice, les rencontres, le travail étaient relatés comme vus de l'extérieur. Quelque chose d'impersonnel dominait.

Puis je retournai vers les miens, mes réponses, mes questions, et la vérité se fit jour peu à peu. Du début, elle n'avait été qu'un miroir, qu'une chambre d'écho. Elle m'écrivait ce qu'induisaient mes propres propos. Elle avait été une éponge absorbante qui se pressait à l'heure dite pour rendre tout le jus que je lui avais donné.

C'était effrayant et fascinant : j'avais été le vrai metteur en scène de toute notre histoire.

Juliette n'avait eu d'autre réalité que celle que je lui avais imposée. Avait-elle jamais possédé une identité à elle ? Avait-elle jamais vécu ?

Le deuxième soir, je décidai de me débarrasser de tout, de faire place nette. Un coup de balai attira le carton que j'avais posé sous la table. J'avais oublié l'enveloppe qui en tapissait le fond.

Je manquais de courage, je me sentais trop faible pour attaquer une nouvelle étape. Il fallait bien pourtant.

J'entamai un pot de rillettes dans la cuisine et le terminai dans le séjour.

L'enveloppe, c'était moi. Des photos d'acteur, des articles de journaux, soigneusement sélectionnés, uniquement des entretiens avec photo. Et puis, sur des feuilles cartonnées, des commentaires sur chacun de mes films. Le résumé, la distribution, mon rôle et une analyse de ma prestation.

De 1996 à 2001, j'avais progressé de la télévision, où j'avais peu tourné, aux troisièmes, puis seconds rôles au cinéma. Juliette analysait tout cela, mes choix, mes erreurs, par petites notations sèches. Je mentionnais Weizhuang dans un entretien, elle allait dans un cybercafé et engrangeait toutes les informations disponibles sur le réalisateur chinois.

Ç'aurait pu être un rapport de police.

Dans une interview, une phrase de moi était soulignée : *« Ce qui me séduit chez une femme, c'est son mystère. »*

Mes rôles au théâtre étaient inscrits à part.

Je n'en pouvais plus mais il restait encore un fin cahier relié, sans date, ni chronologie, écrit sous une forme lancinante : *Il me dit que M. était son ami avant, il me dit lui avoir tout appris. Il me dit la jalousie de M. et sa tendresse aussi, il me dit que M. est un vampire qui dévore la vie des autres, il me dit avoir aimé M. quand M. ne faisait que mimer l'amour, il me dit que la vie est une souffrance pour ceux qui ne savent pas l'inventer, il me dit que M. va devenir la plus grande star française, il me dit que je suis belle et mystérieuse mais que l'héroïne est son seul amour, il me dit qu'il ne faudra pas pleurer...*

« Il » c'était Steve, bien sûr, il ne pouvait s'agir que de Steve. Il y en avait des pages et des pages, le leitmotiv « il me dit » imprimant un rythme lancinant à ce qui n'aurait été, autrement, qu'un relevé de notes, sur moi, essentiellement sur moi, mes goûts, mes manies, mes tendances, mes aveuglements.

Un portrait terriblement exact qui impliquait que Steve m'avait sans cesse observé, absorbé. Un retour sur le passé vertigineux comme une spirale qui, à chaque oscillation, lançait une lumière nouvelle, remettant en cause tout ce que je croyais savoir de moi-même.

Patiemment, je repris la chronologie des journaux intimes jusqu'à dénicher enfin, au 5 août 2000 : *Projection de* Rétroviseur (un de mes premiers premiers rôles dans un film obscur destiné à le demeurer) *au Grand Pavois. Cinq personnes dans la salle. Rencontre de l'ami américain.*

Voilà, c'était bouclé. J'avais fait le tour de la petite morte. En vain. J'étais au bout du chemin où Jules ne m'attendait pas. Elle gardait son mystère. Elle me résisterait toujours.

J'étais trop épuisé pour sentir la fatigue.

Enfermé avec moi-même et le fantôme omniprésent de la morte, je ressassai chaque information sans réussir à rien justifier de mon comportement.

Pendant ses six années à mon service, Samia, la femme de ménage, m'a vu dans des périodes de travail où je hurlais des textes, chantais à tue-tête, faisais le clown, la traitant parfois comme un public de répétition. Rien de ma part ne pouvait plus l'étonner. Ce jour-là, pourtant, entrant dans la maison que je n'avais pas aérée depuis deux jours, les rideaux toujours tirés, des restes de cahier déchiquetés, des feuilles où j'avais tenté de prendre des notes jonchant le sol, une odeur de brûlé et de sueur sans doute, et de peur et de ressassement l'arrêtant un instant, au lieu de me lancer d'un air crâne à sa manière habituelle « Vous dérangez pas pour moi ! », elle eut un premier réflexe de recul avant de lever les bras au ciel.

– Eh bien, vous m'en avez mis du bazar ! On voit que votre femme n'est pas là, c'est du joli !

Le ton ni le cœur n'y étaient. L'affolement se lisait dans ses yeux.

Quand je lui posai la question, elle m'informa que nous étions le 20 juin et qu'il était huit heures du matin.

Je voulus rassembler tous les papiers en m'excusant, mais elle me renvoya dans ma chambre, elle s'en occupait. Puis elle renifla, me regarda, retint sa question.

Bon, elle balaierait la cheminée.

Et moi, je ferais bien d'aller prendre une douche.

Je vis mon visage dans la glace en haut de l'escalier, les yeux enfoncés, le regard noir, je me fis peur. Et puis le téléphone sonna et Samia répondit, me hurla que c'était pour moi ! C'était mon agent.

Ces deux jours et deux nuits, j'avais laissé le téléphone sonner sans même écouter le répondeur.

Cette fois, c'est sûr, ils avaient dû trouver le corps.

Ma voix sortait mal, je me raclai la gorge, il était temps de faire face, je savais ce qu'il allait me dire, pas ce que j'allais répondre. Il m'engueula, pourquoi est-ce que je ne répondais pas à ses messages ? Il y avait les dates de postsynchro pour les Américains et puis il voulait savoir concernant Juliette...

Je me figeai.

Est-ce que j'étais toujours déterminé à divorcer ? Est-ce que cela voulait dire que je ne voulais plus tourner avec elle ? Parce qu'il venait de lire un scénario qui nous irait bien, une comédie, est-ce que je pourrais, au moins, y jeter un œil avant de prendre une de ces décisions abruptes dont j'avais le secret...

Il y avait de quoi devenir fou. Juliette était morte et Yves parlait de projets, de tournage... J'essayai de prononcer son nom comme on appelle au secours, aucun son ne sortit.

Il enchaîna. Lui pensait que ce serait une bonne suite à notre drôle de polar.

Je voulus dire que j'étais à chier dedans, que le film

ne sortirait jamais et que s'il sortait il marquerait la fin de ma carrière, que, de toute façon, tout était fini pour moi, je serais en prison à ce moment-là.

Au lieu de quoi, je raccrochai.

Le téléphone se remit à sonner. Je hurlai à Samia de ne pas répondre.

J'allai prendre une douche. Je me rasai soigneusement, lissai mes cheveux encore mouillés. Je choisis un pantalon droit noir et un tee-shirt vert olive, des tennis montantes à lacets et je sortis, pris la rue Liancourt vers l'avenue du Maine où se trouvait le commissariat de mon arrondissement.

Je ne peux pas dire pourquoi. Je n'avais pas réfléchi, raisonné. Simplement, c'était la seule chose à faire, je n'avais pas d'autre issue.

Je devais me confesser, faire place nette, payer. Le reste était hors de ma portée. Ma vie, mon avenir, ma carrière, hors de portée.

Je n'aurais jamais pu imaginer qu'on ne me croirait pas.

12

Comme s'ils s'étaient tous donné le mot ou que le monde était devenu fou. Yves, Machuel, Follin s'entêtèrent à me convaincre que mon histoire était sortie tout armée de mon imagination.

Même Bruno, conforté dans ses doutes, admit qu'il avait fait semblant de me croire mais qu'au fond, il avait toujours trouvé mon histoire abracadabrante.

Le docteur Follin émit une théorie. Il voulait bien croire que j'étais allé chez Juliette mais il pensait que j'avais fait un épisode délirant et que toute la scène du meurtre, très cinématographique, précisa-t-il en souriant, n'était qu'un fantasme qui avait pris les couleurs de la réalité.

Le reste de sa théorie était peu convaincant. Je n'avais jamais eu de père, celui de ma femme avait été assassiné, elle avait pris un ascendant sur moi en nous représentant dans notre intimité et je m'étais projeté dans un rêve de toute-puissance qui me permettait d'éliminer ce qui symbolisait ma famille recomposée.

Machuel m'affirma qu'il n'y avait aucun cadavre dans la cave de la rue Myrha, qu'ils avaient effectivement trouvé une vieille malle en osier, vide et à moitié détruite par l'humidité, et qu'est-ce que ça prouvait ? Quant à l'affaire Manchot, elle avait été bouclée en son temps.

Yves me répéta jusqu'à plus soif qu'il avait parlé avec Juliette au téléphone, qu'elle avait eu un accident sans gravité, une chute dans des escaliers, qui n'avait rien à voir avec moi, elle le lui avait certifié.

S'il le fallait, il la mettrait au courant de mon épisode délirant mais il préférait lui éviter ce choc. Par contre, il pouvait lui demander de m'appeler même si nous avions convenu de ne pas nous téléphoner pendant le tournage.

Mais puisque j'allais la retrouver sur le plateau dans peu de temps, ne pouvais-je pas attendre cette confirmation ?

Si, bien sûr. Que dire d'autre ?

Quand je l'avais balancée dans la cave, Juliette était aussi morte que son père l'avait été. Je le savais bien.

Je ne voyais pas comment ils allaient réussir à sauver la situation et le film, quel faux accident ils allaient provoquer pour produire le cadavre de Juliette sans m'incriminer.

Quand le monde devient fou, autant faire semblant d'être aussi fou que lui.

Follin se faisait fort de me remettre en état de marche. Hardi petit, il fallait tourner, *the show must go on* et l'acteur aussi.

Je me retrouvai cadré comme un petit enfant, ou un irresponsable que j'étais sans doute.

Un répétiteur venait me faire réciter mon texte, Yves déjeunait avec moi, Bruno dînait et dormait à la maison dans la chambre de Juliette. Et j'avais droit à deux séances par jour avec Follin.

À ce stade, j'étais prêt à tout admettre, tout reconnaître, quitte à me parjurer à mes propres yeux, pour sortir de cette prison.

Mon entourage me faisait la conversation et je n'avais plus le droit d'évoquer le seul sujet qui m'obsédait.

J'en arrivai même à douter de mes propres souvenirs.

Si Juliette était vivante quand je l'avais crue morte, n'avais-je pas tout inventé ?

Pour aider à mon rétablissement, Machuel, que toute cette situation excitait, je pense, avait eu l'obligeance de vérifier auprès de Lionel que j'avais effectivement emprunté son 4 × 4. Il avait également entendu le récit d'Henriette, qui confirmait ma présence au théâtre le 3 novembre et la descente de la malle par le monte-charge.

Sa conclusion était que mon imagination s'était nourrie d'éléments vrais.

Et quand je lui avais demandé, exaspéré, quel intérêt je pouvais avoir à m'accuser d'un crime imaginaire, il m'avait renvoyé à Follin. Ce n'était pas de sa compétence.

Pour tout le monde, le tournage d'une histoire écrite par ma femme, à un moment de grande fatigue, m'avait fait perdre pied et confondre fiction et réalité.

Lors d'un petit matin d'insomnie, profitant d'un de mes rares moments de vraie solitude, je dus reconnaître que mon pauvre plan machiavélique pour me débarrasser de Juliette avait tous les contours d'un délire en vrille.

Cela marqua le début de mon rétablissement.

Follin ne disait peut-être pas que des conneries.

Je continuais à trouver légitime mon désir de me débarrasser de Juliette. Mais quel besoin avais-je eu de commanditer ce scénario, de fomenter un faux suicide ?

Il y avait désormais une bien meilleure solution. La tuer sans autre forme de procès, la tuer vraiment, puis avouer le meurtre.

Personne ne me croirait, c'était assuré. Oui, ç'aurait fait un bon scénario.

Le meurtrier s'acharne à avouer un meurtre qui n'a pas eu lieu pour le commettre ensuite en toute impunité.

Non, je n'étais pas reparti dans mes pauvres fictions.

La vérité est que j'étais incapable de passer à l'acte. Je n'avais pas été fichu d'assassiner Juliette pour de vrai et j'avais tué Manchot sans le vouloir.

J'étais acteur, rien qu'acteur. Je pouvais jouer tous les rôles mais, dans la réalité, je ne pouvais en jouer aucun.

Je pense que le traitement de Follin commençait d'agir.

Je devenais lucide et même rationnel.

Si Juliette était bien vivante, j'avais encore quelques doutes là-dessus, je le confesse, elle ne possédait plus aucune arme contre moi. Elle avait choisi de me couvrir pour d'obscures raisons, la cassette était détruite. Elle était nue.

Nous mènerions le contrat à terme, le terme pour moi étant désormais le bouclage de *L'Usurpatrice.*

Un petit divorce vite conclu, Juliette repartirait dans son obscurité naturelle et je reprendrais ma carrière en souhaitant que ma prestation indigente n'en abîme pas trop le cours.

À se demander si Follin n'avait pas inclus des euphorisants dans son traitement.

La tarentule et sa toile n'étaient plus, à la lumière de ma raison retrouvée, qu'un chiffon effiloché accroché à une branche par un coup de vent intempestif annonciateur d'aucune tempête.

Juliette n'était pas morte.

Ou alors elle était vraiment très forte.

Elle frappa à la porte de ma caravane le jour de mon arrivée dans la Creuse.

On m'avait amené directement de la gare à ma loge. Nous faisions une journée à horaire mixte débutant à quatorze heures.

Juliette portait une minerve vaguement camouflée par une écharpe de soie, un pantalon et des manches longues. Son visage était intact mais ne ressemblait à aucun de ceux que je lui avais connus. Sa peau transparente dégageait une luminosité diffuse, les cernes marqués de bleu surmontant un regard indécis évoquaient une forme d'abandon inattendue.

J'étais tranquille et c'était une sensation neuve, presque déroutante. Comme lorsqu'on découvre que le tueur tapi dans l'ombre n'était qu'une statue de jardin. L'angoisse s'efface instantanément et pourtant on se pincerait presque pour s'en assurer.

L'embellissement réel de Juliette était devenu visible. Sa fragilité assumée, son incertitude en me découvrant, qui marquait bien qu'elle aussi me voyait soudain autrement, en faisaient une personne ordinaire.

Je lui souris sans me forcer. Je lui exprimai mes condoléances pour sa malencontreuse chute. Ma légèreté plutôt joyeuse la décontenança.

Elle essaya bien de rejouer une scène désormais obsolète.

– Vous avez lu, bien sûr. Vous avez tout avalé, ma vie entière. Il aurait mieux valu que je meure pour de bon. Je ne suis plus personne. Votre visage dans l'escalier... J'ai menti pour vous protéger, mais aussi parce que tout ce qui s'est passé est de ma faute...

Cette fois, je l'interrompis naturellement, sans accélération cardiaque, sans inquiétude latente et c'était bon.

– Mais il ne s'est rien passé, Jules. Tout le monde est d'accord là-dessus, moi le premier. Maintenant, je dois me préparer. Toutes ces scènes d'amour heureux qui nous attendent ne seront pas les plus faciles à jouer. Pour moi, j'entends. Je suis sûr que vous serez à la hauteur.

Je manque de noblesse, c'est évident, mais ce fut une minute délicieuse, c'est indéniable. Son visage se morcela en pièces qui n'arrivaient plus à s'emboîter.

Merci, Follin, merci, les euphorisants, merci, la vie, je n'avais même pas à chercher de parade, je ne ressentais rien.

Et cela continua tout au long de cette dernière

semaine de tournage. Sans forcer, c'est par là que j'étais devenu imparable, je m'amusai.

Je blaguais avec les techniciens, je retrouvai une invention de jeu et une liberté dans mon travail qui me donnaient des ailes. Faire semblant avec Juliette remettait tout à distance.

C'était une partenaire, plus ou moins performante selon les scènes, je n'attendais pas grand-chose d'elle, c'est moi qui donnais le tempo mais nous étions dans le jeu, hors de danger en pleine lumière, sous les projecteurs et observés par l'œil de la caméra à nouveau bienveillante.

J'étais protégé de tout. Mon travail était le lieu de tous les risques possibles, sans punition, sans conséquence.

Cette redécouverte m'enchanta.

Juliette avait tout d'un petit canard qui tente de s'envoler et bat lourdement des ailes avant de retomber des quelques centimètres auxquels il a réussi à s'élever.

Si j'avais rêvé de vengeance, elle se déroulait sous mes yeux, sans effort de ma part, par un effet de justice immanente ou de retour de balancier.

Peu importait, je profitais du spectacle sans excès, sans abuser, sereinement.

Elle essaya, maladroitement d'ailleurs, de rétablir le trouble, l'atmosphère de danger flottant autour de nous, un soir où elle me proposa de venir boire un verre dans sa chambre.

Elle voulait m'annoncer qu'elle avait bien réfléchi. Tout ce qui était arrivé serait notre secret, je pouvais en être sûr. Je n'aurais jamais à m'inquiéter de rien. Maintenant que j'avais pu voir sa vie passée, son histoire et celle de son père, elle ne pourrait plus me faire illusion, elle allait donc disparaître, comme je le souhaitais.

Je l'interrompis pour moquer son ton de mélodrame.

Bien sûr qu'elle allait disparaître, j'avais rempli mon contrat. Il n'y avait certes pas à épiloguer.

Elle ouvrit la bouche, se reprit et dit simplement :

– Merci de m'avoir abritée, ces belles années.

Je me gardai bien d'être touché, la remerciai pour le verre et regagnai ma chambre.

Le dernier jour de tournage se déroula sur le lac de Vassivière. C'était la scène de noyade.

Juliette avait été doublée pour le plongeon final qui était déjà en boîte.

Nous tournions la courte scène précédente, une promenade à deux sur une petite barque, à la fin de laquelle elle devait se lever et esquisser le mouvement de bascule.

Je dus reconnaître que Juliette proposait des nuances intéressantes. Sans forcer sur l'émotion, elle affecta une gaieté tranquille qui rendrait sa mort à l'écran beaucoup plus poignante que si elle l'avait annoncée à renfort de pathos et larmes au fond de la gorge.

Nous avions commencé par les gros plans, tournés près de la berge, par commodité.

Nous reprîmes la même scène en plan très large, à la fin de la journée. La barque était au milieu du lac, la caméra sur la berge.

Un assistant nous balançait les informations par talkie-walkie. Un panneau blanc avait été placé dans le fond de la barque pour refléter la lumière naturelle sur nos visages.

Les trois premières prises rencontrèrent des difficultés techniques, le cadreur avait raté un mouvement, un passage de nuage avait donné une fausse teinte, la quatrième fut parfaite.

Selon ce rituel étrange, l'assistant nous informa que c'était nickel et que Roziès nous demandait donc de doubler la prise et la journée serait terminée, ainsi que le tournage, hourra.

Sur un des gros plans, pour varier le jeu, j'avais laissé traîner une main dans l'eau et m'étais détourné de Clara pour l'écouter sans intensité particulière. C'était ma façon d'être à l'unisson avec le jeu de Juliette. Comme elle, je ne voulais rien anticiper de la suite brutale des événements.

Je repris donc ce jeu pour notre ultime prise et regardai tranquillement la surface du lac couleur ferraille.

C'est le bruit qui me fit relever la tête. La barque était vide et des cercles concentriques marquaient l'endroit où Juliette était tombée.

Je me levai, la barque se mit à osciller. J'entendais les cris sur la berge, l'agitation. J'enlevai mes chaussures et, sans plus hésiter, me jetai dans l'eau.

Je ne pus rejoindre Juliette.

Quand je l'aperçus, elle s'éloignait dans une verticale vertigineuse, ses cheveux ondoyaient, l'Ophélie d'*Hamlet*, je ne pus m'empêcher d'y penser.

À bout de souffle, je remontai à la surface.

C'était impossible. Cela me semblait impossible. Je me persuadai qu'elle allait revenir, j'y crus jusqu'à ce que son cadavre soit repêché.

Toute l'équipe était sous le choc.

Nous visionnâmes les rushes dans une atmosphère de recueillement éberlué. J'avais insisté pour y assister, comme j'avais insisté pour voir Juliette morte.

La mort de Juliette ayant été filmée, on la voyait clairement se pencher pour amorcer le mouvement de bascule, saisir la gueuse bien lourde qui maintenait le panneau de polyester en place et se jeter le plus loin possible de la barque.

C'était un acte délibéré, on eut beau repasser la scène plusieurs fois de suite, il était impossible d'envisager l'éventualité d'un accident.

De ce jour, je n'ai plus quitté le sol rugueux et accidenté du réel.

Je lui dois ça, cet ultime cadeau.

Après m'avoir entraîné aux confins de son monde imaginaire, Juliette avait emporté avec elle le tissage de ses chimères.

Avec l'aide d'Yves et de Bruno, je réussis à organiser un enterrement intime, loin de la presse et des curieux.

Elle repose dans un petit cimetière de campagne creusois sous mon nom qu'elle s'est approprié pour toujours. J'ai fait graver une simple plaque : ICI DEMEURE JULIETTE LEMAN, ACTRICE ET ÉPOUSE DE MICHEL LEMAN.

Je lui devais bien ça.

Pendant quelque temps, j'ai dû subir les regards inquiets et les attentions qui se voulaient délicates de tous ceux qui m'approchaient.

La vérité est que j'allais bien. J'étais malheureux comme les pierres mais Jules m'avait laissé la réalité en héritage. Et la solitude. La vraie.

Bruno m'a aidé à débarrasser l'appartement de Juliette. J'ai tout jeté. De toute façon, rien ne pourra compenser le manque d'elle que j'éprouve à chaque instant.

C'est comme ça.

J'ai trouvé une maison privée où j'ai installé Leïla Manchot.

Bruno espérait un peu que je lui propose de s'installer chez moi mais j'avais décidé d'arrêter de le subventionner et j'ai rompu tout lien avec lui.

C'est Mangin qui est venu apporter la touche finale à cette histoire.

Il m'avait envoyé un petit mot de condoléances qu'il terminait par le souhait de me voir une dernière fois quand j'aurais le temps.

J'étais d'humeur définitive. Je lui proposai sans tarder un rendez-vous à la terrasse du Select.

Une de mes décisions était de ne plus ouvrir ma maison à n'importe qui.

Il arriva en retard mais mon rapport au temps aussi avait changé. L'urgence s'était évanouie de ma vie.

Il commença de ce ton débonnaire et narquois qui n'appartient qu'à lui.

– Si le suicide de votre femme n'avait pas été filmé, j'aurais été persuadé que vous l'aviez tuée. Pour de bon, cette fois. Oui, j'ai lu votre déposition et Machuel a eu la grâce de me faire un récit circonstancié de votre confession. J'ai même failli vous mettre en garde de ne rien essayer après cette tentative ratée. Mon inquiétude était injustifiée. Tant mieux. Vous avez l'air bien.

Il n'y avait rien à répondre.

– J'ai hésité aussi à vous dire qu'il y avait au moins une personne qui vous croyait. Je sais que vous avez dit la vérité et je vous en remercie, vous m'avez ôté cette petite écharde irritante qu'il fallait bien extraire un jour. Ne craignez rien, je n'ai pas l'intention de ressortir cette vieille histoire ni de vous traîner devant les tribunaux. Justice est faite, c'est tout ce qui m'importe. La vraie responsable de la mort de Manchot s'est fait justice elle-même.

Sa méthode devenait lassante et j'aurais aimé contrôler ma réponse instinctive. Je dus néanmoins lever un sourcil, exceptionnellement je pense y être arrivé ce jour-là, ou peut-être mes pupilles s'élargirent-elles de leur propre chef.

Assez content de son effet, il n'en rajouta pas et décida de répondre sans plus attendre à ma question muette par un récit sobre et factuel.

Une partie de ses explications tenaient de la conjecture mais le fait central demeurait.

Manchot avait utilisé sa fille dès l'adolescence, comme appât parfois, comme complice souvent et, un jour, elle avait décidé de devenir maîtresse du jeu.

Le 2 novembre 2002 pour être exact.

On ne saurait jamais, selon lui, si elle avait souhaité l'accident cardiaque dans ma loge qui lui aurait permis d'entrer spontanément en contact avec moi ou si elle avait préparé la mort de son père en augmentant régulièrement les doses de digitaline qui compensaient son insuffisance cardiaque. En tout cas, ce n'était pas ma pauvre prise de kung-fu de pacotille qui avait tué Patrick Manchot mais une intoxication digitalique. Le fait est que ma réaction panique de coupable affolé avait fourni à Juliette une clé que son éducation, loin de tout sens moral, lui avait permis d'utiliser au mieux.

– Comme je vous l'ai déjà dit, notre bureaucratie est absurde mais efficace. Machuel a vu affaire réglée, classée. Il n'est pas allé chercher plus loin. Moi, je voulais savoir pourquoi le cadavre de Manchot avait été transporté dans la forêt de Saint-Germain quand sa mort « naturelle » ne risquait pas de faire le moindre remous. Il a bien essayé de vous faire chanter, j'ai noté votre admirable discrétion sur le sujet quand vous étiez intarissable sur tous les autres. Et ce n'était pas un mariage d'amour. Maintenant que j'en ai le cœur net, me voilà libre et vous aussi.

Puis il commenta les élections mais je n'avais pas voté et la conversation tourna rapidement court, d'autant que je ne lui proposai aucune ouverture supplémentaire. Il nous souhaita enfin bonne vie à tous deux et disparut de la mienne.

Je ne gaspillai pas mon temps et mon énergie à me dire que j'avais plongé dans une spirale effrayante qui m'avait mené au bord de la folie pour rien. Ni que j'avais mis ma carrière et ma vie en danger pour un meurtre qui n'avait pas eu lieu.

La seule conclusion que j'en tirai est qu'il est possible de bâtir ou de détruire une vie pour des chimères.

Quant au mariage d'amour, il se trompait, là aussi.

Je crois fermement que l'amour est une histoire qu'on se raconte à deux.

Juliette n'a pas été seule à inventer notre histoire, j'ai été son complice. À égalité.

C'est pourquoi je dois saluer sa sortie qui lui a permis d'entrer définitivement dans ma vie.

Ah oui, quand même, l'existence étant bien plus finement ironique que Mangin, *L'Usurpatrice* a rencontré un succès colossal. La curiosité morbide du spectateur y est certes pour quelque chose, mais le film est indéniablement réussi.

Je me repasse parfois les séquences de Juliette, fragile enfin et jeune pour l'éternité.

Elle y brille de l'éclat d'une perle noire et mon travail si incertain, sans maîtrise ni intelligence, une fois le film monté, a donné une de mes meilleures performances à l'écran.

Ce qui aurait dû me rendre modeste si je n'étais pas, avant tout, acteur.

REMERCIEMENTS

Un grand merci aux responsables de la mission Stendhal sans lesquels Shanghaï serait resté un décor de carte postale.

DU MÊME AUTEUR

Aux Éditions Albin Michel

SECRETS DE FAMILLE, Albin Michel Jeunesse, 1998.

L'HOMME QUI N'ÉTAIT PAS MORT, Albin Michel Jeunesse, 2001.

DOUBLE JE, 2002.

LE PASSÉ N'OUBLIE JAMAIS, 2003.

CETTE FILLE EST DANGEREUSE, 2004.

BELLE À TUER, 2006.

Chez d'autres éditeurs

COURRIER POSTHUME, Régine Deforges, 1990.

MORT SANS LENDEMAIN, Ramsay, 1992.

COMME UN COQ EN PLÂTRE, Baleine, 1996.

DODO, « La Série Noire », Gallimard, 1999.

SUEURS CHAUDES, « La Série Noire », Gallimard, 2000.

« *SPÉCIAL SUSPENSE* »

MATT ALEXANDER
Requiem pour les artistes

STEPHEN AMIDON
Sortie de route

RICHARD BACHMAN
La Peau sur les os
Chantier
Rage
Marche ou crève

CLIVE BARKER
Le Jeu de la Damnation

INGRID BLACK
Sept jours pour mourir

GILES BLUNT
Le Témoin privilégié

GERALD A. BROWNE
19 Purchase Street
Stone 588
Adieu Sibérie

ROBERT BUCHARD
Parole d'homme
Meurtres à Missoula

JOHN CAMP
Trajectoire de fou

CAROLINE CARVER
Carrefour sanglant

JOHN CASE
Genesis

PATRICK CAUVIN
Le Sang des roses
Jardin fatal

JEAN-FRANÇOIS COATMEUR
La Nuit rouge
Yesterday
Narcose
La Danse des masques
Des feux sous la cendre
La Porte de l'enfer
Tous nos soleils sont morts
La Fille de Baal

CAROLINE B. COONEY
Une femme traquée

HUBERT CORBIN
Week-end sauvage
Nécropsie
Droit de traque

PHILIPPE COUSIN
Le Pacte Pretorius

DEBORAH CROMBIE
Le passé ne meurt jamais
Une affaire très personnelle
Chambre noire

VINCENT CROUZET
Rouge intense

JAMES CRUMLEY
La Danse de l'ours

JACK CURTIS
Le Parlement des corbeaux

ROBERT DALEY
La nuit tombe sur Manhattan

GARY DEVON
Désirs inavouables
Nuit de noces

WILLIAM DICKINSON
Des diamants pour Mrs Clark
Mrs Clark et les enfants du diable
De l'autre côté de la nuit

MARJORIE DORNER
Plan fixe

FRÉDÉRIC H. FAJARDIE
Le Loup d'écume

FROMENTAL/LANDON
Le Système de l'homme-mort

STEPHEN GALLAGHER
Mort sur catalogue

LISA GARDNER
Disparue

CHRISTIAN GERNIGON
La Queue du Scorpion
(Grand Prix de littérature policière 1985)
Le Sommeil de l'ours
Berlinstrasse
Les Yeux du soupçon

MICHELE GIUTTARI
Souviens-toi que tu dois mourir

JOSHUA GILDER
Le Deuxième Visage

JOHN GILSTRAP
Nathan

JEAN-CHRISTOPHE GRANGÉ
Le Vol des cigognes
Les Rivières pourpres
(Prix RTL-LIRE 1998)
Le Concile de pierre

SYLVIE GRANOTIER
Double Je
Le passé n'oublie jamais
Cette fille est dangereuse

AMY GUTMAN
Anniversaire fatal

JAMES W. HALL
En plein jour
Bleu Floride
Marée rouge
Court-circuit

JEAN-CLAUDE HÉBERLÉ
La Deuxième Vie de Ray Sullivan

CARL HIAASEN
Cousu main

JACK HIGGINS
Confessionnal

MARY HIGGINS CLARK
La Nuit du Renard
(Grand Prix de littérature policière 1980)
La Clinique du Docteur H.
Un cri dans la nuit
La Maison du guet
Le Démon du passé
Ne pleure pas, ma belle
Dors ma jolie
Le Fantôme de Lady Margaret
Recherche jeune femme aimant danser
Nous n'irons plus au bois
Un jour tu verras...
Souviens-toi
Ce que vivent les roses
La Maison du clair de lune
Ni vue ni connue
Tu m'appartiens
Et nous nous reverrons...
Avant de te dire adieu
Dans la rue où vit celle que j'aime
Toi que j'aimais tant
Le Billet gagnant
Une seconde chance
La nuit est mon royaume
Rien ne vaut la douceur du foyer
Deux petites filles en bleu
Cette chanson que je n'oublierai jamais

CHUCK HOGAN
Face à face

KAY HOOPER
Ombres volées

PHILIPPE HUET
La Nuit des docks

GWEN HUNTER
La Malédiction des bayous

PETER JAMES
Vérité

TOM KAKONIS
Chicane au Michigan
Double Mise

MICHAEL KIMBALL
Un cercueil pour les Caïmans

LAURIE R. KING
Un talent mortel

STEPHEN KING
Cujo
Charlie

JOSEPH KLEMPNER
Le Grand Chelem
Un hiver à Flat Lake
Mon nom est Jillian Gray
Préjudice irréparable

DEAN R. KOONTZ
Chasse à mort
Les Étrangers

NOËLLE LORIOT
Le tueur est parmi nous
Le Domaine du Prince
L'Inculpé
Prière d'insérer
Meurtrière bourgeoisie

ANDREW LYONS
La Tentation des ténèbres

PATRICIA MACDONALD
Un étranger dans la maison
Petite Sœur

Sans retour
La Double Mort de Linda
Une femme sous surveillance
Expiation
Personnes disparues
Dernier refuge
Un coupable trop parfait
Origine suspecte
La Fille sans visage
J'ai épousé un inconnu
Rapt de nuit

JULIETTE MANET
Le Disciple du Mal

PHILLIP M. MARGOLIN
La Rose noire
Les Heures noires
Le Dernier Homme innocent
Justice barbare
L'Avocat de Portland
Un lien très compromettant
Sleeping Beauty

DAVID MARTIN
Un si beau mensonge

LISA MISCIONE
L'Ange de feu
La Peur de l'ombre

MIKAËL OLLIVIER
Trois souris aveugles
L'Inhumaine Nuit des nuits
Noces de glace

ALAIN PARIS
Impact
Opération Gomorrhe

DAVID PASCOE
Fugitive

RICHARD NORTH PATTERSON
Projection privée

THOMAS PERRY
Une fille de rêve
Chien qui dort

STEPHEN PETERS
Central Park

JOHN PHILPIN/PATRICIA SIERRA
Plumes de sang
Tunnel de nuit

NICHOLAS PROFFITT
L'Exécuteur du Mékong

PETER ROBINSON
Qui sème la violence...
Saison sèche
Froid comme la tombe
Beau monstre
L'été qui ne s'achève jamais
Ne jouez pas avec le feu
Étrange affaire
Le Coup au cœur

DAVID ROSENFELT
Une affaire trop vite classée

FRANCIS RYCK
Le Nuage et la Foudre
Le Piège

RYCK EDO
Mauvais sort

LEONARD SANDERS
Dans la vallée des ombres

TOM SAVAGE
Le Meurtre de la Saint-Valentin

JOYCE ANNE SCHNEIDER
Baignade interdite

THIERRY SERFATY
Le Gène de la révolte

JENNY SILER
Argent facile

BROOKS STANWOOD
Jogging

WHITLEY STRIEBER
Billy
Feu d'enfer

MAUD TABACHNIK
Le Cinquième Jour
Mauvais Frère
Douze heures pour mourir
J'ai regardé le diable en face
Le Chien qui riait

THE ADAMS ROUND TABLE PRÉSENTE
Meurtres en cavale
Meurtres entre amis
Meurtres en famille

Composition Nord Compo
Impression : Imprimerie Floch, janvier 2008
Éditions Albin Michel
22, rue Huyghens, 75014 Paris
www.albin-michel.fr

ISBN : 978-2-226-18226-5
ISSN : 0290-3326
N° d'édition : 25724 – N° d'impression : 70126
Dépôt légal : février 2008
Imprimé en France.